非虚构

沙皇的酒窖

[澳] 约翰·贝克　尼克·普拉斯——著
王瑜——译

人民文学出版社
PEOPLE'S LITERATURE PUBLISHING HOUSE

著作权合同登记号：01-2022-5541

Originally published in Australia as *Stalin's Wine Cellar*
Text Copyright © John Baker and Nick Place, 2020
First published by Penguin Random House Australia Pty Ltd.
This edition published by arrangement with Penguin Random House Australia Pty Ltd.
Simplified Chinese edition copyright © 2023 Shanghai Readers' Culture Co., Ltd.
All rights reserved.

Copies of this translated edition sold without a Penguin Random House Australia sticker on the cover are unauthorized and illegal.

图书在版编目(CIP)数据

沙皇的酒窖/(澳)约翰·贝克,(澳)尼克·普拉斯著；王瑜译.—北京：人民文学出版社,2023
(99非虚构)
ISBN 978-7-02-017893-3

Ⅰ.①沙… Ⅱ.①约… ②尼… ③王… Ⅲ.①纪实文学-澳大利亚-现代 Ⅳ.①I611.55

中国国家版本馆CIP数据核字(2023)第044513号

责任编辑	卜艳冰　周　展
装帧设计	汪佳诗
封面插画	锅一菌

出版发行　人民文学出版社
社　　址　北京市朝内大街166号
邮政编码　100705

印　　制　杭州钱江彩色印务有限公司
经　　销　全国新华书店等

字　　数　232千字
开　　本　890毫米×1240毫米　1/32
印　　张　11
版　　次　2023年4月北京第1版
印　　次　2023年4月第1次印刷

书　　号　978-7-02-017893-3
定　　价　69.00元

如有印装质量问题,请与本社图书销售中心调换。电话：010-65233595

离开悉尼机场，带着聚苯乙烯盒子，里面装着我们希望带回来的酒，纸箱里装着我和凯文打算在格鲁吉亚酒窖里使用的灯和其他设备

从我的酒店房间窗口看到的第比利斯风景

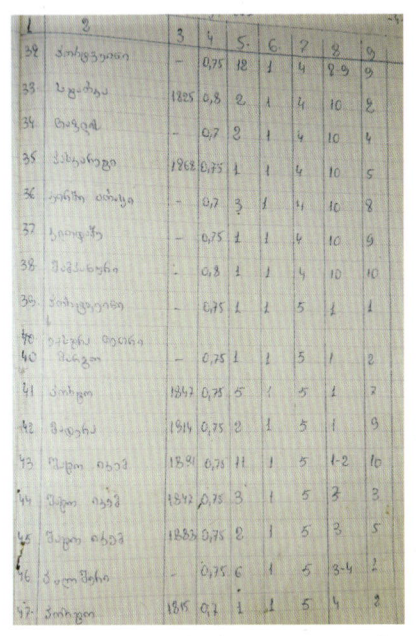

格鲁吉亚酒窖记录簿的一页，只要有点想象力，就能看出它是如何与我们的翻译清单相对应的

萨瓦内一号酒厂，凯文和全副武装的祖拉布和伊万

我和凯文尝试当五分钟的格鲁吉亚当地人

第一天与市场经理兼首席酿酒师雷瓦兹、总经理塔马兹（从左至右）会面，这场乏味的谈话显得和我身旁的乔治一样滑稽

第一次下到存放贵重酒的地下室时，我、雷瓦兹和乔治在讨论"事情"

酒窖内（左上图及下图），包括护理一瓶1847年的伊甘酒（右上图）

走在似乎没有尽头的一排排古董酒之间，上面覆盖着湿气和厚厚的蜘蛛网，就像在参观一个逝去的时代的遗迹（上图、下图）

尼诺，我们自己的特别事务首席顾问

伊万自己在品尝有百年历史的一流波特酒

我和格里戈在酒窖深处查看葡萄酒，感觉酒架好像在黑暗中无止境地延伸

在萨瓦内一号品尝古老的格鲁吉亚葡萄酒

我们对照检查实物与翻译后的清单的时候,凯文找到了对应的葡萄酒(左上图及下图),以及(右上图)通往地下室下层的楼梯

乔治和他的爱人在第比利斯附近的山上共进晚餐

"享受"格鲁吉亚特色的午夜硫黄浴

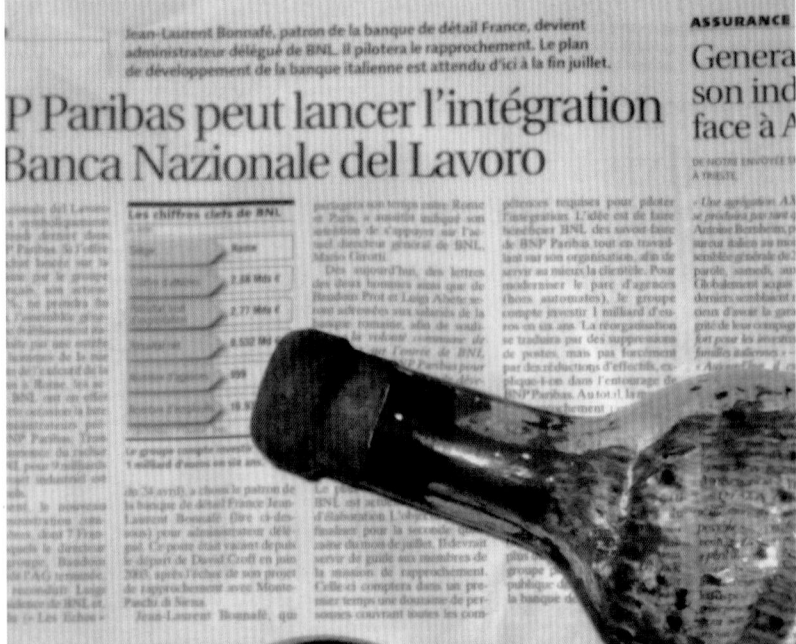

在巴黎破碎的酒瓶（上图），软木塞和部分酒帽完好无损（下图）

让-弗朗索瓦·布鲁特·拉库特和首席酿酒师桑德琳·加贝，前者组织了我对伊甘酒庄的访问

与桑德琳、伊甘酒庄总裁兼首席执行官皮埃尔·卢顿以及让-弗朗索瓦（从左到右）同在一家享有盛誉的公司

难忘的一天结束时，带着375毫升19世纪的葡萄酒回家

目 录

序 章 … 1

第一部分　格鲁吉亚前 … 5
1　神秘清单 … 7
2　解 码 … 23
3　内维尔讲故事 … 29
4　葡萄酒小队 … 38
5　留下，还是立刻出发？ … 46
6　飞往第比利斯 … 57

第二部分　格鲁吉亚 … 65
7　那么，你想买个酒厂吗？ … 67
8　第比利斯之夜 … 87
9　酒 窖 … 103
10　历史的味道 … 113
11　第比利斯漫步 … 130
12　萨普拉! … 134
13　酒窖风暴 … 145
14　挑出一打 … 155
15　第比利斯最后一夜 … 172

第三部分　格鲁吉亚后　　　　　　　　　　185

16　凯文交了个朋友　　　　　　　　　　187
17　尘埃落定　　　　　　　　　　　　　190
18　紧要关头　　　　　　　　　　　　　218
19　一团乱麻　　　　　　　　　　　　　225
20　分配古董酒　　　　　　　　　　　　228
21　新的开始　　　　　　　　　　　　　235
22　黑衣人　　　　　　　　　　　　　　242
23　神秘浪漫之夜　　　　　　　　　　　248
24　我没有退出……　　　　　　　　　　259
25　重整旗鼓　　　　　　　　　　　　　264
26　伦敦情书　　　　　　　　　　　　　269
27　巴黎人行道　　　　　　　　　　　　280
28　心碎波尔多　　　　　　　　　　　　286
29　伊甘酒庄　　　　　　　　　　　　　294
30　老生常谈　　　　　　　　　　　　　311
31　你有多想要？　　　　　　　　　　　317
32　勃朗特的风景　　　　　　　　　　　328

尾　声　　　　　　　　　　　　　　　　331
词　汇　　　　　　　　　　　　　　　　336
致　谢　　　　　　　　　　　　　　　　343

关于作者

约翰·贝克是一位酒店老板，也是 20 世纪 80 年代摇滚乐的赞助人，赞助过的乐队包括午夜油、INXS 和冷凿。他成为一名葡萄酒商人，创建了许多精品葡萄酒商店，包括畅饮双湾酒窖和纽波特装瓶厂，以及进口业务波尔多托运。约翰喜欢各地的葡萄酒（只要酒的质量够好）。现在，他更多的是参与各种项目，包括橄榄油业务，因为他说这对他的健康有好处，而且第二天带来的惩罚也更少，不会宿醉。

尼克·普拉斯已经出版了 5 部小说和几本非虚构书籍，也从事喜剧和剧本创作，偶尔写诗，甚至创作过一部原创舞台哑剧。他还在多家媒体度过了漫长而丰富的记者生涯，主要从事体育报道。他住在墨尔本，热爱单一麦芽威士忌、葡萄酒，以及咖啡。

献给我的母亲诺玛·格蕾丝,
她给我冒险的感觉。

序　章

1999 年 7 月，
格鲁吉亚第比利斯，
机场

  这个机场看起来和世界上其他小城市的机场别无二致。没什么现代气息，也不算特别古老，就是平淡无奇的一个机场。
  我和凯文·霍普科走进大门，看到两个男人，一个穿着T恤和黑色皮夹克，胡子拉碴，睡眼惺忪。另一个穿着商务衬衫，但没打领带，穿着运动夹克，看起来更敏锐更警觉，他一定是乔吉[①]·阿拉米什维利，大概三十五六岁，比我大概小个十岁，没我想象中那么老，一头乱蓬蓬的黑发，看起来好像不容易打理，尤其是在凌晨1点30分灯火通明的机场候机室里。乔吉身材中等，腰围有点粗，说明他喜欢美食和美酒。他向我们走来，满面笑容，伸出手说道："约翰·贝克先生！终于见到你了，真是太高兴了。"
  他的口音很重，但还能听懂。
  "你好，乔治，"我说道，"谢谢你在这个时候还来见我们。"

"开玩笑吗?"他笑着说,"你们可是贵客。"

乔治介绍说另一个穿夹克的人叫尼诺。我猜尼诺不太会说英语,因为他只对我们点了点头,嘴里咕哝着,递给我一张名片:

商誉代理公司
背风有限公司
欧比有限公司

尼诺·梅希什维利

特别事务首席顾问

格鲁吉亚第比利斯阿巴希泽大街72号; 电话 / 传真: (995 32) 232 958
格鲁吉亚第比利斯科斯塔瓦大街75号; 电话: (995 32) 388 416
格鲁吉亚波季港四月九日大街4号; 电话 / 传真: (995 393) 26 155; (995 393) 23 878
移动电话: (995 77) 303 665; (995 99) 501 501

我记下了他三家公司的名字:商誉代理公司,背风有限公司,欧比有限公司。

我感叹道:"特别事务首席顾问!很高兴见到你,尼诺。"

他有一头粗糙的黑发,要不是剪成了军事风格的短发,可能会是一头波浪卷;跟他硬朗得近乎冷酷的脸庞相称。他又嘟囔了一声,相当正式地跟我握了握手。

在尼诺也递给凯文名片并握手的时候,我看着凯文的脸,这张脸现在已经戴上了一张礼貌的面具,那双看透一切的眼睛后面,正在不停地算计、不停地评估,从不放过任何一个机会。

---

① "乔吉"的拉丁化拼写为"Giorgi",发音近似英语的"乔治"。在本书中,根据语境不同,这两个名字都有使用。——译者注,本书注释均为译注。

我笑了笑，对乔治说道："我们该去拿行李了。"

"约翰，"他说道，"你不必担心这个。我来负责海关的事情。来来来。"

他领着我们从侧门出来，到了大厅，上一段楼梯，来到一个小房间，上面有一个牌子，写着"VIP欢迎区"。屋里还有两个男人，西装革履，露出职业性的微笑，我们互相介绍认识，一位是格鲁吉亚工商部的职员，另一位是雷瓦兹先生，乔治告诉我们，雷瓦兹是一位非常高级的酒庄高管。这两人似乎都不会说英语，尼诺给我们倒酒，又递上一大盘巧克力，大家不停地点头，微笑致意。而这正是我此时需要的：从悉尼飞到伦敦，再往东飞七个小时，半夜到达机场，时差太大，令人精神恍惚。

现在已经快凌晨两点了。大家为我们的到来，为我们的成功，为我们即将着手的生意，为我，为凯文，为澳大利亚，为葡萄酒，干杯。

最后，乔治又说了一遍他会负责海关的事情，我想知道这是什么意思，因为我们只有三个行李箱，都是常规的托运行李，没什么可申报的。我突然想到，我并不知道这个地方的规矩。我在离家很远的地方。

乔治再次和我握手时，我们二人目光相接，对视了一会儿，然后，他匆匆走出房间，留下我们和三个不会说英语的人，这三个人看起来适合更好的地方，比如床。我记得，我当时想的是，这个不太可能的冒险是不是真的能成功，又或者，我会不会后悔踏上格鲁吉亚的土地。

又或者介于两者之间。

凯文脸上仍然戴着那张礼貌的面具。我知道，在我们俩独处前，他不会给我透露任何个人意见，而我尊重这一点。

相反，尼诺又倒了一杯甜酒递给我。以我的经验，有时人生唯一要做的事情就是踏上冒险之旅，看看结果如何，而此刻绝对属于其中一次。我从尼诺手里接过酒杯，向他举杯示意，一饮而尽。

我想，不管怎样，这场冒险都不会无聊。现在回头看来，这一点我是完全正确的。

不过，我应该告诉你，我们是怎么来到这个地方的。早在几个月前，这一切就已经开始了，从世界的另一端。

第一部分

格鲁吉亚前

1

神秘清单

1998年9月,
澳大利亚悉尼

大学毕业后,我获得了经济学学位,但并不知道自己想做什么,也不知道该去哪里,于是,我开始了探索。这意味着我的职业生涯相当丰富。我不停地寻找各种机会,从经营酒店和音乐场所,到葡萄酒零售和葡萄酒进口业务,再到橄榄油生产,都有所涉及。这本书的故事开始的时候,我的工作是在悉尼富人区开发高档葡萄酒商店,把一般的葡萄酒外带业务和啤酒店业务变得更复杂更丰富。如果你是悉尼人,想想一家非常诱人的书店,比如牛津街达令赫斯特那一块,真的,任何一家书店都有供你翻阅的书籍,店里的工作人员知识渊博,态度友好,可以告诉你你可能喜欢的作者,甚至为你提供一把舒适的扶手椅,让你在买书前先试读。我想为购买好酒的人创造的就是这样亲切温暖的氛围。

如今,这样的精品葡萄酒零售商店已经遍地都是,但在当时并不常见,而我在实现这个概念上做得很好。20世纪80年代,我在悉尼北部海滩的纽波特装瓶厂完善了这个想法。

在纽波特著名的东郊中心买下双湾酒窖之时，我已经对稀有的博物馆级别葡萄酒有了一定的了解，也积累了一定的商业嗅觉，这种可能很珍贵的陈年葡萄酒经常在拍卖会上出售。我对葡萄酒领域的深入研究恰逢其时，因为双湾是这种昂贵珍品的完美市场。

凯文·霍普科一直比我更像一个天生的企业家。他加入了我在双湾的事业，担任商店的总经理，不过我实际上从来没有真正放弃过掌控权，但他似乎不以为意，很乐意合作，偶尔恰当的时候也会自由行事。凯文是加拿大人，沉默寡言，在陈年酒和稀有酒方面是大师级别的人物，对价值和利润有着惊人的嗅觉，对交易中可能的漏洞或任何不妥之处也有着犀利的眼光。在这些方面，我已经开始依赖他的直觉。随着双湾酒窖声名鹊起，我们会留意可能出售的酒窖，通常有望发现令人炫目的法国葡萄酒和其他价值不菲的珍酒。有时候的确如此，我们会买下地窖里的东西，然后在双湾的店里搞一个特别活动，把这批酒卖掉。

凭借识别酒窖里宝贵藏品的眼光，以及东郊许多有鉴别力的热情顾客，我的生意利润颇为可观，令人愉快。

一个春天的早晨，我开着雪铁龙去接凯文，这辆车还很新，让我对去城北海滩特雷山的长途旅行满怀期待——我们正要去这么一个前景无限的酒窖。我的两名员工，弗兰克和吉莉安，坐在大一点的小货车里，我们估计这个地窖不小，就算小货车和我的汽车后备厢都装不下。

悉尼当时正在为奥运会疯狂修建道路和各种基础设施，所以过桥的速度很慢，但向北部海滩进发时，我们开始移动了。阳光很灿烂，我们开着车窗。

凯文问我："你的清单怎么样了？"

"今天的？"我问。每买下一个酒窖，我们都会列一个清单，标明酒窖里应有的酒和我们同意购买的酒，以备检查。根据经验，实际情况与清单可能略有出入，清单上的酒可能会漏掉一些，或者完全找不到，最大的可能是酒的数量对不上。

但凯文摇了摇头："不是今天的。你知道我的意思。那份清单。"

我笑了，摇了摇头。"说实话，挺难的，"我说道，"就在手套箱里。开车的时候可以再过一遍。"

他把手伸进手套箱，拿出一份传真件的副本，这是哈利·祖科几天前发过来的，他是我们的一个临时客户，也算同事。我们亲切地称哈利为葡萄酒企业家，他对交易很有眼光，而且有点狡猾，擅长从每个人身上找角度。我一直很喜欢他，尽管我不会说信仰和信任是最主要的原因。只要这个笑吟吟的流氓带着业务上门，生意从来不会无聊，事实上，我们现在去的这个酒窖正是这种生意。显然，哈利有一个朋友的朋友的朋友搬回了英国，留下了特雷山的房产，有一个大酒窖，装满了几十年来酿造的葡萄酒，历史悠久，价值不菲。

这批货标价15万美元，这在1998年可不是一笔小数目，还必须用现金支付。当然了，谁不想要现金呢。调查过特雷山的酒窖清单后，凯文计算的结果是，我们可以用比这高得多的价格出售这批酒。事实上，这可能是一笔非常可观的大奖，因此我二人决意北上。

现在，凯文又在眯着眼研究另一份清单，就是我们说的"那份清单"。哈利把它传真给我，前面就写了一句话："有兴趣吗？"

这份清单，用"怪异"二字来形容毫不为过。

第一页的顶部用传真字体的小字母写着"矿物勘探"。下面一列内容似乎是名字，又像是一串词汇：奥普林，宝玛马德拉，伊克姆和拉图尔。

布鲁因，波尔图，马萨拉和吉尔舍。

名字旁边那一列似乎是日期。1891，1847，1888，1899，1725，1834。

另一栏又是更多的数字。0.75，0.8，0.75，偶尔会出现0.4。最后一列是一组全新的随机数字：5，11，3，2，6，1，12。凯文正仔细看着这一页，眉头紧锁。

"矿物勘探是怎么回事？"我最后沉思了一下。

"我想，这是一个让人转移注意力的幌子，"凯文说道，"我的意思是，哈利只跟我们做葡萄酒生意，对吧？看看第二列，看起来像日期，也许是年份。"

"0.75那一栏可能是瓶子的大小。"我说道。

"那0.4是指半大的酒瓶？"凯文点点头，"对，我觉得是这样。那0.8呢？什么意思？"

"不确定。即便如此，这些名字也没有任何意义。你听说过这些名字吗？"

"没有。"凯文答道。这句回答分量很重。凯文当时33岁，比我小16岁，但已经浸淫这个行业多年，一直关注能卖出高价的葡萄酒和年份,如果有一种酒连他都不知道,那就出大事了。

"还有几分钟就要见到哈利了,"他说道,"我们直接问他吧。"

"那还有什么好玩的?"我回答,"我想,他这么神神秘秘地吊着我们是有原因的。看看能不能解决它,再想想。"

我们到的时候,哈利已经在那里等着了,他今天开了那辆鸽子灰的戴姆勒汽车,小心翼翼地停在离我们装箱处很远的地方。

他对我说的第一句话是:"你觉得这份传真怎么样?"

"挺吸引人,"我笑道,"给我几天时间。"

哈利几乎笑出声,但还是点了点头。看得出,他很喜欢这个小把戏。如果我们解不开密码,或者解开了密码,或者他厌倦了等待,想开始交易,他就会召开一次会议,不管会议开成什么鬼样子。

但现在我们还有工作要做。弗兰克和吉莉安开着小货车到了,哈利打开空房子的锁,把我们领进酒窖。里面一片漆黑。

"哈利,"黑暗里传来凯文的声音,"这次出售是因为房主离婚了吗?"

哈利听起来有点吃惊。"不,"他答道,"他们刚回英格兰。你问这个干什么?"

"不干什么,"凯文开心地说,"就是好奇。"

弗兰克找到了电灯开关,我们眨了眨眼,适应光线。酒窖突然亮了起来,长长的酒架上放着许多瓶子,覆盖着厚厚的一层灰。凯文检查了几排,点出了其中的亮点,确认这些酒全都在,这让他确信这次会是一笔很好的交易。首先,这里有两套完整的奔富葛兰许干红葡萄酒，年份很新，还有其他年份稍久一点的葛兰许。凯文挑了挑眉，指了指其中一排架子上的几瓶伊甘酒，我不由得振奋起来。这可能是世界上最伟大的酒庄：不管什么时候，只要销售清单上出现了陈年的伊甘酒，永远都会吸引一大群人。

还有五箱1966年的拉菲酒，还有一些玛歌酒。

吉莉安大为赞叹。"约翰！"她叫道，"这酒窖太厉害了。我看到拉菲了，还有葛兰许。还有伊甘！"我喜欢吉莉安，喜欢她总是对生活感到兴奋，喜欢她的风格，喜欢她在店里的镇静。她在澳大利亚生活了很长一段时间，已经没有多少法国口音，但她总是彬彬有礼，穿着整洁，对葡萄酒非常了解。许多顾客，尤其是男性顾客，只想让吉莉安服务。

"别忘了标准工时！"我笑着说道。

"你是想提醒我该工作了吗？"她问道。

"不错。可以吗？"

她摆了摆手。"无所谓。继续努力吧。"

她和弗兰克去货车里拿箱子和包装材料，凯文和我单独待了一会儿。

"你为什么要问离婚的问题？"我悄悄问凯文。

"我可以打包票，要是某个酒窖经过了离婚时的财产评估，肯定不会留下好酒。"凯文同样悄悄地回答我。

"可怜的妻子通常会开门让你进去，却不知酒窖早已被掏空，她甚至远远没有得到承诺的那一半。要是哈利回答说是，我就会想办法消失，把整个房子都搜一遍。"

弗兰克、吉莉安和凯文开始把酒装进盒子里,尤为注意老酒,包括已经发现的两套完整的葛兰许和其他葛兰许。有两箱属于传说中的1955年,据说那是20世纪50年代葛兰许最好的年份。检查葛兰许的时候,另外两瓶酒引起了我的注意,它们就在旁边,瓶颈的长度不同。我蹲下来,把它们从架子上抽出来。两瓶酒的标签都是自制的,和服装名牌无异,用胶带粘着,写着"葛兰许女士"。

我的心开始狂跳。咦,这是?……

我只听说过有关葛兰许干白的传闻。20世纪50年代末,先锋酿酒师马克斯·舒伯特收到奔富老板的命令,让他放弃尝试对欧洲葡萄酒的热情,不再酿造标志性的红葡萄酒。传说,舒伯特这时还在计划酿造一种标志性的白葡萄酒,但迫于雇主的压力,只完成了红葡萄酒,也就是日后有名的奔富葛兰许干红葡萄酒。因此,葛兰许干白葡萄酒项目从一开始就夭折了,很多葡萄酒专家认为,舒伯特甚至没有进行到装瓶的阶段。

而现在,我眼前的东西似乎可以证明,他做到了。它们是真的吗?我悄悄地把这些极为罕见的酒带到了车上,放在后备厢里。

走回房子的时候,我感到一阵轻松,后续的活动会非常精彩。事实上,我有预感,这些酒会被抢购一空。

弗兰克、吉莉安和凯文显然也对这个酒窖大为叹服。我能看出,他们对特雷山的藏酒很兴奋,所以我明白,我们有足够好的葡萄酒来支付这次收购的费用。

我们花了一上午时间收拾好了整个酒窖:弗兰克、吉莉安和凯文有条不紊地把酒装进结实的盒子里,小心翼翼,边走边口头核对清单，不停说着："不是6瓶，只有5瓶……写着4瓶，但实际有6瓶。"

我们称这种情况为"上下"，这是收拾酒窖的标准做法。这个团队是一台运转良好的机器，而我，似乎是唯一的薄弱环节。几个小时后，在打包一整套葛兰许葡萄酒的途中，我想都没想，拿起了一瓶1954年的奔富葛兰许葡萄酒——这是一个新手犯的错误——眼看着老化的瓶颈在我手中折断，陈年酒瓶的玻璃上，某个脆弱的点裂开了。

该死，我心想。这是个真正的大问题。现在，我们有两套完整的葛兰许，只少了一瓶1954年的。我该怎么办？队友们又紧张，又想笑，大家都知道，再找到另一瓶那种年份的酒来凑齐整套有多么困难。

弗兰克半笑着，问我："你到底要怎么解决这个问题，朋友？"

哈利晃晃悠悠地走了进来，看到了眼前的一切。他很不高兴。

"约翰，你对这些重要的酒太随便了。"他冲我发火。

"以前就发生过这种事，现在还这样。你得更小心点。"

我还在生自己的气，但不想让哈利知道。我反而耸了耸肩。

"哈利，它坏了，"我说，"坏了。瓶子破了。又发生了。"

这其实一直是我的态度。对待稀有酒要有应有的关心和尊重，这是应当的，但也要记住，它只是一件物品，没有生命，也不会死亡。偶尔打碎一瓶酒，这的确让人很沮丧，但碎了就碎了，别再挂怀。不过，哈利不同意这种哲学观点，这很公平，毕竟这笔交易也有他的一杯羹。

"你现在怎么办？"他问我，挥舞着手臂。他总是带着一种戏剧性的匈牙利人风格。"你本来有两套完整的葛兰许，但现在有一套少了 1954 年的。"

我想了一会儿。1954 年的葛兰许实际上并不算多了不起，只不过相当罕见，距离最初的 1951 年葛兰许只有 3 年。我知道，我们不可能再找到另一瓶可以立刻买下来的 1954 年葛兰许。

我说："我想，我可以出售一套不包括 1954 年的，不过还是当成两套葛兰许来宣传，等有了买家再处理少的那瓶。人有时候就得边走边看。"

哈利摇了摇头，气呼呼地走开了，边走边嘟囔。不过这没什么，我了解他，过个几周，看到销售数据，他就恢复过来了。

我是对的。在双湾酒窖举办的这次销售活动确实销量不错。

事实上，邀请别人来品尝并购买地球上最好的葡萄酒，竟然可以帮你完成平时最难完成的预约，真是太神奇了。有些行业领袖，求一整年也很难安排一次面对面的会谈，但是在那个特定的周四下午 6 点，他们突然就有空了，出现在我的酒行里。

周四晚上的特雷山酒窖品鉴仅限受邀人参加，销售"博物馆珍藏稀有葡萄酒"，严禁转让，这些大人物显然注意到了这个细节。

1990 年的唐培里侬香槟，1966 年的拉菲，还有 1955 年的奔富葛兰许，这可不是每天都能尝到的。当然，1983 年的伊甘也是一大亮点，就算年份相对较新也没什么影响，这并不是说我们要把著名的 1847 年伊甘干白倒出来品尝——这可能是世界上最稀有、最昂贵的白葡萄酒——但任何伊甘酒都会引起不小的轰动。

第一批客人很早就来了，几乎在下午6点准点到达。敏锐的收藏家知道，有些葡萄酒的数量是有限的。他们到达的时候得到了一杯1990年的唐培里侬香槟和一份包含所有葡萄酒的酒单，包括两套葛兰许。

下午6点30分，客人都到齐了，大家已经开始从酒单上和摆放在店里的木箱中挑选葡萄酒了。弗兰克和吉莉安在柜台后面卖力地准备餐食，柜台上的箱子已经贴上了顾客的名字，他们还在收集其他的葡萄酒。

这期间，我注意到店里来了一位先生，一头银发，戴着眼镜，用非常专业的眼光看着葡萄酒。

我走过去，和他握了握手，说："我想，今晚展示的1955年葛兰许大概能得到您的青睐？"

唐·迪特热情地跟我打招呼，用他一如既往的绅士风度，笑着说："行啊，约翰，葛兰许还行，但它不是寇兰山。"

我们两人都笑了。

唐在奔富担任了十几年的首席酿酒师，从20世纪70年代中期就开始了，他从传奇人物马克斯·舒伯特手中接过了奔富品牌，酿出了奔富寇兰山。我邀请了他，希望他能来，因为当晚的酒很少有人能尝到，而且他在某种程度上代表了葛兰许，这是这批藏酒的一大特色。那两套酒中有很多都是唐制作的，我认为买家应该会喜欢见到这样一位受人尊敬的酿酒师。

不过我还希望能趁他在场的时候问他一个问题。眼看弗兰克、吉莉安和凯文对一切都游刃有余，我把唐带到楼上的办公室，坐下来叙叙旧。

我终于开口说道："唐，我有一个疑问，我认为你是世界上唯一能给出答案的人。"

"有意思，"他笑起来，两眼放光，"不，我不想盘下你的店。"

"唐，你买不起的，"我说，"店里的生意好得不得了。我想问你的是传说中的葛兰许白葡萄酒。有人说马克斯·舒伯特想酿造葛兰许白葡萄酒，传言说他真的酿了出来，但被叫停了，让他专注酿造红葡萄酒，虽然他很显然一直在酿红葡萄酒，还以此闻名。这是真的吗？世界上有葛兰许白葡萄酒吗？"

唐摘下眼镜，掏出口袋里的布，把它擦干净。"啊，葡萄酒界的尼斯湖水怪。那是奔富老板们的疯狂决定。想象一下，如果既有红葡萄酒，又有白葡萄酒，那样的葛兰许才会出名呢。"

我笑了："就像乔治·哈里森的那句名言。他说过，回首从前，要是知道自己会成为披头士，他们会更加努力。"

唐轻声笑起来："没错。要是我知道葛兰许会变成葛兰许，我也会多买几瓶好年份来收藏。"

我坚持问道："但马克斯到底有没有酿出白葡萄酒呢？"

唐耸耸肩，说道："我认识马克斯的时候，事情已经过去有几年了，他并没有透露太多。1957年项目关闭，他只在此后的3年内秘密操作过，也许他试着酿过白葡萄酒，这可能永远没有答案。"

"也许，除了这些。"我说着，伸手打开桌旁的柜子，拿出那两瓶特雷山的葛兰许女士。

唐往前靠过来，眯着眼睛，微张着嘴。他最后说道："你到底从哪里弄来的，你这个狡猾的家伙？"

"在我们最近买的酒窖里，"我说，"就是楼下正在卖的那个，据业主说，马克斯和他的妻子，是赛车手弗兰克·马蒂奇和他妻子的朋友，很显然，马克斯把这两瓶酒作为礼物送给了弗兰克的妻子。我不知道它们怎么又从弗兰克妻子手里落到了这个酒窖。"

唐还盯着酒。

"这些手工制作的标签看起来跟马克斯的实验品差不多，"唐说道，"它们可能是真的，约翰。可能是。老实说，我惊呆了。"

"惊呆了！"我叫道。

"对，"他说，"看看这酒，感觉一下手感，看起来像真的，也似乎符合这些年来一直存在的传言。"

"行，这不是今晚这栋建筑里唯一有趣的酒，唐。走吧，我保证，你不会错过任何一杯伊甘。"

我们回到楼下，活动仍在如火如荼地进行。唐品尝了1966年的拉菲，然后是1955年的葛兰许。征得他同意后，我向大家介绍了唐，解释了他奔富首席酿酒师的角色以及他与葛兰许的关系。唐滔滔不绝地讲述了他在奔富的快乐时光，谈到了马克斯·舒伯特，并宣布杯子里1955年的葛兰许是一流的，原汁原味。他甚至花了一点时间，对当晚店里的葡萄酒表示了认可，认为它们非同寻常，这无疑让那些还在犹豫不决的买家动心了，尽管我认为当时已经没有人不动心。

作为当晚的尾声，唐转向了时长16年的1983年伊甘酒，花了很多时间，实实在在地欣赏这款酿酒的杰作。

伊甘酒

世界上先有了酒，然后再有伊甘酒。

我不是唯一一个把世界上最伟大的苏玳贵腐酒置于如此崇高地位的人。

想想 1855 年的大事，法国皇帝拿破仑三世决定对波尔多地区最好的葡萄酒列出等级。梅多克（产于波尔多梅多克半岛的红葡萄酒，特别是沿着吉伦特河口左岸，是地球上最壮丽的葡萄栽培地）有 61 个酒庄（葡萄园）被列为特级酒庄，从一级到五级，按优劣分类。人们认为，只有 4 个品牌有资格被指定为一级酒庄——精英中的精英。我不确定 1855 年到底有多少酒庄，但今天当地酒庄约有 12000 个，所以，被分类为列级酒庄是非常有声望的。

与此同时，吉伦特地区的苏玳产区有 26 个指定的一级酒庄。然而，除了这些好酒之外，还有一种等级。有一家酒庄的酒标被授予了更高的称号：超一级酒庄。

没错，伊甘酒庄得到了官方独家认可，认为它比一级酒庄更加优越。

葡萄酒界盛传俄罗斯人迷恋伊甘酒，据说可以追溯到 1859 年，当时的俄罗斯大公康斯坦丁、沙皇亚历山大二世（沙皇尼古拉二世的祖父）的弟弟访问波尔多，爱上了伊甘苏玳贵腐酒。

那时节，俄罗斯贵族做事从不半途而废。康斯坦丁认为伊甘酒应该带回家，在圣彼得堡与兄弟分享，于是他轻松地买下了一桶——1200瓶，相当于900升，耗价2万法郎。据《精品葡萄酒》杂志估计，余下备受好评的1858年伊甘酒平均每桶售价为3500法郎，无怪乎伊甘酒庄的酿酒师要用镶金雕花玻璃瓶来盛放大公购买的美酒。未来的岁月里，出于对伊甘酒的热爱，尼古拉二世为它制作了特别的酒瓶，盖上了皇家印章，其中一部分——1865年份的酒——曾在马桑德拉酒厂露面。马桑德拉酒厂是俄罗斯帝国的官方酒厂，位于克里米亚。这些伊甘酒里有5瓶曾以每瓶6200英镑的价格售出，在当时堪称天价。

后来成为美国总统的托马斯·杰斐逊是另一个爱上伊甘酒的人，让伊甘酒庄在全球声誉大增。18世纪80年代，杰斐逊曾担任美国驻法大使，很显然，他把品尝当地葡萄酒当成了这份工作的重要组成部分。杰斐逊买了250瓶1784年份的伊甘酒，供自己收藏，又为另一位美国政治家乔治·华盛顿买了更多1787年份的酒。（这些活动也为日后臭名昭著的杰斐逊葡萄酒赝品事件铺平了道路，更多内容将在本书其他部分详细介绍。）

1847年份通常被视为伊甘酒中的劳斯莱斯——其次可能是传奇的1921年份。1847年份伊甘酒在不同程度上保持了美国有史以来销售的最贵单瓶葡萄酒和最贵白葡萄酒记录，部分原因在于当年产品的著名质量，但1847年份本身也形成了独特的神秘感。《精品葡萄酒》杂志描绘了一场晚宴，1867年6月7日在巴黎第十三区英格兰咖啡馆举行。参加晚宴的有俄国沙皇亚历山大二世，他的儿子（未来的沙皇亚历山大三世），以及普鲁士国王威廉——很快会在凡尔赛宫的仪式上成为德国皇帝；这些人当时正在参加1867年世界博览会。在英格兰咖啡馆，亚历山大父子和威廉以鱼为主菜，享用了1847年的伊甘酒，还有1846年的玛歌、1847年的拉图尔和1848年的拉菲。

这样的历史是无法捏造的，1847年的伊甘酒始终是世界上最浪漫、最珍贵、如今又最为稀缺的葡萄酒。如今，买一瓶1847年的伊甘酒可能要花费超过20万美元，但要找到保存完好、出处优良的，就全凭运气了。

那两套葛兰许被安排在周六单独拍卖，但除此之外，周四晚上的品酒会加上周末，几乎卖光了整个酒窖，价格大概在30万美元，这在当时的周末是一笔巨大的收获。这样的酒窖，经过了出处认证，藏酒齐全，储存良好，在葡萄酒界引起了不小的轰动。事实上，少部分人有些过于热情了。有一次，两名顾客为争夺最后一箱拉菲丽丝展开了一场拉锯战，双方都彬彬有礼，但各不让步，我只好介入，建议每人半箱也许是个不错的法子。"当然，当然。"两人一边答应着，一边相互致意。

连哈利都对自己的那份回报很满意。特别是托尼·黄，一位年轻的中国收藏家，我的老顾客，他在品酒会结束后的周五早上走进店里，兴高采烈地说想把两套葛兰许都买走。

"太好了，托尼，"我说，"酒在特制展示盒里，每盒一套，明天会拍卖。"

"如果我现在就把它们都买下来呢?"他问道。

"可以,如果你确定的话,"我说,"我可以取消拍卖。"

我告诉他我期望的最高拍卖价格,他高兴地笑了。"没问题,"他说,"我都要了。"

"太好了,"我说,"不过有一个小问题。恐怕有一套没有1954年的。"

托尼想了一会儿,然后耸了耸肩。"啊,行吧。我还是要了。"

就这样,我再也不用担心第二天要怎么拍卖一套不完整的酒了。事实上,我也不必担心,假如第二天找不到拍卖师了,我该怎么拍卖这些酒——我自己也不知道怎么做拍卖师。

我帮托尼把箱子装上车,愉快地挥手告别。

生活总会找到出路。

2
解　码

这次特别活动中，每个人都很努力，就连周末也不例外，所以周一只有我一个人守店。这历来是安静的一天，我可以再研究研究哈利那份啰唆的清单，那些名字还是猜不透，无法揭开它们的神秘面纱。

弗兰克今天休息，吉莉安上中班和晚班。

凯文正忙着处理其他不太可能实现的葡萄酒冒险，这些冒险通常会突然出现在办公桌上，包括哈利的。比如，哈利认识的一位投资银行家认识某个人，那人显然收藏了艺术家为各个年份的木桐酒制作的原始艺术标签。鉴于这些标签是受木桐酒庄委托而完成的独家艺术品，现在全部存放在酒庄的某个画廊里，所以前面的说法纯属无稽之谈。另外，提供给店里的另一条消息显示，据称有人在伍尔卢莫卢底下挖隧道，用来储存甚或藏匿大量的葡萄酒，还有令人费解的法贝热彩蛋。我们还可以试试数千瓶稀有的玛歌酒，据说这些葡萄酒存放在雅加达，买的时候得不露痕迹。凯文在这些消息里穿梭，寻找一个可能真实的机会。

过完了这样一个重要的周末，和一个临时工作人员静静地守在店里，让我感到很满意。大概在喝第三杯咖啡的时候，一个中年男子走了进来,穿着昂贵的西装,解释说他上周末外出了,问我们广告活动里的稀有博物馆级别珍藏葡萄酒还有没有。

"没有了,我告诉他。"不好意思,活动太受欢迎了。"

他说:"我能问一下,你还有'伊加酒'吗?"他的发音有点像"宜家"。

"伊——甘酒,"我翻译道,"没有,这酒卖得很快,你明白的。很抱歉。"

"哦,好吧。"他说,看了看其他标签,离开了。

我突然想到了什么。

我呆呆地愣在那里,心怦怦直跳。我抓起电话打给凯文。"我知道了!"我告诉他。"我破解了密码。"

"密码?"他问。

"那份清单!哈利那份神秘的清单!"

"我这就来。"他说,挂了电话。

凯文到的时候,我已经给哈利打了电话,确认他在办公室,并让柜台后面的大学生在吉莉安上班前负责店里的事情。

凯文走进来,看了我一眼,说:"你在踱步。你踱步的时候总是有深意。怎么了?"

"我破解了密码,"我说,"那份清单,我知道是怎么回事了。快点,哈利在等我们。"

我在路上向凯文解释了我的理论,他哈哈大笑。

"比我想象得还要疯狂，"他说，"你觉得你的方法是对的？"

"对，看起来是可行的。"

哈利的办公室俯瞰达令港，有大量玻璃隔断。他的业务主要是房地产开发，邀请其他人提供资金，参与房地产交易。葡萄酒对他更像是一种爱好，当然是希望一有机会就能从中获利的爱好。对哈利来说，这就是游戏的全部意义：记分牌。

我们和哈利一起去了他的私人办公室，他开了一瓶白葡萄酒，把标签藏了起来，这样我们就看不出这是不是一个有信誉的制造商。他给我们每人倒了一杯，然后坐在那里，双手交叉放在肚子上，等待着。

我尝了尝这酒，挺好喝的。

我宣布："清单是根据语音写下来的。"

而且我知道我是对的，因为我看到了哈利狡黠的笑容。

我从凯文手里拿过那份清单，现在已经被翻烂了。"不管这份清单是在哪里写出来的，它都是由不会说法语但又必须把法语标签读给别人听的人写的。所以，他们尽可能地边读边说，写清单的人尽力用自己的语言把听到的东西写下来，而且很显然，他们自己的语言也不是法语。然后，他们再一次尽其所能，把清单翻译回来，最终得到了现在这些音译的名称。就这样，伊甘就变成了'伊克姆'，有点像'宜家'。玛歌变成了玛戈特。"

凯文一栏一栏地把清单读出来。"1877年拉菲，1891年伊甘……"他抬起头，"全都对得上。哈利，如果约翰是对的，那这份清单上就有一些是世界上最好的葡萄酒。"

哈利眼里闪烁着未来利润带来的纯粹愉悦。

"看吧，我就知道你们会乐在其中，"他说道，"这份清单是真的。其实还有比这更好的，信不信由你们。"

"怎么可能还有比这更好的呢？"

他又给自己倒了一杯，问我们还要不要来一杯。我们摇了摇头。

"酒窖是真的，"哈利说，"在格鲁吉亚——曾经是苏联的一个成员国，十年前解体后，现在正在经历资本主义的萌芽。他们是国际投资的忠实粉丝。我有一个朋友内维尔，最近买下了格鲁吉亚的一座金矿，附近有一家酒厂，是内维尔一个新朋友所有，他告诉了内维尔这批藏酒的情况，还请人尽力把格鲁吉亚语的酒窖记录簿翻译出来，所以才有了这份清单。"

哈利呷了一口酒，身体前倾以示强调："约翰、凯文，那下面有成千上万的酒，都是真的。你们已经看过了，有些可以追溯到 18 世纪初。"

我问："你对这个内维尔有多少了解？"

哈利豪爽地耸了耸肩："我们一块儿做了些小生意，都在猎人谷有酒厂。他带着这个来找我。"

"他是做采矿的？"我问道。

"是的，黄金、镍，"哈利说，"目前也在南非进行一些重大勘探。他的目光超越了澳大利亚的繁荣资源。"

"那我们怎么加入呢？"凯文问。

哈利又耸了耸肩。"从格鲁吉亚人手里买下那块地的标价是 100 万美元。"

"现金？"我问道，挑了挑眉。

"不,"哈利轻笑道,"运气不好,国际法律要求整个交易正确进行,要光明正大。嗯,也许吧。"

"你为什么来找我们?"我又问,"我没有那么多钱,哈利。"

"我知道,但我们需要你的技能,"哈利说,"你和凯文了解伟大的法国葡萄酒,知道怎么管理酒窖,我知道你们会欣赏这种规模的。得有人鉴定一下这些酒,然后打包——不是随随便便的包装,约翰——再运到伦敦或纽约拍卖行。这件事要做对,也要做好。我们的想法是建立伙伴关系,一起完成。"

凯文又扫视着名单:"如果这份清单是真的,这里的酒价值能超过100万美元。"他说道,"远远超过。一笔不错的交易可能会有三四百万,这还只是粗略一看。"他看着我,"我们怎么才能知道这是不是真的?"

我咧嘴一笑:"你会说格鲁吉亚语吗?"

"好吧,掏出护照前,我们可能得去拜访一下这个叫内维尔的家伙,"凯文说道,"他在附近吗,哈利?"

"当然。他在城里有个办公室,在环形码头。如果我们这么做,就需要他参与交易,而且你们也需要他,帮你们联系当地人。我的理解是,这些当地人真是多姿多彩。"

"什么意思?"我问道。

"约翰,你总是告诉我你喜欢冒险。"

凯文和我面面相觑,凯文只是摇了摇头。

"一座金矿。"凯文说。

"一座葡萄酒金矿,"我答道,"哪怕这份清单只是大概准确,也可能是地球上最伟大的葡萄酒宝库之一。"

"去格鲁吉亚跟去特雷山很不一样。"他说道。

哈利啜了一口酒,让我们消化这一切。

但他紧接着坐回椅子,又喝了一口,说:"朋友们,还有一件事。我还没告诉你们最精彩的部分。"

我们沉默了。他吸引了我们的全部注意。

"好吧,"我说,"我知道你玩得很开心,哈利,我配合你。这还能有多精彩呢?"

哈利说:"等你听到酒是谁的再说。"

"谁的?"凯文问。

哈利得意地笑了,真让人生气。"我不会告诉你的。你得听内维尔说。"

"哈利,"我说,"跟你一起做生意很有趣,但你也可能是个大麻烦。"

他开心地笑了。"我会把这当成一种恭维,约翰,"他说,"相信我,你以后会感谢我的。"

3
内维尔讲故事

我们花了一星期才安排上一次会面,来到了环形码头附近一座闪闪发光的银塔,那里有矿业巨头的海港景观和皮沙发。

我从北部海滩的另一场会议过来,所以凯文得搭哈利的车。等电梯的时候,哈利在用手机打电话,我问这一路上怎么样。凯文只是微微一笑。

"我们在戴姆勒车上混了一天。到了这儿,他在街区里绕了三圈,想找个街心公园。眼看快迟到了,他终于去了一个地下停车场,还问我愿不愿意付一半的停车费,"他说,"一笔号称价值数百万美元的交易即将达成,而开着价格高达六位数的车的人,连20美元的停车费都不想付。"

"好吧,我们得知道自己在干什么。"我说。

哈利重新加入了我们,电梯驶向大楼顶部,那里的门厅都铺着厚厚的地毯,还有明显是澳大利亚风景的原画。我好像在走廊上看见了一幅麦卡宾,但距离太远,无法确定。一台电视正在播放无声的录像,似乎是各家矿业公司的宣传视频。凯文推了推我,努了努下巴,这时一段短视频正在宣传阿拉尼亚矿业公司,有一些旅游景点的镜头,看起来是个古老的城市,一条河流从中心穿过，屏幕底部的说明显示，这是格鲁吉亚共和国的第比利斯市，随后是常见的推土机和巨型卡车画面。一个眼神严肃、留着深色胡子的西装男正与一个头发精心打理过的年轻男子握手，也穿着深色西装。接着视频淡出，变成了西雅波纳矿业公司的新视频。一张突出了南非的世界地图。

内维尔的私人助理站了起来，说内维尔已经准备好了，绕过办公桌，把我们带进了一间巨大的办公室，办公室有落地窗，阳光洒进来，可以看到海港大桥、歌剧院和头顶的景色。

许多商务会议在某种程度上都是权力的游戏，但我觉得我们见面时不需要玩任何游戏。内维尔显然与格鲁吉亚那批神秘的葡萄酒收藏有关，但我们也显然拥有他需要的知识和专长。坐在桌旁时，我只说了一句话："风景不错，先生们。"

凯文，不愧是凯文，这价值数百万美元的风景他只瞥了一眼，耸了耸肩，然后转身，背对着这世界上最伟大的明信片场景之一。

哈利向内维尔做了介绍，他就是视频中那个眼神严肃的人，只不过现在穿着衬衫，打着领带，头发和胡子比视频中的要白一些。大家互相握了手。

内维尔旁边站着一个高个子女人，一头鲜艳的红头发，穿着一套非常昂贵的深蓝色西装，看起来四十岁左右，戴着薄薄的金边眼镜。内维尔介绍说她叫葆拉·斯坦福，是他私人法律团队的高级成员。跟她握手的时候，我尽量不被一个问题分心：他的私人法律团队中得有多少人才能跟他的公司法律团队相提并论？而我的整个法律团队，实际上，通常指的就是我自己。

我们坐下来，直奔主题。

"简而言之，先生们，"内维尔说，"你们可能知道，也可能不知道，格鲁吉亚与许多苏联的加盟共和国一样，自90年代初苏联解体开始，就一直热切地谋求加入更广泛的经济世界。从采矿的角度看，这提供了一个优良的发财机会，因为众所周知，格鲁吉亚首都第比利斯的周围地区蕴藏着丰富的金矿和其他矿产。此前那里由国有煤矿经营，但在格鲁吉亚变成共和国的权力真空之中，我们找到了一个机会。"

内维尔解释，他现在已经和当地一个叫乔治的格鲁吉亚商人组成了阿拉尼亚矿业公司。

"来自格鲁吉亚的乔治。"这是凯文打完招呼后说的第一句话。

"我知道，"内维尔说，"听起来不太可能，但这实际上是个很普通的名字，跟他的姓氏阿拉米什维利一样，虽然很拗口，但到处都有，包括政府部长、商人，甚至商铺店面。他的真名叫乔吉，但跟我们这样的西方人打交道的时候，他会用乔治这个名字。不管怎样，乔治还拥有第比利斯的格鲁吉亚第一酒厂。"

我得努力忍着，不去看凯文，从余光看出，他正直直地盯着我。乔吉，格鲁吉亚酒厂的老板，在格鲁吉亚。我非常确定，如果内维尔告诉我们这个人有一条狗，那它的名字一定叫乔治。①

---

① 英语中，乔吉（Giorgi）、乔治（George）、格鲁吉亚（Georgia）的发音和拼写均很相似。

"所以，我在那里签署采矿协议的时候，"内维尔继续说道，"乔治告诉我，他也是这家酒厂的老板，他们正在给酒窖找买家，他告诉了我整个故事，并认为这对来自西方的买家会很有吸引力。"

"为什么是西方？"哈利问。

"我觉得是那边没人能拿出那么多钱，也没有人想拿出那么多钱，"内维尔说，"我的意思是，有些人也许能拿出来——那些人在经历了十年的市场经济后开始发财——但如果可以，为什么不去挣美元呢？这就是他们的态度。另外，整个销售的关键是要在格鲁吉亚以外的地区销售葡萄酒，而这正是他们缺乏必要知识的地方。"

"有道理。"哈利说道。

内维尔身体前倾："所以，我要说到重点了，先生们——能够接触到一个拥有多达五万瓶葡萄酒的酒窖，还有这种非凡的出处，我觉得这是一个非常好的机会……"

"很抱歉打断你，内维尔。不过这批酒是什么出处？"我问道。

他惊讶地看着我，我以为是因为我打断了他，但后来他又看了看凯文、葆拉，最后是哈利。

"你没告诉他们酒的出处？"他问道。

"我不想破坏你的惊喜。"哈利回答。

"你们不知道它从哪里来的？"内维尔问我们，一脸震惊，"不知道它的历史？"

"相信我，"凯文说，"我们已经做好了准备，终于有人告诉我们了。"

"哇哦，好吧。我以为你们知道，"他说，"行，站在你们这样的酒商的角度，这笔交易会很惊人。因为，如果出售几万瓶1900年以前的、令人难以置信的葡萄酒还不够精彩，那么，要是它们曾经属于一个叫尼古拉·亚历山德罗维奇皇帝的人呢？这又会给销售价格带来什么？"

我们仔细思考了一下。

"尼古拉二世。俄国最后的沙皇。"我说。

"没错，"内维尔说道，"然后，在他之后，是约瑟夫·斯大林。"

"内维尔，"凯文愉快地说，"也许你可以从头到尾给我们讲一遍。"

葆拉悄悄地递给内维尔几张纸，他边说话边看了一眼。

"当然，"他说，"听着，我不是俄罗斯历史专家，但我在那边有生意，读过一些书，也让员工做了一些研究，以下是我认为的情况。尼古拉二世是个酒鬼。他不是个合格的沙皇——这种判断取决于你读的书是谁写的。你可能听说过一个叫拉斯普京的农民巫师，迷住了尼古拉的妻子，然后迷住了沙皇本人，几乎接管了整个国家的决策——但大部分俄罗斯民众对此并不意外。另外，尼古拉似乎还很喜欢和士兵混在一起，而且非常喜欢喝得大醉。在日记中，他谈到了与军官喝了一夜之后整理宿醉的情况，还有官方午餐和晚餐的记录，其中不断出现名贵的葡萄酒。

"他的宫殿里收集了大量的葡萄酒，包括某些最伟大的法国品牌。我希望你们能懂有多伟大，得比我懂，我对你们这个行业的了解有限。俄国人——嗯，至少圣彼得堡①的沙皇——似乎对法国有一种迷恋，从19世纪中后期，一直到20世纪初，尼古拉以惊人的速度，从所有瑰丽的葡萄酒公司不断购买葡萄酒，还和他的贵族伙伴们购买各种艺术品和其他法国珍宝，通常是在世界其他国家还没意识到这些是珍宝之前。"

哈利在座位上动了动。"例如，俄罗斯贵族史库琴收藏了270多幅画作，包括莫奈、塞尚、高更、毕加索和梵高的作品。"

"问题是，"内维尔继续说道，"尼古拉二世更擅长判断葡萄酒，而不是阅读俄国的政治风向。第一次世界大战结束时，拉斯普京被残忍地谋杀，1917年，俄国的二月革命叩响沙皇的大门时，尼古拉正享受着他的地位带来的一切奢华。你们也许知道关于他和家人结局的传闻，还有阿纳斯塔西娅，等等。具体发生了什么还不得而知，但大家都怀疑尼古拉是被谋杀的。

"革命后，沙皇和其他遭到流放或谋杀的贵族的庄园和财产都变成了国家财产，列宁去世后，国家由斯大林领导，他似乎很重视尼古拉二世的旧酒窖，据说还对其进行了大范围的扩建。但后来，第二次世界大战正式开始，人们开始担心势如破竹的纳粹可能真的会入侵，所以，许多珍宝都从圣彼得堡给送走了。各

---

① 圣彼得堡，俄罗斯在波罗的海沿岸的重要港口城市和军事基地，由沙皇彼得一世于1703年奠基建城。这座城市在300多年的历史中曾数易其名：1914年改称"彼得格勒"以迎合民间的反日尔曼情绪；1924年改名"列宁格勒"以纪念列宁逝世；1992年再改回"圣彼得堡"；2011年起，这座城市又会有3天自称"列宁格勒"，以纪念二战中的列宁格勒战役。因其称谓众多，本书原作者为便于读者理解，统一使用了"圣彼得堡"。中文版沿袭了原文中的用法。

3 内维尔讲故事

种艺术品和财富——是的,还有葡萄酒——被藏在了全国各个角落。

"据我的商业伙伴乔治说,这批宝藏葡萄酒被一分为三,其中一大部分送到了克里米亚雅尔塔的马桑德拉酒厂,就是官方的国家酒厂。我不知道第二部分去了哪里,但有一些送到了斯大林的家乡第比利斯,送到了那个鲜为人知的酒厂,在那里谁都找不到它,半个世纪后的今天,它仍然在那里。"

哈利双手放在肚子上,享受着我们的反应。凯文喝了一口水。我深吸了一口气。

"从各种意义上讲,这都是一个奇妙的故事。"我说道,措辞谨慎。

"应该有多少瓶?"

"大部分是尼古拉二世的收藏,但也有一些显然是斯大林时代的。"内维尔说,"很显然,我们还没有得到另一部分清单,那上面应该列出了斯大林时代增加的葡萄酒。乔治告诉我,最初有20万瓶,但酒架已经塌了,有些已经没了,现在估计还剩3万到5万瓶。"

"真的吗?"我问道,努力不让我的声音充满怀疑。"多达5万瓶,世界上最了不起的葡萄酒,在地底下,被人遗忘在一个默默无闻的酒窖里?由沙皇或斯大林亲自挑选?这实在是太离谱了。当然,我们要认真对待这件事,需要一点确凿的证据来证明它们的存在。"

内维尔对我笑了笑。"我有照片,"他说道,"我是不是忘说了,乔治带我去看了看。"

我大声笑了出来。这家伙是个混董事会的真材料，我们的无知和他隐藏的王牌让他乐在其中。恰在这时，律师葆拉递给他一个信封。整个会议期间，她几乎没说过一句话，但我确信，她出现在这里有充分的理由。内维尔接过信封，拿出一沓照片，扔在桌子上，这样凯文和我都能看到。哈利没有对这些照片表现出兴趣，说明他已经看过了。

这些照片质量很差，是用最普通的相机闪光灯拍摄的，曝光过度，在一个深邃空旷的黑暗空间里，但可以分辨出似乎无穷无尽的瓶颈，一字排开，消失在黑暗中。有很多蜘蛛网。内维尔给我们看了一些其他照片，砸碎的架子、地板上破碎的玻璃，让我不寒而栗。我想到，如果这一切都是真的，有些东西肯定已经失去了。

"乔治说他对葡萄酒不太了解，但他相信其中一些葡萄酒相当有价值。"内维尔说，"你们可以看到，有些地方塌了，架子大多生锈了。我还应该提到一点：地窖很潮。就跟湿的一样。我看到的大部分酒都没有标签了。"

"太好了。没有标签的百年老酒。"凯文说道。

"天哪，那就很有难度了。"我说。

"影响交易吗？"内维尔问。

"嗯，不会，但不是很好，"我说，"没有标签的话，有很多方法可以判断一款酒。这不是万能的，但需要通过其他方式来真正证明它，以方便销售。代表酒庄风格的软木塞和酒帽也很重要。"

"还有什么是我们需要知道的吗？"凯文问，"都是法国葡萄酒吗?"

"我觉得是,剩下的酒里有两万瓶左右是格鲁吉亚老酒,"内维尔说,"我不知道名字,不过你们可能知道。在我看来,一切都是真的。你们怎么看?"

4
葡萄酒小队

我怎么看？哇！

尽管我试图在讨论中摆出一副扑克脸，但脑海里已经充满了各种幻想和可能性，心里那个浪漫的小人儿只想飞奔回家收拾行李。

在外国酒窖里寻找19世纪最伟大的法国葡萄酒，这件事的前景已经激起了我的冒险意识，哪怕这些酒显然没有标签。

但我现在知道了这些酒所谓的出处，还有它们与尼古拉二世、斯大林和纳粹入侵可能性的联系，一切似乎都太不可思议了。

我必须搞清楚。

那样的葡萄酒，那样的时代，那样的产地，一切都是如此缥缈，甚至远远超出一个卑微的澳大利亚——事实上是任何地方的——葡萄酒爱好者和酒商的想象，光是想想这些酒的存在就让人震惊不已。

如果这一切都属实，那么发掘这个酒窖，再出售，将会成为全球葡萄酒业的巅峰事件，而且不知何故，我发现自己恰恰可以抓住这个机会。

我内心的冒险家准备全力以赴,但不幸的是,生活很少允许有人这么鲁莽行事。

首先,我们都得谈生意。

我直奔主题。"内维尔,这是一个迷人的故事,也是一个非常有趣的提议,"我说,"我想凯文会同意我的看法,要想知道这一切是不是真的,我们得确定那里到底有什么,确定那些酒和清单上的内容是不是一致,并回答最重要的问题:这些酒的条件是不是还足以用来销售。"

"当然。"凯文说。

"除了凯文和我去那里做这项工作之外,我认为没有别的办法。如果我们要去,在那儿就地待上几天,检查库存,特别是最有价值的酒。我们应该试着把现有的这份清单派上用场,或者提前找一份内容更完整的,来大概确定情况。比如说,大约6000种最古老最稀有的葡萄酒,主要是法国葡萄酒。如果能做到这一点,我们就可以对这些酒进行准确的盘点,有时间的话还能盘点更多。我认为这是很重要的第一步。问题是,你愿不愿意跟我们一起去?"

内维尔对我笑了笑,带着一种商人的温情。"我还有很多其他的工作要做,不能在满是灰尘的地窖里爬两天,约翰。这就是为什么我希望你会感兴趣。"

这话是不是有点侮辱人?他的时间就比我的宝贵?我认为并不。也许他只是在陈述一个自己很忙的事实?我不去在意这个,说:"好吧,只要我们能接触到葡萄酒,你帮不帮忙都无可厚非,而且很明显,你认识当地人,可以协助我们。"

"是的,"他说,"恕我直言,你们两个都要去吗?"

他看着凯文:"您能给我们带来什么呢,霍普科先生?"

"什么都没有,只有少年的帅气和胜利的微笑。"凯文面无表情地说道。

葆拉在座位上晃了晃。哈利的脸上有一种非常有趣的表情,我怀疑这是他在有人为交易争论时会出现的标准表情。

"内维尔,"我说,"没有凯文的话,我们做不到这些。他可能是澳大利亚评估销售陈年稀有葡萄酒方面最重要的专家,在英国和整个欧洲都有关系网,如果葡萄酒足够好卖,这些关系可能是至关重要的。最关键的是,涉及稀有葡萄酒的时候,他有点像雪貂,知道酒窖有没有变味儿,还能嗅到销售的苗头。"

内维尔笑了笑,点点头说:"好吧,很有道理,那就只剩一个问题了。我们要你来干什么呢,约翰?"

"内维尔,"我愉快地笑了,"我不是来这儿玩游戏的。我想我之所以来到这里,是因为哈利知道,我是这个国家唯一一个能疯狂到考虑飞越半个地球去追逐一个神秘酒窖的人。这个酒窖可能属于也可能不属于俄罗斯历史上最著名的两个人。这批酒听起来无异于天方夜谭,你必须确定你到底想不想知道它的真假。凯文和我可以帮你。我了解,这些酒的来源很浪漫,还需要冒险,但我们都是为了追求它的商业利益。如果你想和我们合作,那很好,我们可以考虑一下这个提议。如果你不想,那么,很高兴见到你,我要回双湾酒窖继续做我的生意了。"

内维尔看着我,然后看看凯文,又看了看哈利。

"嗯,好吧,"他对哈利说,"就这么办。"

我没看错内维尔。他就是那种人，必须先在你胸前推一把，看你是往前推回去还是往后缩成一团。现在我们已经度过了相互推搡的那一刻，房间里温暖的氛围又回来了。

除了凯文，他仍然面无表情。我几乎笑出声来。

内维尔说："听着，很抱歉让你有点不愉快，但我得先看看你对受人摆布有什么反应，这样才能相信你可以处理与格鲁吉亚人的谈判。"

"这些人听起来不简单。"我说。

"确实，"内维尔说道，"嗯，乔治是这样，他的一些助手也是。这些人很有意思，你可能会很喜欢他们，但要时刻记住你的使命。要是我不能去，我得确认你们两个能胜任。"

"那么，如果我们通过了面试，接下来会怎样？"凯文的声音相当和蔼，彬彬有礼。

不过，毫不意外，哈利早就想在我们前头了。

"我的建议是这样的，"他说道，"内维尔有本地的关系，可以实现我们的目标。你们两个有技能和知识，可以确定酒窖到底存不存在，判断葡萄酒是不是真的，还可以估计大概的销售价格。我来把整件事连起来，你们在格鲁吉亚的时候，我继续留在澳大利亚做联络点。"

"我们合伙？"凯文问道。

葆拉终于开口了："内维尔和哈利的建议是，四位合伙人各获得25%的股份，"她说道，"如果你们认为这个酒窖值得买下来，四位合伙人就同意共同拿出100万美元，再加上把葡萄酒运出格鲁吉亚可能产生的所有其他费用，或者额外的开支，然后均分所有利润。"

凯文和我互相挑了挑眉。听起来很合理，我们两人能占50%。

"那去格鲁吉亚鉴定葡萄酒的费用呢？"我问道。

葆拉说："内维尔的想法是，建立这种初始合作关系需要妥善处理。我会先起草文件，建立四方合作关系，然后，合作伙伴各自投资足够的钱，支付你们的机票和住宿费，以及你们完成这个研究阶段可能需要的任何其他东西的费用。"

内维尔和哈利静静地坐着，让律师主持商务谈话。

"一切都归结到了这一点上，对吗？"我说道，"确定这些酒是不是真的。"

我在生意上跟人打交道的时候往往很直接，所以我把注意力从律师葆拉身上转移开，盯着内维尔的眼睛，直截了当地发问："好吧，内维尔，如果我们接受这个提议，我有个问题要问你：你对这趟活儿有多认真？"

他笑着看着我。"认真到我把钱都投进去了。"他说道。

像他这种级别的商人，这就是我需要听到的全部。

"凯文？"我问道。

"我回头再给你答复，"他温和地说，"我想考虑一下。"

好吧，凯文还在为内维尔让我们证明自己的存在价值而生气。

我点点头，说道："行，我同意。我们需要几天时间考虑。这次任务相当艰巨，我们要决定一下是不是值得。"

在整场会议中，哈利第一次收起了那副得意扬扬的表情。

"是不是值得？"他叫道，"那可是尼古拉二世和斯大林时代的葡萄酒珍藏！"

"据说是。"凯文说道。

"第二次世界大战开始它就一直放在那儿，"我说，"再等几天也无妨，我们好好想想是不是要加入。"

圣彼得堡盛况

如果可以穿越时空，我很想去一个城市看看，那就是1895年左右的圣彼得堡。

也许更早，在彼得大帝于18世纪初建立这座城市的大概50年后，这座城市被他打造成通往欧洲的门户。

在与瑞典的持久战中获胜后，彼得赢得了这片日后会成为圣彼得堡的沼泽地。他决定把这里作为俄罗斯的新首都，然后征召了成千上万的建筑工人，因为太过严苛，导致许多人死亡。他还聘请了德国和荷兰建筑师来指导建设新城市建筑的外观。彼得甚至在俄罗斯各地下令，让人们搬到这里，好让整座城市立即拥有人口，比如行政人员。

因为对威尼斯印象深刻，彼得下令把圣彼得堡建造成一座运河城市，这需要对涅瓦河三角洲进行重大改造，在城市里用船作交通工具，哪怕北方的气候不太适合乘坐小划船漂流。他是凡尔赛宫的粉丝，在城市周围建造了好几座宏伟的宫殿，包括海滨宫殿和彼得霍夫宫。圣彼得堡很快变成与莫斯科完全不同的城市。

到了 18 世纪 40 年代，伊丽莎白·彼得罗夫娜女皇取代了狂热的彼得，圣彼得堡逐渐成形，现在有许多俄罗斯人选择在那里居住，欧洲人也拥入了这座城市。意大利建筑师建造了令人瞠目的宫殿，欧洲音乐家、艺术家和其他工匠精英如潮水般进入女皇的宫廷。

在彼得的理想中，这应当是一座开明的城市，充满文化气息，他还有意识地将它打造成通往西方的窗口，弥合俄罗斯与欧洲的差距。值得注意的是，现实的确如此，圣彼得堡作为这样的窗口差不多持续了两个世纪。

事实上，我肯定会把时间机器设定在 19 世纪中叶，在拿破仑战争之后。当时欧洲发生了一场"文化革命"，圣彼得堡进入了自己的时代，成为世界上最具多样性的城市之一，文化繁荣，经济富裕。当时的圣彼得堡是科学家、作家、知识分子和各种创意的家园，有着浓厚的文化气息。

在这座城市的全盛时期，街上说法语的人跟说俄语的一样多，皇帝也毫不吝啬，尽情放纵他们对欧洲精美事物的热爱。事实上，俄罗斯的贵族热情赞助了许多伟大的法国画家，比欧洲其他国家都要早。沙皇尼古拉二世以热爱法国葡萄酒而闻名，只有最好的酒才能赢得他的青睐。

后来，革命力量在这座城市活动了几十年，包括 1881 年刺杀沙皇亚历山大二世。随着时间推移，圣彼得堡的奢侈和它对欧洲美好事物的热爱渐渐衰落。

　　第一次世界大战爆发后，这座城市改名为彼得格勒，因为人们认为圣彼得堡这个名字的德国色彩过于浓厚。列宁去世后三天，这座城市再次更名，成为列宁格勒。第二次世界大战抹掉了这座城市街道上最后一丝欧洲文化和生活方式的痕迹。

5
留下，还是立刻出发？

前往格鲁吉亚的决定就这么搁置了，哈利对此很懊恼。凯文和我不得不穿越世界，追逐这个如拉塞特暗礁一般可能存在的沙皇酒窖。我们必须确定我们的回报是不是值得付出这些努力。凯文必须决定他是否能原谅内维尔的试探，他称之为"自教练让我在少年冰球比赛中进行滑行和冰球控制测试后的第一次测试"。

"哎，其实没那么糟糕，"我说，"他看起来是个好人。这有可能是一桩大生意。他只是想知道我们不会在谈判桌上崩溃。"

大家达成一致，在我们二人考虑决定的时候，葆拉开始起草文书，内维尔和哈利会给我们提供第比利斯相关人员的联系方式，这样，如果我们接受了提议，行动就可以迅速开展。

"我希望你们能加入，"会议结束后，内维尔一边送我们到门口一边说，"你们现在大概已经了解，苏联解体后的十年里，格鲁吉亚就像是狂野的美国西部，绝对不会无聊，事实上去那里做生意是相当疯狂的。如果你们真的要去，我建议你们在那里的时候低调一点。那里很多人满脑子都是美元，腰上随时别着枪，很喜欢西方奢侈品。"

这些听起来跟我多年打交道的某些客户没什么不同，所以我放松了警惕,决定做一些研究,等待第比利斯的联系方式,然后继续工作。我正忙着准备一个定期的特色之夜活动,届时会清理商店,把它变成一系列的品酒台。顾客有机会尝试世界上真正让人惊叹的葡萄酒,还可以了解关于这些酒的文化。当然,当晚的活动会以大力销售我们提供的名贵葡萄酒作为尾声。每隔几个月,我就会举办一次这样的活动,在我有足够好的酒来证明特色之夜是合理的时候。

第一批顾客晚上 7 点开始陆续到达,但有些人注定要失望。我组织活动的方式是,客人在门口左转,先品尝一款中等水平的葡萄酒,然后去下一个酒台,品尝稍好或稍复杂的酒,以此类推,一路走过大概十个酒台,直到品尝完最出色的那款。最出色的通常会是伊甘酒,除了花几百美元买上一瓶半瓶,这可能是悉尼的葡萄酒爱好者品尝到它的唯一机会。但机智一点的顾客,特别是曾经参加过的那些人,现在已经摸清楚这套系统了。他们会进门直接右转,直奔特色酒台,品尝最好的酒。而此处恰会让他们大失所望,凯文正在这里,一边倒酒,一边等待,他会用加拿大人的礼貌方式,邀请这些插队的人从一号台开始,和其他人一起,一路尝下去。

活动结束后,我们收拾好东西,凯文和我分享了瓶子里剩下的伊甘酒,这是当晚的特色酒。在见过内维尔以后的那段时间,凯文好像去了悉尼的一家图书馆,因为他神奇地变成了俄罗斯历史的世界级权威。我本人对这个问题也略知一二,年轻的时候因为生活对此产生了兴趣。

11 岁的时候,我的家人在意大利生活了一年——事实上,我有一部分时间是和兄弟姐妹在一所英国寄宿学校度过的,但我眼里的欧洲生活已经很丰富了,足以改变我的想法,当年的那个澳大利亚男孩认为运动、冲浪和小伙伴就是他的全部世界。在阿拉西奥生活了一年,又在意大利和欧洲各地享受了家庭旅行之后,就算再任性的青少年也很难不吸收这种文化,哪怕仅仅是因为住在这里,被一点一点地渗透。然后,在我16岁那年,母亲改嫁给一个名叫杰里·库切拉的捷克斯洛伐克人,在第二次世界大战中,他设法滑雪越过边境,躲过了纳粹的致命一击。在一个澳大利亚少年的眼里,这是一个非常戏剧性又令人兴奋的故事。两年后,我们真的去了捷克斯洛伐克,去探望杰里的哥哥和他的家族。我们到达的时候恰逢杜布切克起义结束,也就是如今所谓的"布拉格之春"事件。自那时起,我就对世界的那一部分深深着迷,就这样对苏联的历史产生了兴趣,并有些实际的了解,不过对尼古拉二世的知识并没有掌握多少。

幸好,凯文一直在做功课。

"我几乎有点起疑心了,因为结果证明太完美了,"他说道,带着加拿大口音,"据我所知,内维尔提到的一切都是真的。比如,约瑟夫·斯大林最初确实来自格鲁吉亚。他似乎不喜欢谈论这个问题,因为他强调的都是公民应该如何认同他们的国家,而不是故乡。这完全符合这样的想法:眼看第二次世界大战就要开始,他担心纳粹的推进,决定开始藏匿珍宝,比如葡萄酒,他会把它送到自己熟悉但强盗或官方不会立即去寻找的地方。"

我啜了一口酒:"所以,这堂历史课还是没有回答最重要的问题:我们要不要做这件事?"

"我一直在看哈利给的清单，研究酒窖里应该有的东西，"凯文说道，"如果这些酒是真的——这是一个相当大胆的假设——它会值很多钱。"

"如果里面的收藏能追溯到沙皇尼古拉二世和斯大林时代，这会是一个主要的卖点，"我说，"内维尔说还有一份单独的清单，记录了斯大林时代添加的收藏。在你还没有接触到真正古老、罕见的经典葡萄酒作品之前，这故事本身就是个巨大的宝藏了。我的意思是——'出处：尼古拉二世和斯大林'——这得值多少钱啊？这肯定是一大笔财富，哪怕是对葡萄酒不感兴趣的人，尤其是俄罗斯人。"

"如果我们能把这些酒从格鲁吉亚弄出来，运到某家大型拍卖行。"凯文说道。

"而且，如果我们能确凿无疑地证明它的出处，证明它是真的，"我说，"特别是要考虑到我们可能会带着三万瓶葡萄酒，没有标签，湿漉漉的酒瓶，来到苏富比或别的地方。"

我们默默地喝了一会儿酒。

"假设我们很乐意与哈利和内维尔搭档，用他那狗屁的硬汉战术。"凯文说道。

"嘁，算了吧。"我挥了挥手，"他还行，他就是个采矿的。也许这就是那个行业的运作方式。你这辈子被耍的次数远不止这些，当然常常是被我耍。"

"话是这么说，但你会给我倒好酒，就像现在一样，大家一起赚钱。"

"嗯，这也是对格鲁吉亚的计划，不是吗？"我们喝了一会儿酒，若有所思。

"这太疯狂了，"凯文最后说道，"你明白的，对吧？完全是疯了。""但想象一下，如果它们是真的！"我说道，"你知道我对酒的感觉，它是有机的，它有生命，会呼吸。它在成熟过程中不断发展、进化，尤其是你拔出软木塞的时候。"

我从座位上站起来，开始在房间里来回走动。

"他在踱步，"凯文说，"约翰踱步的时候总是意味着麻烦来了。"

"想象一下，如果这些酒是合法的，"我说，"尼古拉二世和他的家人被处决的时候，这些酒一定就在地窖里。它们一定看到了沙俄的没落，也看到了苏联解体。它们经历了太多的历史！它们见证了整个20世纪的欧洲，甚至更久，就那么躺在那里，躺在舒适的地窖里。我们怎么能不去看看它们是不是还在那里呢？"

"听着，你是了解我的，"凯文说道，"我很喜欢在脑子里想象这一切，真的喜欢。在智力上，我的确很享受那些历史谈话。但最终，对我来说，酒是一种商品。我更感兴趣的是，让你们都兴奋不已的那些历史悠久的葡萄酒，在拍卖会上到底会卖出什么样的价格。我相信这个价格会很高。"

"一瓶1847年的伊甘值多少钱？"我问道，稍微向他晃了一下我手中几乎空了的伊甘酒杯，这瓶酒年份要新得多，"史上最伟大，也最稀有的葡萄酒之一。名单上说地窖里有三瓶。三瓶！光这三瓶本身就该值多少钱？但如果你再加上历史，加上这些酒可能躺在斯大林或尼古拉二世酒窖里的故事……它们又该值多少钱呢?"

凯文说:"1985年,佳士得拍卖行卖掉了那批拉菲,号称托马斯·杰斐逊拥有的那些,价格是多少来着?"

"15.7万,美元。"我自动说道。二人都对这个售价感到惊讶。它至今仍是有史以来售价最高的葡萄酒。

"如果我没记错的话,那批酒的来路很不清楚。"凯文说道。

我点点头:"据说是在巴黎一堵用砖头封住的墙里发现的。主人是一个自称是荷兰公爵还是什么的家伙,很花哨的一个人,没有说具体的地点,所以没人能查出来。"(事实上,所谓的托马斯·杰斐逊藏酒经历了好几项专题调查,尤其是美国实业家比尔·科赫的调查。20多年后,人们证明,这些酒是假的。)

"所以,我们可能也会遇到这种事情。"他说道。

"那样的价格?"

"是的,但也会遇到从头到尾的高水平检查。"

我说:"我们对那个和内维尔做生意的当地人也不太了解。那个叫乔吉还是乔治的人。他拥有一座金矿和一个酒窖?决定出售酒窖的是他吗?还是我们还要应对其他合作伙伴?我有点担心内维尔的评论,乔治说他对葡萄酒不太了解,但认为某些酒可能很有价值。我觉得他很虚伪,或者说他在虚张声势。如果他真的把这些酒的历史和背景故事告诉了内维尔,那他肯定知道这些葡萄酒是有价值的。"

"我猜这都是整件事的一部分,"凯文说道,"他可能是在钓鱼,看看内维尔这个人是不是了解葡萄酒?又或者,也许格鲁吉亚人真的不知道这些酒在公开市场上的价值?"

"大概吧。也有可能这是史上最大的葡萄酒骗局。"我说。

"行,我们有电话和电子邮件,对吧?"凯文说,"我们可以开始跟乔治谈谈,问一些这样的问题,在我们承诺上飞机之前了解一下情况。"

"或者,"我说,我内心的冒险家正在占据上风,"我们可以自己去看看。"

凯文举起酒杯,说道:"这听起来很像一次大胆的冒险。"

第二天,我打电话告诉内维尔和哈利,我们决定加入这笔生意。

尼古拉二世,俄国末代沙皇

既然已经决定参与,我花了一点时间了解尼古拉二世,这位注定要失败的俄国末代沙皇。

这个人看起来买了成千上万瓶最好的法国葡萄酒,很难让人不去了解,尤其是在那样的时刻,人民正处于起义反对他和贵族的边缘,因为许多革命者认为尼古拉二世的生活过于奢侈。尼古拉真的这么麻木不仁吗?他感觉不到革命的危险在空气中蔓延,却仍然要追求更多、更好的葡萄酒?

看起来是这样的。

尼古拉是亚历山大三世的长子,1868年出生在圣彼得堡附近。他在1894年成为沙皇,尽管据说他曾向一个朋友吐露:"我不准备当沙皇。我从来没有想过要当沙皇。我对统治一窍不通。"

他的统治几乎没有一个强有力的开端,而且加冕典礼上的情况更加糟糕。他有点得意忘形,不仅组织了85000名军事人员参加,还安排了一个1200人的合唱团,为他的妻子,即将成为皇后的亚历山德拉唱歌。不幸的是,据报道,活动当天,数十人在人群中被踩踏致死,尼古拉和亚历山德拉却高兴地微笑着挥手,丝毫没有意识到悲剧的发生。

同样,尼古拉统治后期发生了灾难性的"血腥星期日"事件,军队向寻求创建人民议会和改善工作条件的和平抗议者人群开枪,导致1000多人被杀,引起了俄国各地的罢工运动,结果都遭到尼古拉军队的镇压。紧张的局势一直持续,再加上对罢工的残酷镇压、反犹太大屠杀、对1905年未遂革命的暴力镇压,以及对潜在反对者的处决,让这位沙皇赢得了"血腥尼古拉"的绰号。

甚至连和亚历山德拉成婚也不是最明智的举动,哪怕看起来尼古拉是为了爱而结婚。亚历山德拉来自德国贵族王朝,这并不理想,因为世界正走向第一次世界大战,届时她会受到俄国人民的怀疑,认为她是阴谋破坏俄国的德国人。她的主要语言是德语,而尼古拉说俄语,所以二人最好的交流方式是彼此说英语。这对夫妇有五个孩子,包括阿纳斯塔西娅,她本身就将成为一个传奇,因为这位公主将会在整个家族蒙难后得以幸存。

但夫妇二人绝对清楚如何过上美好的生活。据说，沙皇的厨房有50多名工作人员，提供三种级别的膳食："简单"级别（早中晚三餐只有四道主菜），以及"节日"级别和"展示"级别。沙皇痴迷于法国的一切事物，不仅是葡萄酒。他雇用了一位伟大的法国厨师皮埃尔·库巴特，这位厨师得到了巴黎顶尖烹饪学校训练出来的当地人员支持。菜单上主要是法国菜。有些人说，皇帝和家人进餐时用的是金盘子，但另一些人说，他们用的是银餐具和印有罗曼诺夫花押字图案的瓷器，这些瓷器稍有不慎就会破碎。除了库巴特的创意，还有无穷无尽从欧洲进口的异国美食，剩菜多到常常流入圣彼得堡的顶级餐厅。饭后，厨房的工作人员还会把剩菜出售给聚集在宫外的人们，据说包括一些贵族成员，以此赚取额外的钱财。

大家都说，尼古拉胆小怕事，优柔寡断，却又试图保持一种一切尽在掌握的假象。亚历山德拉支配着他，他仰仗的是那些可能把国家最大利益放在心上但也可能没有的顾问。尼古拉在位时，他坚信是上帝让他当皇帝，因此他的统治是绝对的，不容置疑。据公众抱怨，尼古拉一直在有1500个房间的冬宫里过着奢靡的生活，而这种奢侈的其中一点表现为购买大量顶级法国葡萄酒，波尔多一级酒庄的葡萄酒源源不断地流入圣彼得堡。

一篇文章称尼古拉个人最钟爱的葡萄酒是1847年的

伊甘酒，而另一篇文章则认为他还中意1874年、1881年和1887年的雄狮葡萄酒，还有拉菲、1887年的木桐和金玫瑰。从19世纪80年代初开始，他拥有了专为他采购葡萄酒的独家酒商——迪克台（Diktay）。按今天的货币来算，他的酒窖在当时的估价为7500万美元。另一种说法详细描述了皇家宫廷在酒水上的消费：1100多瓶葡萄酒，近400瓶马德拉葡萄酒，14打雪莉酒，近20瓶波特酒和150瓶伏特加，另外还有香槟和白兰地。这只是两个多月的消费。

不喝酒的时候，尼古拉热爱他的家人，据说他的官方日记里写满了妻子和孩子的消息，而没有报告国家公务。然而，在儿子阿列克谢被诊断出患有血友病时，事情开始失控，亚历山德拉向会法术的拉斯普京求助，求他治愈阿列克谢。拉斯普京曾经是农民，后来成了一个徒有其名的僧侣。

拉斯普京因其所谓的预言和治疗能力在宫廷圈子里广为人知，他似乎对阿列克谢的病情起了帮助，并很快被视为这个家庭和国家管理中的核心人物，哪怕这完全不合法，但并不是人人都为此感到兴奋。随着拉斯普京与亚历山德拉在一起的时间越来越长，关于他的生活方式和放荡淫欲的各种谣言在圣彼得堡四处流传。在沙俄领土向亚洲扩张之时，他领导了一场对日本的耻辱性失败之战。第一次世界大战爆发之际，尼古拉任命自己为俄军总司令，率军出征。但他和部队大肆饮酒的情况仍在继续，严重的宿醉情形也时有发生。一篇日记写道："尼古拉在他的帐篷里请我们吃了一顿大餐。我尝到了6种波特酒，有一点儿醉，所以睡得很好。"

哪怕在战时，尼古拉对葡萄酒的热爱也毫不减弱。

拉斯普京在肆无忌惮谋杀他的人眼中变成了传奇。他们讲述了一个不太可能的故事：当夜的氰化物中毒和多次枪击都没能杀死他；他的尸体最终被包裹在地毯里，沉入冰冷的涅瓦河。

拉斯普京最后对尼古拉预言，如果他遭到暗杀，王室也会被人民杀死，事实证明，这个预言是正确的。

虽然尼古拉在革命进行过程中和平退位，但据说他还是与亚历山德拉和他们的孩子一起遭到暗杀，结束了罗曼诺夫家族300年的统治。2007年，研究人员对其家庭成员遗骸中发现的骨头进行了DNA测试，推翻了几个孩子逃脱幸存的浪漫说法。

有说法认为，攻入冬宫的革命士兵接管了酒窖，并领导了一场军人和群众持续数周的饮酒狂欢。但也有其他说法，称列宁领导的苏维埃政府控制了酒窖、艺术品和从前属于贵族的一切，列宁去世后，斯大林接管了酒窖，从而保存了无数的文化宝藏和古董葡萄酒。

这就引出了一个问题：沙皇地窖里的珍宝究竟是被洗劫一空了，还是多年后面对纳粹入侵时被斯大林转移而得以幸存？

这就是凯文和我希望回答的问题。

6
飞往第比利斯

如果这一切发生在今天，人们可以用网络搜索，找出自己可能要闯进的那个新世界中的每一个角度。但当时是 1999 年。拨号调制解调器在连接时还会发出叮叮叮的响声，要花很长时间才能加载一个网页，而且只能访问早期的浏览器，比如网景和 IE。凯文当时甚至作为顾问参与了一个疯狂的计划。有一家酒窖必须通过某种网络商店在网上销售葡萄酒。他们花了几十万，试图开发一个虚拟收银台。大多数情况下，网站还处于最基本的阶段，庞大的知识世界尚未在网上实现。

但有些人已经做到了。出发的日子迫在眉睫，我大半夜了还在试图寻找一切有关我即将降落之地的信息。我费尽心思找到了一个最详细的网站，来自英国，一个政府创建的贸易行业网站，上面有现代格鲁吉亚的基本信息。

"格鲁吉亚位于外高加索地区，该地区位于黑海和里海之间，是东欧和亚洲的重要交汇点。"我读道。格鲁吉亚的面积看上去和爱尔兰共和国差不多，人口约为 540 万。谢瓦尔德纳泽，曾任苏联的财政部长，1995 年当选为格鲁吉亚总统，4 年后终于大权在握。

我最感兴趣的是这些评论：1996 年的经济改革使通货膨胀得到控制，汇率趋于稳定，国内生产总值增长 10%，约有 50%的经济实现了私有化。这里面大概包括酒庄和金矿。在大摇大摆走进格鲁吉亚做生意之前，内维尔不会慢悠悠地等待。我不得不承认这一点。

这个网站告诉我，那里的人说的是一种特别的语言——格鲁吉亚语，而我们要去的首都第比利斯是一个拥有 120 万人口的城市。

这些信息给了我一些鼓励，我继续在网上搜索，寻找更多关于这个地区的信息。我发现，格鲁吉亚曾是苏联最富裕的加盟共和国之一，拥有肥沃的农田和工业。格鲁吉亚共和国于 1991 年独立，但这引发了内乱，直到谢瓦尔德纳泽重新担任总统后才扭转了局面。格鲁吉亚自 5 年前就开始使用新的货币：拉里，1 拉里等于 100 特瑞。我写了一张纸条提醒自己：确认一下我们在那里是不是还需要美元，就算不用于日常交易，也可能用于酒窖"谈判"。我又查了一下贸易网站，它告诉我，所有的官方交易都必须使用格鲁吉亚拉里。

我问凯文，我们要用什么类型的货币，要带多少，这时他对我们即将面对的现实已经有了深思熟虑的意见："约翰，我在书上看到，70% 的格鲁吉亚人生活在贫困线以下，"他说道，"给他们美元的话，应该能带来不少便利。另外，我们不知道，这 70%的数字有没有包括我们即将和他们达成上百万美元交易的人，所以我认为，万一有需要，我们肯定希望有一些美钞来帮忙。"

"我同意，但根据内维尔告诉我们的内容，还有我读到的东西,那个地方听起来有点像边疆小镇,"我说,"带着钱走动,我们必须小心。"

"嗯,大部分地方都这样,"凯文说道,"你去过底特律吗?"

"没有,"我笑着答道,"但我们一定要带点儿美元。"

收拾行李的时候,弗兰克惊讶地发现,他和吉莉安已经在双湾酒窖看了差不多一星期的店。出国对我来说并不稀奇,我有时候会去英国或欧洲买酒,但毫无疑问,他们对凯文和我即将开始的任务感到很惊讶,还有怀疑。

"所以,如果有人问起,我们基本上可以告诉顾客,你要去找戈尔巴乔夫喝酒了。"弗兰克说道。

"我想你已经落后于时代了,"吉莉安说道,"现在鲍里斯·叶利钦才是那里的老大。"

"还行,你说的那是俄罗斯,不是格鲁吉亚,"凯文说道,"不过,是的,我们要去买被苏联母亲买走的葡萄酒。"

"不过是双湾酒窖的日常罢了。"吉莉安摇头说道。

1999年6月14日一大早,哈利开着鸽子灰色的戴姆勒来接我们,把我们送到悉尼机场的国际航站楼。凯文坐前面,我坐后面。

"要来点音乐吗?"哈利问道,不等回答就打开了收音机,声音响亮。小甜甜布兰妮首张专辑的副歌在车里回荡。那年冬天她是排行榜上的第一名,在各大榜单上轮流播放。

我问凯文:"你觉得她《流行公主》这张专辑怎么样?"

凯文正看着窗外机场高速公路两旁的百合花。

他想了想,回答道:"小甜甜不是艾瑞莎·富兰克林。"

我们在国际航班出发点前的落客区停了下来。哈利给我们二人和一箱箱设备拍了一张合影，从他脸上的表情可以看出，他一面在真诚地祝我们好运，一面又在尽量遏制，不去想自己必须支付 7699 美元的四分之一的事实，这是我们二人此次航班的税前价格。我们走的是袋鼠路线，先前往新加坡，再到伦敦，然后乘坐第三架飞机向东飞回第比利斯，经过 30 多个小时的旅行后，在那里等着我们的将是令人讨厌的时差、香甜的格鲁吉亚起泡酒，还有浓郁的巧克力。

和承诺的一样，我们两人决定加入合资企业后，内维尔、哈利、凯文和我之间的合作伙伴关系就已经形成，每人预存一万美元作为合作资金，并支付我二人的机票、住宿，甚至有可能出现的超重行李费——为了我们希望带回家的任何葡萄酒。

凯文和我仔细把需要的东西列在清单上，确保已经妥善打包，因为我们做了所有必要的准备，包括某些技术细节——比如荧光灯，在检查酒窖的时候可以放在酒瓶后面，观察瓶子里酒的液位。我们很清楚，照明肯定会低于标准，绝对不会有自然光，微弱的灯泡很可能只会模糊地照亮酒瓶。凯文和我都注意到了内维尔给我们看的照片中酒窖的状况。除了潮湿——这可能加速了软木塞老化和蜘蛛网的形成，酒窖看起来还很黑。

测量酒瓶的液位是一项基本任务，这有几个原因。酒瓶中酒的高度，按葡萄酒行家的说法，表明了葡萄酒的状况，特别是表明了软木塞多年来的工作效率。瓶子侧躺时，劣质软木塞会导致大量泄漏，而对于非常古老的葡萄酒，据许多人声称，良好的液位表明软木塞保持良好，这样，就算葡萄酒状态不完美，也可能条件良好。时间久了，我开发出一种评估液位的技术，那就是在明亮的白色背景下拍摄酒瓶照片，或者在明亮的白光下拍摄，这样可以很清楚地观察液位，还可以看到葡萄酒的颜色，这也可以表明瓶内葡萄酒的状况。

但只有在足够强的光透过瓶子时才有可能收集到这样的照片证据，所以我决定带着这些灯上飞机。我想尽可能地自给自足，因为谁也不知道格鲁吉亚人会不会帮助我们，也不知道到底需不需要这种技术，更不知道我们到了那里还能不能找到设备。进入这样一个未知的地区和酒窖，我们没有 B 计划，所以在起飞前，我能控制的变数越多越好。

那天早上，我满脑子都是这种随机性的细节和法律需求，又担心可能有任何忽略或遗漏，我们就在这样的情况下检查了行李，跟悉尼机场全新的电子售票系统斗智斗勇，承诺在通过安检和海关时不会携带任何非法货物，终于登上了澳洲航空的大型客机。

最后一批乘客在座位上坐好，凯文和我互相看了看。

"没什么好冒险的。"我说道。

他答道："怎么可能出错呢？"

伴随着发动机的轰鸣，飞机加快了速度，笨拙地冲上天空，我开始有了一种冒险的感觉，令人血脉偾张，这种感觉跟面前沉重的具体困境相互交织，纠缠不休：我们必须在不得不拿出 100 万美元之前确定葡萄酒的真实性。

我确实好奇这些葡萄酒的历史，但如果它们是真的，很大程度上这算一笔商业交易，我们得支付一笔很大的金额，肯定比买一酒窖的酒花费更多。我很擅长分析商业交易的风险或者回报，这么多年来，从没出过什么太大的失误——当然也有几个值得好好说道说道的例外，但是，在飞往西北方的路上，我无法排除这样的可能性：如果这次冒险真的出了差错，我可能会损失惨重，不仅是经济损失，还会名誉扫地，还有，好吧——为什么要隐瞒这一点呢？——我更怕伤及自尊。按照实际情况，我会失去房子或双湾酒窖吗？应该不会：我只占总投资的四分之一。但我心里还是七上八下，就像第一次玩扑克的时候，发现台上的赌注比自己习惯的要高得多。我试图撇开对个人自尊和声誉的风险，抛开摆在面前的财务隐患，但事实无法回避，我正在玩的游戏超出了先前的舒适圈。

然后，再想想我们上飞机的理由，仅仅是因为我们听信了内维尔——一个我们几乎不认识的人。他在酒窖里看到了几瓶酒，但承认自己对博物馆级别的葡萄酒了解不多。我们还跟那个叫乔治的人愉快地通了几个电话，乔治在电话那头很热情，操着蹩脚的英语，口音很迷人，但很明显，他在关键的细节或具体的信息上很轻描淡写，比如到底是谁拥有这个酒窖，哪些葡萄酒是沙俄或苏联时代的，还有一切其他我一直追问但无果的关键问题。

而且，这次的要价不仅仅是一百万美元。如果继续购买，成本就会增加。我们必须好好研究，如何将成千上万瓶易碎的葡萄酒安全地运出格鲁吉亚，运到伦敦或者纽约。还会有营销和其他成本。但还是有希望的。如果能确定酒窖是真的，确定这些葡萄酒是真正的典藏，一家大型拍卖行可以帮助完成这些后期任务，承担费用。

这方面是有先例的。英国有一家大拍卖行（我确定是苏富比），曾经进行过一次马桑德拉藏酒的拍卖，拍卖行的专家参观了位于克里米亚的俄罗斯官方酒庄，鉴定了俄罗斯和其他苏联加盟共和国的陈年葡萄酒（几乎都没有标签），把每瓶酒竖着放在包装纸袋里，绑住瓶口，贴上标明了葡萄酒细节的苏富比标签。然后，他们把瓶子放在坚固的纸板箱中，将所有葡萄酒运往伦敦进行拍卖。这是多么艰巨的后勤工作，又是多么巨大的开支啊！而现在，凯文和我可能会要求他们再次做同样的事情，处理我们正要去参观的那些未经证实的神秘葡萄酒。这完全没有压力。不过我在飞机上并没有睡好。

凯文的手提行李里带了三个聚苯乙烯包装箱，每个包装箱可以装十二瓶酒，还有大量包装胶带。我们明白，无论在第比利斯的事情进展如何，这次旅行都无法试图带走任何葡萄酒。凯文和我完全专注于发现酒窖里到底有什么，以及我们在和谁打交道。在这个阶段，我们要做的是探索酒窖，而不是试图把它带到任何其他地方。

然而，我们还是决定把它作为潜在交易的一个条件，允许我们在离开时带上至少一打葡萄酒，以便检查这些酒的真实性。

内维尔甚至把它写了下来。我身上有一封给乔治的介绍信，到达的时候我会交给他。信中说，"如果您能给予我这两位同事我在格鲁吉亚商界七年来所习惯的那种合作和协助，我将非常高兴"。他要求允许凯文和我带"几瓶酒……回澳大利亚，进行科学分析"，并向乔治保证，带走的这些酒不会打开，会原样返回酒厂。

乔治已经在电话里同意了，他明白，如果这笔交易继续下去，我们需要向各种非格鲁吉亚合作伙伴展示这些真品。但同样，如果事情变得十分糟糕，那12瓶酒就可能会成为此行投资唯一的回报。如果能够带着几瓶1900年以前的法国经典酒出现，无论如何，我们都不虚此行。

即便是在最坏的情况下，我们也至少会有十几瓶上好的葡萄酒，可以举行一场晚宴，来讲述我们的冒险故事，并为可能发生的事情而懊悔。我这么想的时候，凯文就睡在我旁边。

就这样，我们穿越了地球，到达伦敦，然后穿过欧洲和黑海，到达第比利斯。飞机着陆后，我们在机场见到了乔治，他尽职尽责地帮我们通过了海关，没有被问任何问题——一切恰如幽默的主人的承诺。然后，我们以疯狂的速度在一个黑暗神秘的城市中行驶。我们在一家20世纪50年代的酒店门前停了下来，这家店平淡无奇，和世界上任何城市都能找到的旧希尔顿酒店一样，然后一头栽到床上。

这一天是1999年6月15日，星期二。

我们在第比利斯。在约瑟夫·斯大林故乡的土地上。

第二部分

格鲁吉亚

7
那么,你想买个酒厂吗?

1999 年 7 月,
格鲁吉亚第比利斯

  到达第比利斯的第一天,上午 10 点半,我们在酒店大厅等了近一个小时,不知道乔治为什么会迟到。

  "约翰在踱步。"凯文在日记中写道,旅行结束前他会一直写日记。我们一致认为,时差和睡眠不足尚可接受,但乔治没有如约出现就有点超出我的承受能力了。这似乎不是什么好兆头,虽然我们很快就会发现,乔治对"守时"的理解相当随意。

  我带了一大包需要的设备,好在酒窖里检查葡萄酒。凯文有一个背包,里面有相机和记事本,还有其他随身物品。酒店大厅的样子?铺天盖地的酒红色和浅棕色木制高光。看起来我们可能是在达拉斯,或者布鲁塞尔,或者其他任何城市。

  除了和泰拉维街之间的安检处。我们终于看见尼诺和另一个年轻人出现了,大摇大摆地从前门走了进来。二人条件反射般地把手伸向腰带,从腰间拔出手枪。他们把枪和车钥匙一起交给了安检处旁边一个看起来百无聊赖的安保人员,然后晃悠悠地穿过金属探测器，我和凯文看着这一切，目瞪口呆。我还注意到，安保人员非常密切地盯着尼诺身后的男子，警卫比平时更加警惕。

"你知道吗，"凯文面无表情地说，"要是我们需要尖叫着跑到机场，赶上最后一班离开这里的飞机，现在就是时候了。"

"哦，别这样，"我回答，"如果他们要向我们开枪，完全可以在昨晚从机场来的路上动手。你的冒险精神哪儿去了？"

尼诺向我们走来，伸出了手。

他的脸色有些奇怪，但后来我意识到，这个我昨晚见过的硬汉正在微笑。

"你睡得好吗？"他用浓重的口音问，"准备好去酒窖了吗？"

和尼诺在一起的那个人看上去三十多岁，一身标准的夹克，这次是灰色的，留着寸头，络腮胡看样子刚刚长出来，下巴上的胡须已经好几天没有刮过了。他比我和凯文都矮，但是目光逼人。

"这是皮奥特，"尼诺介绍道，"他能帮上忙。"

我们和皮奥特握手，他握得很紧，但并没有试图捏碎我们的手。他说他很高兴见到我们，英语听起来还算可以。事实证明，他会很有帮助。

"我们可以走了，"尼诺说道，"乔治在等你。"

凯文和我通过了安检，后面是尼诺和皮奥特。警卫什么话也没说，把枪还给了尼诺和皮奥特。这对我们来说很不可思议，就像他们存的是雨伞，离开的时候又拿回来一样。话虽如此，皮奥特漫不经心地把手枪塞回腰带里，走向街上的时候，我注意到警卫还是保持着高度警惕,尼诺那辆装着有色玻璃的黑色大奔驰车就停在酒店门口。

"啊,对,"凯文平静地说,"当然了。黑手党的车。"

"你可以把车停在人行道上?"我问尼诺。

他哼了一声,说:"停车限制是针对原住民的。"凯文和我坐进后座,呆呆地看着对方。我们当时没有意识到,但"原住民"是尼诺用来称呼他觉得不像上流人士的人的。我觉得可以理解为他对"当地人"或普通人的称呼。这个词很刺耳,但在我们逗留期间,尼诺不止一次使用它。接近红灯的时候,他会转向马路的另一边,咆哮着直接通过,常常高速行驶,令人担忧。"红灯是给原住民准备的。"他会说,眼睛看着后视镜,咧着嘴笑。也许他是对的。他在第比利斯横冲直撞的时候,警察从来没有动过他一根手指头。

让这一切更可怕的是,第比利斯围绕着一个峡谷而建,大自然雕刻成山脉,河水从城市中心奔腾而过。第比利斯的街道在有些地方更像旧金山,又陡又窄,这通常不是踩油门的好地点。

尼诺可不同意。相反,我们在这些街道上飞驰的时候,汽车发动机一路尖叫,一马当先,飞奔到萨瓦内一号酒厂。尼诺开车的时候,皮奥特默默坐在前排副驾驶座位上,而凯文和我则试图在穿过城市时欣赏河边的风景。这些建筑破败不堪,但隐约可见昔日的宏伟。建筑几乎有一种殖民风格,地面有拱门、百叶窗,楼上有巨大的阳台,特别是河边的建筑。

我们经过了一个像是歌剧院的地方,看起来曾经风光一时,还有几座以前可能是银行的大型建筑。尼诺开得太快了,到处都在道路施工，还有一些即将开始建设。我们在碎裂的沥青路面上颠簸。天不冷，但光线很弱，天色灰蒙蒙的，给这座城市增添了疲惫的工业感。库拉河（皮奥特告诉我们格鲁吉亚语叫 Mt'k'vari 河）给我们带来了安慰，它像蛇一样蜿蜒穿过城市。远离库拉河之前，我们穿过了一座石桥。

透过建筑物的缝隙，我看到山上高处有一个大型建筑工地，看起来像是某种大教堂。我本想问问皮奥特，但尼诺这样的开车速度，我只瞥见一眼就看不见了。

我和凯文迷迷糊糊地试图融入这个陌生的城市，因为大脑还在倒时差，然后我们拐进一条长长的车道，道路两旁都是树，似乎正在穿过一个大公园。尼诺在路上狂奔，像身后有个看不见的敌人在狂追一样，摇摇晃晃地停在一栋两层楼外，这栋楼有三个装饰性的拱门和一个高屋顶。

"到了。"尼诺边说边按喇叭。

我和凯文从后座爬出来，第一次看到了酒厂。我相信它的官方名称叫索普利斯苏洛玛莫利葡萄酒装瓶厂，但我们遇到的每个人都称它为萨瓦内一号酒厂，或格鲁吉亚第一酒厂。

我们一直称之为萨瓦内一号，所以就这么称呼吧。

除了高大的拱形建筑，侧面还有许多小的低矮建筑。建筑物前有一个精心设计的观赏花园，包括一个中央看台，可能是一个喷泉，但仔细一看，里面全是烟头。还有一盏大灯，上面有十个像气球一样的白色灯泡，搭配着这座有百年历史的主楼，有一种意想不到的 20 世纪 70 年代的感觉。

右手边是一座红砖建筑，瓦片屋顶，一棵攀缘植物长到了屋顶上。前面停着几辆车，大多是轿车，车龄都在十年以上。我们听到楼后面传来声响，主要是人们的谈话。从尼诺的车尾箱里拿行李的时候，几个穿着马球衫和牛仔裤的男人走过车道，消失在一栋楼后面，不一会儿又出现了。他们好奇地看了我们一眼，但没有挥手或打招呼，也许是着急去要去的地方。

左边有人在敲打什么东西。这家酒厂看起来很热闹。我很想知道他们在生产什么。

就在我们欣赏这一切的时候，主楼的一扇门打开了。

乔治和另一个矮个子男人一同出现，乔治从楼梯上跳了下来，来到车道上，向我们伸出手。

"约翰！"他高兴地说道，"约翰和凯文！太好了。欢迎。一号酒厂——叫一号是有原因的！最好的！在整个第比利斯都是最好的。你们会喜欢这里的。欢迎光临。"

"你好，乔治，"我说道，"终于来到这里了，我们很高兴。"

"啊，对，"他说道，"有些人你得见见。"

"这酒厂看起来挺忙。"凯文说道。

"哦，是的，很忙，"乔治说道，"这儿有很多人，努力工作。"

"你们这里能产多少酒？"凯文问道。

乔治一脸糊涂。"没有酒。不过快了。"

"那怎么有这么多人？"

"有很多事要做，"乔治说，带着一脸宽厚的笑容，但没有透露细节，"这是祖拉布。和我在一起的。"

祖拉布盯着我们，在我们谈到他的时候一言不发。他穿着牛仔裤、跑鞋,套一件T恤衫,外面再加一件纽扣衬衫。他的皮带里别着一把黑色的手枪,看上去很危险。在我们眼里,这就是格鲁吉亚人的统一装扮。他前一天晚上也在机场,但我们没有互相介绍认识,他坐了第二辆车,跟着我们的奔驰进了城。祖拉布比尼诺稍矮,身材粗壮,接下来的几天里,他很少离开乔治身边。

后来我才想到,他的整个角色大概就是乔治的保镖。

凯文和我被带离了车,进入了主楼,我们互相看了看。大厅的墙壁漆成了橄榄绿,墙上挂着乔治的证书,用框架装裱着,彰显着一些我们看不懂的成就。

有四个人在等我们,排着队,好像要觐见皇室成员,或者总统。

乔治做了介绍。首先是一个大腹便便的中年男人,留着浓密的小胡子,头发梳到一边,以此来遮盖秃掉的头皮。他就是机场的那个人,乔治介绍说他是雷瓦兹·鲁斯塔维利先生,首席酿酒师,乔治以前都叫他雷瓦兹先生。旁边是酒窖经理格里戈·钦查泽,年纪较长,一头浓密的白发。然后是市场经理,看起来有点邋遢,叫达维特什么什么,穿着一套银色西装。他点了点头,话都懒得说。

最后是一位头发灰白的男人,身穿细条纹蓝色西装,乔治介绍说他是酒厂总经理塔马兹先生。他握了握我们的手(如今因不停握手已略显疲惫),说他很高兴见到我们。

乔治恳切地道歉,说工会的女士娜娜·沃罗比耶夫不能到场迎接我们,但稍后会过来。他还滔滔不绝地说了好几个名字,代他们道歉,凯文和我不禁想问,一家看似没有效益的酒厂到底需要多少人管理。

　　大家都跟着引导走进了一间小会议室，里面有一张T型木桌。塔马兹先生、雷瓦兹先生和市场经理坐在T型桌头部，我和凯文则坐在桌尾的一侧，和皮奥特一起，需要的时候他会为我们提供翻译。乔治坐在塔马兹对面。格里戈缺席，他鞠了一躬，退了出去。

　　都坐下后，乔治摊开双手，对我们说："约翰先生和凯文先生，欢迎来到第比利斯，欢迎来到格鲁吉亚。这座城市是格鲁吉亚的首都，是一个历史悠久的地方。东方与西方，亚洲与欧洲，就在这里相遇。这里是基督徒和穆斯林之间的桥梁。我们曾经独立，然后又加入苏联，现在，我们又独立了，生活得很好。"

　　"第比利斯是个迷人的城市，乔治，"我说道，"我们很高兴来到格鲁吉亚，探索它悠久而辉煌的历史。"

　　乔治看上去自豪极了。他说："你知道格鲁吉亚是怎么形成的吗？我给你讲个故事。"

　　"一个故事，"凯文说道，"我们会喜欢的。"

　　"起初，上帝对世界各国的人民说，他们必须选择自己的国家，必须把世界分成他们想要的部分。但是，在上帝规定的最后选择期限，早期的格鲁吉亚人正忙着参加一场盛宴。餐桌上摆着许多珍馐佳肴。他们坐在凉棚下，大快朵颐，庆祝格鲁吉亚天然馈赠的美妙食材和丰盛的葡萄。然后，上帝完成了世界的划分，我不太清楚，你知道的，大概就是英国、中国、哈萨克斯坦、希腊，然后，他说'我的工作完成了'，准备回家。但就在这时，他看到了格鲁吉亚人。这些人完全错过了他定下的最后期限,还在享受他们的盛宴!于是,上帝大怒。他对格鲁吉亚人说:'你们在干什么?竟然不尊重我和我的要求?'可是,祝酒师(tamada),也就是晚宴的主持人,对上帝说:'不,等一下。你搞错了。我们不在乎没地方住,不在乎没有自己的地方。我们爱你的世界,爱一切美好的食物和酒。我们为你干杯,上帝,我们为你的创造干杯。为上帝干杯。再为美丽的食物干杯。为葡萄干杯。为这河里的清水干杯。为上帝干杯!'上帝很高兴,看到格鲁吉亚人如此热爱他的世界,他对他们说道:'你们知道吗?我要亲自为你们选择你们的国家。我把最后剩下的一块地方给你们,那是我留给自己的,不过,你们懂的,我已经有天堂了,完全足够。你们可以拥有这个地方,就在这里,叫作格鲁吉亚。它和天堂一样,是为上帝设计的。但现在,它是你们的了。'就这样,这就是格鲁吉亚的来源。"

凯文和我咧嘴笑了,这样一来,即使这么长的时间里,桌旁的其他人完全不知道乔治用他蹩脚的英语说了些什么,他们也能看出我们喜欢他的故事。大家咧嘴一笑,鼓起掌来,对会议进行得这么顺利而感到高兴。

"我们很荣幸能来到天堂,也很感激,乔治,"我说,几乎要鞠起躬来,"谢谢你的故事。"

"不客气。"乔治说,然后转向他的格鲁吉亚同胞。他开始用格鲁吉亚语说话,语速很快,主要是对塔马兹和雷瓦兹说,但偶尔会转向达维特来强调某个点。格鲁吉亚人点点头,塔马兹说了些什么作为回答,听得乔治疯狂地点头,还在回答时挥动着手臂打手势。

然后，乔治转向我们，说道："我正在给萨瓦内的领导们解释，你们来自澳大利亚，精通葡萄酒，非常有经验，对酒厂的历史很感兴趣，一心想干笔大的。"

我笑了笑，向桌上的领导们点了点头，不知道还能做什么。凯文像块石头一样坐着，微微一笑。"很好。"他说。

"萨瓦内酒厂有着辉煌的历史，可以追溯到1896年，"乔治说，"当然，格鲁吉亚是葡萄酒的故乡，是酿造葡萄酒的摇篮。"

"是的，我相信还有可以追溯到8000年前的酒壶。对吗？"我说道。

"有人说是埃及人发明了葡萄酒，但并不是，是格鲁吉亚人发明的，"乔治激动地说，"最原始的酿酒葡萄，世界上最先出现的葡萄酒，叫作'Vitis vinifera'，原产于高加索地区，原来属于这里。就连我们对葡萄酒的称呼，'ghvino'，也是原始的说法。其他地方把它变成了'wine'（英语），还有'vino'（西班牙语或意大利语），'vin'（法语），'Wein'（德语）。我们呢？'Ghvino'，这是最初的说法。"

"这我还真不知道，乔治，"我说，"很有意思。"

"历史悠久，约翰。非常久远的历史，"乔治宣称，"萨瓦内一号一直是令人自豪的葡萄酒制造商，在格鲁吉亚全国，还有国际市场。"

"你在这件事上扮演什么角色，乔治？"凯文问，"你是老板吗？"

乔治看了我们一眼，表情丰富，笑意不减："一切都会明了的，凯文、约翰。相信我，我会为我们共同的事业铺平道路。"

就算桌旁那些说英语的人发现这是一个奇怪的说法，他们也没有表现出任何迹象，就这样，乔治接着讲起了酒厂漫长而详尽的历史，包括它雇用了 75 人，占地 0.77 公顷。酒厂每年的生产力是 400 万升葡萄酒，乔治说这相当于 530 万瓶。他承认，过去几年，这种能力并没有实现，主要是因为缺乏流动资金。

凯文在记事本上写字，稍微向左推了推，这样我就能看到了。苏联解体。资本主义。没有现金？

我微微点头。

乔治解释，酒厂很难买到足够的合适的酒瓶，停电也影响了生产。即便如此，酒厂仍有信心，在下一个日历年生产 10 万升葡萄酒，即 130 万瓶。销售将以直接与消费者接触的方式进行，酒厂旁边就有一个酒窖。现金流还是很乐观的，他说道——凯文这时候写道：怎么可能呢？——萨瓦内一号也没有相关的重大负债，一切都在文件中得到了充分的解释，欢迎我们查看。

我在凯文的本子上写道：他们认为我们是来买这该死的酒厂的。

乔治终于讲完了，塔马兹先生用格鲁吉亚语发表了同样激动的独白，皮奥特告诉我们，他在解释我们的资金和生产注入以及国际营销专业知识将如何把萨瓦内一号带到新的世界高度。

凯文在小纸条上写道：如果约翰现在站着，他肯定在踱步。

塔马兹先生的演讲结束了，我张了张嘴，却不知道该说什么，也不知从何说起。

乔治救了我，他迅速说道："没关系，约翰。我知道你很兴奋，但现在让我来处理。一切尽在掌握。"

我把这句话当成一个提示，在这次会议上一句话也不说，除非特别要求。不管这里发生了什么，乔治是主导，我们必须相信他。

大家一直聊了一个多小时，讨论了拟议合资企业中格鲁吉亚伙伴提供必要生产设施和所需劳动力的问题，还有萨瓦内一号详细的设备清单和折旧估计。

凯文终于忍不住了，礼貌地问是不是所有地上和地下的资产都会包括在合资企业中，比如可能存放在酒窖里的现有葡萄酒，乔治笑着说是的，当然算，根据格鲁吉亚法律，如果你购买了一处房产，你就自动拥有了地上和地下的所有东西和事物。

但这也是我们离传闻中的酒窖最近的一次，据说酒窖就在我们脚下，很诱人。最后，会议暂停，大家开始喝茶和咖啡，微弱的阳光穿过灰色的云层，凯文和我终于可以伸展一下双腿。

"那么，恭喜你，决定在离家这么远的地方买一个破旧的酒厂。"凯文说，我们漫步在雕塑般的花园里。

"没人知道我们为什么会在这里，"我说，"我是说，除了乔治以外。他在搞什么名堂？"

"我认为最大的问题是，谁是这里的负责人，"凯文说道，"有人一直让我们相信，包括内维尔和乔治，拥有这个地方的人是乔治，我们要对付的人就是他。其他的人是谁？老板吗？谁是决策人？"

"听着，"我说，"我们只需要继续下去，看看结果如何。那些稀有的酒就不要提了。尽量什么都别说。就跟着乔治走吧。"

但是，大家都回到房间后，乔治除了翻译所讲的内容之外，几乎什么也没说。这次他坐在我旁边，这样可以对所说的内容进行奇怪的评论或解释。皮奥特已经消失了。凯文和我收到了一份讨论话题的清单，包括葡萄酒、葡萄酒的历史、文件和照片。我觉得第一次会议上已经涵盖了大部分，但接着看下去，我的心有点沉了：还包括过去生产什么样的葡萄酒，现在生产的，未来生产的。接着还有第二份清单，列出了葡萄的品种、开始收获的日期、来源、酒厂历史回顾、检查、市场需求、所有权转移的时间表。还有别的清单。

主要发言的是塔马兹先生，根据乔治低声的翻译，塔马兹一直在不停地说话，边说还边在这些清单项目上打钩。雷瓦兹时不时会插话，塔马兹就会点点头或耸耸肩，好像在说"当然"，然后继续。格里戈偶尔在房间里进进出出，达维特在讲述酒厂历史和市场营销的项目时会大声发言。

显然，塔马兹和其他人都以为我们是富有的澳大利亚投资人，来这里看看如何把萨瓦内一号酒厂重新变成一个成功的生产商。似乎没有人知道，我们只对沙皇和斯大林时代的葡萄酒感兴趣。乔治一直低着头，只有在塔马兹直接提问时才会礼貌地回答问题。

还在倒时差的我和凯文频频点头、微笑，努力做出一副认真倾听的样子，但因为几乎全部是格鲁吉亚语，我们对讨论的内容很是茫然。

最后，大家休息吃午饭，此时尼诺出现了，一如既往地把手枪别在牛仔裤口袋里，载着我和凯文、乔治还有皮奥特去了河边的一家餐馆。我们坐在"黑手党专用"奔驰车里，以每小时100公里的速度冲下山，在第比利斯疾驰，只有前面出现红灯才会稍微减速。尼诺不停转向,咆哮着穿过十字路口,头也不回地说:"红灯不是给我们准备的!"

我到底把凯文和我自己拉进了什么鬼地方?

我有一长串非常尖锐的问题,准备在午餐的时候问问乔治,但我们到达后不久,雷瓦兹、塔马兹和格里戈也围着桌子坐了下来。乔治轻轻地把手放在我的背上,给我倒了一杯水,在我耳边轻声说:"没问题的。好好享用你的午餐。"

我对凯文耸耸肩,安下心来努力阅读格鲁吉亚语的菜单,这种文字看起来像是拉丁语和阿拉伯语的混合体。

实际上,这里的食物很不错。第一盘菜是莎莎普利(khachapuri),这是格鲁吉亚人的主食,一种美味的奶酪面包,酵母面团里满是磨碎的奶酪和鸡蛋,很好吃,我们逗留期间在老城区小咖啡馆或这样的餐馆里很常见。乔治告诉我们,下一道菜是炖菜,叫特维兹巴格拉玛(tevzis buglama),大致翻译为炖鲑鱼,配上煮熟的土豆和米饭。

库帕提(Kupati)是格鲁吉亚香肠,我从来没弄明白它的成分是什么,还有一种叫查卡利斯穆哈利(charkhlis mkhali),就是甜菜根沙拉。凯文仔细念了念这个词,像品尝果酱一样品味。"穆哈利(Mkhali)。"他说。

"非常有名,非常传统,"乔治说,"我们当地人叫它帕哈利(pkhali)。蔬菜、草药、核桃。必须是手工制作的才算真正的好东西。这个是用甜菜做的。"

"甜菜?"我问道。

"对,甜菜,"乔治点点头,"和好酒很相配,幸运的是,我们有很多好酒。"

更妙的是，这是我们第一次有机会品尝萨瓦内一号的葡萄酒。塔马兹先生拿出一瓶红酒，命名为"萨瓦内"，真是很有想象力。凯文和我迫不及待地端起酒杯，闻一闻，摇一摇，检查了一下酒。在我终于品尝到它的那一刻，才发现这酒完全不值一提。

喝完这瓶后，又开了一瓶白葡萄酒，标签上写着"GWC"。乔治解释说 GWC 就是格鲁吉亚葡萄酒公司，是第比利斯当地企业家与一家荷兰公司的合资企业。我觉得这是为了向我们展示一个活生生的例子，说明当地葡萄酒行业的国际伙伴关系如何运作。我们尝了白葡萄酒，同样，能喝，但没有什么特别之处。

即便如此，平平无奇的葡萄酒也可以发挥它的作用，让远离悉尼半个地球的澳大利亚人放松紧张的肌肉，但离价值数百万美元的葡萄酒收藏还差得很远。我让当地的葡萄酒滋润我，享受着食物和沿着库拉河的壮观景色。午餐时每个人似乎都放松了警惕，为我们的到来干杯，努力表现出友好，表示他们很高兴我们来到城里。乔治和我中间隔了几个人，他在跟塔马兹和格里戈聊天，看起来不像是在谈公事。

"乔治，"我问，身体前倾引起他的注意，"那些河两岸的房子——或者不知道是什么建筑物，几乎贯穿它们之间的那个延伸大阳台是什么？好像有人沿着那里在走。"

阳台大部分是木制的，下面有支柱，底下就是人行道。

"不错，约翰，"乔治说，"阳台是人们散步、见面、吃饭、闲逛的公共场所。不是私人的。是为人民服务的。你要一起去吗？阳台是个不错的选择。这条河，这座城市，属于每个人。"

塔马兹说了些什么，乔治又转过了头。我深深吸了一口气，喝了一口酒，吃起香草鸡蛋沙拉。凯文小心谨慎，试图和皮奥特聊天。

手枪随意地放在桌子上，就像现在吃饭时可能会把智能手机放在餐盘旁一样，皮奥特的坐姿很完美，用蹩脚的英语聊着天。

"你有什么背景吗，皮奥特？"凯文问道，皮奥特对此耸耸肩说："我来自车臣。现在在这里。这之间有一些有趣的经历。"

"车臣，"凯文说，"你在那儿待不下去了？"

"没什么好说的。"皮奥特决然说道，尽管没有明显的恼怒——反正你们别问。

乔治回到了我们的谈话，于是我指着河对岸，对面半山腰上是我在车上看到的大型建筑工地，周围都是房屋。

"那儿在建什么？"我问道。

"圣三一大教堂。"乔治回答，"第比利斯的一项重大建设。这座大教堂是一个象征：我们已经独立九年了，第比利斯可以建造新教堂，可以承担风险，还有收入。"

"这里的人收入高吗？"我问道。

"不，很糟糕，"乔治说，对自己刚才的表达露出了宽厚的笑容，"没钱的人很多。我们需要来自世界的收入。"

我张口正准备说话，但乔治已经举起了手，说："约翰，我明白。求你了。一切都会好起来的。你能看到那儿吗，在镇上？纳里卡拉要塞，非常古老，特别有趣。四世纪的建筑，约翰！你在这里的时候，我们会带你去参观的。"

我喝了一口酒，意识到我不能在一家可以俯瞰河流的餐厅里强行问出这个问题，毕竟大家在这里都很享受。

相反，我问道："约瑟夫·斯大林真的来自第比利斯吗？"

"他出生在格鲁吉亚的哥里小镇，不过，没错，参加革命之前，他是格鲁吉亚的大人物，"皮奥特答道，"他是格鲁吉亚独立组织'Messame Dassy'的一员。那时他的名字叫朱加什维利。"

"不是斯大林？"我问道。

"他被沙皇流放到西伯利亚时才成为斯大林。斯大林的意思是'钢铁'。"皮奥特解释道。

"他在第比利斯的地位如何？"我问道。

乔治叹了口气，在座位上挪了挪，过了一会儿才回答，轻声细语，身体前倾。"这很复杂，"他说道，"约翰，你知道，他是格鲁吉亚的大人物，非常有名。这么强大的格鲁吉亚人并不多。所以，这很好。"

我有许多问题，但乔治显然很想转移话题。最后，我们走出前门，来到尼诺那辆一半停在门外人行道上的奔驰车前，呼啸着回到了酒厂。我们等了几分钟，格里戈的车才出现，还有塔马兹先生和雷瓦兹。

"能在酒厂里转转就好了，"我机智地对乔治说，"我们想看看我们可能会买下的东西。"

"当然，约翰。这是个好主意。"他说，转向塔马兹和雷瓦兹，简短地用格鲁吉亚语交谈了几句。我们绕着房子出发时，格里戈盯着我们，不苟言笑。

我们探头查看的前几个房间是废弃的储藏室，还有看起来已经很破旧的品酒区。从那层灰尘和散落的旧设备来看，很难知道它们最后一次使用是什么时候。我们穿过一个房间，进入了一个更大的内室，原来这里是装瓶线，下午的光线照进来，空气中满是灰尘颗粒，在光影中像一个个旋涡。

"这已经很多年没用了，"凯文看到这些设备的时候喃喃地对我说，"他们上一次真正生产葡萄酒是什么时候？"

"我想已经是很多年前了。"我低声回应道。

我们在装瓶线上走了一圈，点点头，表现出极大的兴趣，仿佛只需要一天左右的快速清洁，这里就能每年生产出一百万瓶葡萄酒。

我们看到了一个跟大型鸡舍一样的地方——一大片平坦的土地，不过更像是被埋到了狭窄的颈部的巨大红土容器。"你们知道玛拉尼（marani）吗？"乔治问，"这里就是玛拉尼，埋藏克维里（kvevri）的地方。"他指了指那些陶制容器。"传统的格鲁吉亚酿酒法，用黏土酿造玛查利（machari）。现在大多数葡萄酒的酿造方法都是欧洲的，但我们埋着大量的克维里，为了传统风格。如果我们做得对的话。"

"我一定得好好品尝一下这个，乔治。听起来很吸引人。"

"黏土酿的酒与众不同，很不错。"他说道，打开了主楼后门。

"我们下楼去吧。"乔治说，我的心跳加快了。终于。

首席酿酒师雷瓦兹把手伸进门内，打开了一盏昏暗的灯，不过足以照亮下面的楼梯。

紧随其后的是酒厂经理格里戈，然后是塔马兹、乔治、凯文和我。皮奥特在后面。

酒窖有几个房间，看上去一模一样的酒瓶一排一排直接延伸到黑暗里。我们偶尔会拿起一瓶，看看标签。数字 89 或 85 表明了生产年份，但标签的其余部分都是格鲁吉亚语，不过顶部有萨瓦内的标志。大部分酒瓶上都有一层灰尘，但没有任何迹象表明，这些东西已经在这个地下室里躺了至少半个世纪之久。

回到地面时，凯文温和地问道："这是所有的酒窖吗？"

"还有第二层，以及第三层，"乔治答道，"塔马兹先生更希望我们能在他的办公室里商谈。"

于是大家又谈了三个小时。塔马兹和乔治交换着问题和答案，几乎完全使用格鲁吉亚语，乔治偶尔靠向我们，翻译酒厂的历史和可能的辉煌未来，关于重新开始生产的必要性，以及投资水平。他递给我们一份文件，上面有推测的日历日期。

乔治还试图让我们了解塔马兹向雷瓦兹提出的问题，和过去的成功还有酒厂的最佳年份有关，这些问题无休无止，毫无意义，就好像塔马兹以前从未听过这些信息，只是想趁我们碰巧坐在房间里的时候问一下似的。在两个语言不通的人眼里，这是一场奇怪而笨拙的哑剧。

不屈服于时差的斗争是伟大的，我想我大概真的点了一两次头，接着不久他们就停止了这场做戏，我们终于可以去外面呼吸新鲜空气了。

八

"乔治，"我说道，"那些酒。"

我们站在尼诺的车旁边，准备收工。我们没有看到任何一瓶感兴趣的酒，我一定要说明这一点之后才会爬进奔驰车后座。

"今天真是美好的一天，约翰，"乔治笑容满面地说道，"我的同事们非常看好我们这个企业的潜力，有机会说了许多他们一直想对你说的话。我们吃饭的时候再谈，好吗？"

"乔治，我只是担心……"

"对，约翰，没错。一切都很好，很刺激，不是吗？塔马兹先生再高兴不过了，我也很高兴。吃饭前你先去洗个澡，好吗？"

我站在那里，怒气一点点上升。"乔治，我们只在这里待四天，而第一天已经结束了。"我说。

"是的，"他说道，带着近乎卡通人物般的快乐，"四天。有的是时间。这时间够干好多事了，约翰。太多值得探索的东西了。现在，让我们给你一个休息和梳洗的机会。"

我感觉到凯文把手放在我的手臂上："不错，这是个好主意，约翰。就这样吧。晚饭前我还可以休息一下。"

"行，当然了。"我说。我与塔马兹先生、雷瓦兹先生和市场经理握手，是的，当天结束的时候，经理又出现了。格里戈还没有出来上车。

"谢谢你们，今天很愉快，谢谢你们的盛情款待，"我用英语说，然后乔治用当地语言喋喋不休地又说了一遍，"期待明天能更深入地探索一番酒厂。"

尼诺从腰间掏出手枪，放在前排座椅之间的杯架上，滑进了驾驶座。凯文和皮奥特爬上了后座，而我坐到了前排副驾驶座，更生动地体验了一把在拥挤的城市中高速驾驶闯红灯的感觉。到了酒店，皮奥特和尼诺不苟言笑地点头告别。

我径直去前台询问了国际拨号代码，然后回到房间，拿起电话，拨打了内维尔·罗德斯的办公室号码，疲惫的大脑终于成功完成了粗略的时区换算。当时第比利斯是下午 6 点，意味着悉尼是午夜。难怪他没接电话。撇开澳大利亚的当地时间，我还是给哈利打了一个，家里和手机都打了，但他也没有接。

我挂断电话，盯着窗外越来越深的黑暗，意识到自己有多疲惫，以及沮丧和担心。我躺在床上，设了一个闹钟，尽管大脑还在翻腾，但我几乎立刻进入了沉睡。

8

第比利斯之夜

闹铃响了三遍,我终于迷迷糊糊地醒来。令人欣慰的是,淋浴既温暖又管用,所以,凯文在晚上 8 点半敲响我的房门时,我已经穿戴整齐,隐约有了人样。

"你睡着了吗?"我问他。他答道:"睡着了,大概几个小时。足够让我熬到今晚结束。你呢?"

他边说边从我身边走过,到床上抓起一边桌上的电视遥控器,打开电源,调着频道,直到屏幕上出现了某种格鲁吉亚游戏节目。凯文把音量调得比我想要的略大,在噪声中大声说:"你看过这个节目吗?太搞笑了。"

现在,在音响效果、虚假的观众掌声和主持人更假的笑声下,我悄悄问凯文:"你不会认为他们在窃听我们吧,嗯?"

他耸耸肩。"可能不会,但你永远不知道。"

"我觉得你勒·卡雷的小说读太多了。"我说。

"那是谁?"他问道。

"你认真的吗?"我眯着眼问,"凯文,你不知道约翰·勒·卡雷?"

"他是加拿大人吗?写冰球运动的?"

"好吧,现在我知道你在耍我了。"我说。

"谁?我吗?"

游戏节目里有人获奖了,刺耳的音乐几乎把桌上的电视掀翻。

"我们去大厅吧,看能不能找到喝的。"凯文说道。我们关掉电视,下楼,发现了门厅一侧的酒吧,出售一系列欧美啤酒。

我们选了两瓶时代啤酒(Stella Artois),等着尼诺,他肯定会在外面大声叫我们出去。除了两个西装革履的商人在远处的角落聊天外,酒店酒吧里只有我和凯文两人。

"我确实睡了一小会儿,"凯文说道,语调很正常,"但那之前我去了美国大使馆,他们那会儿都快关门了。"

"美国大使馆?"我重复了一遍,"你去那儿干什么?"

"我问他们了不了解当地的酒厂。我说,我们是澳大利亚的投资人,来这里是采矿的,但考虑到当地用葡萄酿酒的历史悠久,我们对当地的酒厂也隐隐有点儿兴趣。"

"他们听说过萨瓦内一号吗?"我边喝啤酒边问。

"何止是听过,"凯文咧嘴一笑,"他们有一整份文件,关于萨瓦内酒厂的。作为一种潜在的国际伙伴关系选择,我猜是为了美国的利益,要是他们也来到了这里的话。"

他从上衣内口袋里掏出一张纸,在我面前的桌子上展开。

我开始仔细看上面的内容。

报头写着:"第比利斯美国大使馆"。然后用粗体字写着:

以下来自格鲁吉亚的线索、大使馆主管的电话和电子邮件等详细信息,均由驻美国第比利斯大使馆的 Bisnis 代表提交(原文如此)。

"B-i-s-n-i-s-?"我说道。

"对,"凯文说,把花生塞进嘴里,"这可能就是50年前编写萨瓦内酒窖名单上的标签的那个人,用音译拼写的。"

"漫长而光荣的职业生涯啊。"我说道,然后继续阅读。

公司:索普利斯苏洛玛莫利葡萄酒装瓶厂(萨瓦内)于1896年在第比利斯成立,有75名员工,在第比利斯市中心拥有0.77公顷土地,每年可生产葡萄酒400万升(相当于530万瓶)。萨瓦内于1994年成为一家股份公司,管理层拥有公司的控股权。过去几年,由于缺乏流动资金和酒瓶,加上频繁停电,产能利用率一直很低。萨瓦内预计1996年的产量为10万升,即130万瓶。公司通过直接与消费者接触销售产品,拥有自己的商业网点,和工厂直接相关。虽然营运资金有限,但现金流仍为正数。萨瓦内不存在任何重大负债,正在寻找一个具有融资和生产营销能力的合资伙伴。格鲁吉亚的合作伙伴将提供所有必要的生产设施和劳动力。联系人:塔马兹·阿赫梅泰利总经理,格鲁吉亚第比利斯彼得利亚什维利街1号,索普利斯苏洛玛莫利,邮编380062。

我抬起头。

"等等，他们今天早上是不是真的给我们读了这篇文章，推介我们可能的投资？"

"看起来是这样的，"凯文说道，"至少我们知道塔马兹先生姓阿赫梅泰利。"

我摇摇头："所以，这个酒厂已经完全没用了，设备老化陈旧，根本没有现代技术，他们到处向任何愿意听他们说话的人兜售整件事。难怪，乔治说我们从澳大利亚来的时候，他们那么兴奋。"

"乔治可能告诉他们，他已经和内维尔达成了一笔采矿交易，而我们就是下一个上钩的笨蛋。"凯文说道。

"我还是不明白。我们花费了一整天，甚至不知道沙皇和斯大林的葡萄酒到底存不存在。"

"我们已经看过内维尔的照片了。"凯文说道。

"我们看的是内维尔声称东西就在酒厂的照片，"我反驳道，"但内维尔也把钱投入了四方合作。如果他在耍我们，他为什么要这么做？"

"除非他有别的计划。不然这说不通，"我同意凯文的说法，"好吧，所以我们假设葡萄酒就在那里，在他们今天不让我们参观的酒窖里。但是，如果看不到它们，我们就无法验证。"

"而如果我们不能验证这些酒，触摸它们，亲眼看到它们，甚至品尝一些，我们就没有理由来到这里。"凯文说道。

"乔治知道这一点，因为我们所有的通信都是关于那些葡萄酒的，而不是酒厂。"

"所以，"凯文说，用他的啤酒瓶瓶颈指着我，"他正在和他们玩某种把戏，需要我们等待，直到他完成。你有没有注意到，今天有些时候，感觉他只是让塔马兹和雷瓦兹说话，让他们不停地闲聊？他根本没有引导谈话。"

"可是这种情况要持续多久呢？我一定要在澳大利亚时间的早上给内维尔打电话，让他提醒乔治搞快点。我们只有三天了。"

我们喝了一口啤酒。尼诺和乔治再过几分钟就要到了，这意味着我们可能还有一个小时的时间要消磨。

"我们还要考虑什么？"我问道。"你还有什么印象？"

凯文挥手又要了两瓶啤酒。这不是个好主意，因为时差，而且接下来还要喝葡萄酒，但在我们经历了这样的一天之后，啤酒的味道的确很不错。

他说："我正在努力弄清酒厂的所有权结构。在那个地方闲逛的人之中，有一半的人我都不知道到底是谁，也不知道他们是做什么的，但是，好好儿看看我们正在接触的高级管理团队，很明显，塔马兹先生，甚至可能是酿酒师雷瓦兹，都有影响力。他们是老板吗？他们和乔治是搭档吗？如果事实证明酒确实在那里，我们想为此谈判，谁来做决定？"

"对，不错，"我说，"我们得尽快找到答案。我们要考虑或担心格里戈吗？"

"从积极的方面来看，皮奥特似乎很友好，"凯文说道，"乔治不在的时候，有他的翻译很方便。"

"我不信任他，"我说道，"我的意思是，我们不要告诉他太多的事情，就限定在我们需要让他知道的范围内，我不确定能不能相信他说的一切。我们不能把他对我们说的任何话当作福音，不管这些话有多大的帮助。我们必须停留在自己知道的事实上。我们还没有看到任何需要看到的东西，在这样的外国领土上，为了安全起见，我们必须保持警惕，这一切可能都是一个大骗局，直到我们能够证明它不是。"

"疯狂的一天啊，"凯文说道，"真不敢相信我们连酒都没看到一眼。"

这时，我们听到了刺耳的轮胎声和砰的一声车门响。没有枪声，但这声音足以让我们相信，尼诺已经到了。

"疯狂的一天，现在疯狂的夜晚要来了，"我笑道，"祈祷吧。"

乔治来接我们时，尼诺在门口等着，枪像往常一样挂在口袋里，看起来兴高采烈的。我们离开酒店，沿着街道闲逛，到了一家看起来更像酒吧而不是餐馆的餐厅。我们找了一张四人桌，乔治给我们倒了酒，为每个人点了晚餐，但他没有坐下，而是宣布他将在15分钟后回来。

他和尼诺大步走出餐厅，凯文和我面面相觑。开始上菜了——又是莎莎普利奶酪面包，洛比欧（Lobio），即芸豆沙拉，还有巴德利兹尼斯希兹拉拉（badridzhnis khizilala），一种圆茄鱼子酱。伊克维斯查科比利（Ikhvis chakhokhbili）是一道炖鸭，略带核桃的味道。

坐在这里盯着几盘食物，一心想着尼诺是否会回来，或者是否会有其他人出现，这样毫无意义。所以我们直接开吃，互相交换彼此对第比利斯的看法。

"今天下午走进老城区努力找大使馆的经历还是很迷人的,"凯文说道,"这是一幅典型的后苏联时代景观。那些建筑曾经很了不起,但现在没有人维护,都是独立后留下的真空。"

"真不敢相信到处都是手枪,"我说道,"但每个人看起来都很友好,很放松。你完全可以想象,纳粹在这里进击,而尼诺变成了屋顶上的狙击手。"

"纳粹来过这里吗?"凯文问道。

"实际上没有,"我答道,"我读了一些关于这里的书。很明显,希特勒入侵了苏联,但没有到这里来。当然,格鲁吉亚人也被拖下水了。据估计,参战的格鲁吉亚士兵有 70 万,但回来的可能只有一半。"

"天,"凯文说,"超过 30 万人的伤亡,这对一个小国家的年轻力量来说是一个很大的打击。"

"巨大的打击。"我同意道。

"战争,"凯文叹了口气,"这种破事儿绝对不会发生在加拿大。我看得出尼诺正处于这样的事情之中。"

"那皮奥特呢?"我问道。

凯文笑了。"皮奥特?我觉得他才是最危险的一个。"

"皮奥特?他真的很冷静,几乎有点深思熟虑。"我说道。

凯文看着我的眼睛。"约翰,我敢保证,皮奥特受过某种军事训练。他说他是从车臣出来的,对吧?我挺喜欢他的,但他给我的印象是,他才是房间里真正致命的那个人。我想,皮奥特会很乐意向你开枪,或者,如果他的枪不能开火,他会直接把你打死。"

我笑了起来。"他比尼诺还要厉害？"我说道，想象着尼诺黝黑的眼睛和尖锐的下巴，不苟言笑。

凯文点了点头。"如果皮奥特没有武器，而尼诺有枪，"他说，"皮奥特仍然会轻松获胜。"

"说曹操，曹操到。"我说道，乔治、尼诺和皮奥特此时走了进来，身旁还有一个非常漂亮的黑发女人，看起来只有十九岁左右。

"这是尼诺的女朋友，"乔治解释道，"艾琳。她英语说得很好。在学校学的。"

随着其他格鲁吉亚人的到来，酒吧开始有了一些活力，音乐也调大声了。我一直很好奇格鲁吉亚的流行文化，想知道世界上这个地区喜欢什么样的音乐，所以，当音响里传来非常熟悉的迈克尔·杰克逊的《比利·金》前奏时，我有点失望。

比起有机会和两个中年澳大利亚人练习她的语言技能，艾琳似乎对尼诺更感兴趣，这看起来很合理。

尼诺则在音乐下安静地与艾琳交谈，同时又仍然保持着一般意义上的威胁性。和往常一样，他的黑色金属手枪放在桌子上，就在他的啤酒旁边，右手触手可及。

"萨普拉（Supra）！"乔治说道，"但只是小小的萨普拉，因为我们明天还有工作。"

"什么是萨普拉？"我问道。

"格鲁吉亚人吃饭喝酒的方式，约翰。伟大的仪式。我们不是随便吃饭的。祝酒师负责敬酒。我就是祝酒师。懂了吗？"

皮奥特拿着一些喝的来到餐桌前。首先，当然是一轮伏特加，乔治带头敬酒，大家互相敬酒。然后我们再次被敬酒，这次是一些格鲁吉亚桃红葡萄酒，他解释说这是另一张桌子送的礼物。

我们向桌上的几个男人和一个年轻女人挥手致意，但不知道他们是谁，而乔治则走过去悄悄对他们说了些什么。

回来的时候，他开始把桃红葡萄酒倒进杯子里。我注意到，他小心翼翼地把酒倒向我们，而且总是用右手。

"乔治，你倒酒的方式很有讲究。"我说道。

"乔治认真地对待如何倒酒，约翰。从不用左手，从不远离身体，那样太粗鲁了。西式倒酒太随意，一点都不酷。"

"我会注意的，"我说道，"请提醒我们遵守规则。"

"一切都好说。你们是客人，"他笑了笑，然后补充道，"这些是传统的格鲁吉亚葡萄酒。与西方的生产技术不同。还记得酒厂的大克维里吗？红色的黏土？这就是那些红土罐酿出来的酒。尝尝看，看喜不喜欢。"

我们都举起杯子，啜了一口。酒很甜，有一种不同寻常的余味。也许是蜂蜜？有点轻微的氧化，近乎雪莉酒的味道？我又喝了一口，让我的味蕾适应。

"有意思。"凯文说道。

"这是不是意味着你想喝皇冠威士忌？"我问他。

"不完全是，但也差不多了。"他答道。

音乐又上了一个台阶，从迈克尔·杰克逊变成了王子。我和凯文挤在一起和乔治谈话。

"今天对你来说是不寻常的一天，对吗？"乔治说，带着他一贯孩子气的微笑，有点发笑，"你发现整个酒厂都可以是你的！多么荣幸又高兴，不是吗？"

我们俩人都笑了起来。怎么能不笑呢？

"我们确实有几个问题。"凯文严肃地说道。

"乔治，"我说道，"我从没想过这次旅行会无聊，你在这方面没有让人失望。"

"听着，先生们，"乔治说，双手摊开放在他面前，"我们需要玩一点小把戏才能喝到真正的酒。仅此而已。这些人，这些整天喋喋不休的人，他们需要相信，他们和他们的酒厂还有未来。他们需要相信，你们对第比利斯和我们的未来感兴趣，而不仅仅是酒窖底层的葡萄酒。"

"这么说，酒确实存在？"凯文说。

乔治看起来真的很震惊，这还是第一次："沙皇的酒？斯大林的酒？当然存在，凯文先生。"

"嗯，那我就放心了，"凯文说道，"我无意冒犯，但我们走了很远的路，结果只听到一条生锈的装瓶线有令人眼花缭乱的生产潜力。"

我惊讶地看着凯文，因为他平时要比这圆滑得多。我是说，见鬼了，他可是加拿大人。但他正愉快地看着皮奥特，皮奥特则靠在椅子上，给了凯文一个同样有分寸的眼神，脸上微微一笑。凯文伸手去拿饮料，他们之间不管发生了什么，一切都已经被打破了。

我开口说道："乔治，我认为凯文想表达的观点是，我们有点担心，我们只能在这里待四天，而现在，一天已经过去了，我们还没有看到任何实物证据表明葡萄酒就在那里,更不用说评估藏品中可能有什么了,而这恰恰是我们需要做的。"

"我明白,"乔治说道,"我当然明白了,约翰。但你必须意识到,你会看到的那些酒——而且我敢保证你明天就能看到,"他意味深长地看着凯文,说道,"它们不仅仅是萨瓦内一号经理或者第比利斯人民的酒。"

乔治回头看了看,确保我们没有被偷听,然后向我们靠了靠,表情严肃:"这些酒属于尼古拉二世,俄国最后一位沙皇!又牵扯到约瑟夫·斯大林,有史以来最著名的格鲁吉亚人!现在他们手里有一些酒。我们今天不能直接走进去跟他们说:'澳大利亚人来了,要用现金买下这些酒。'约翰,你要明白,今天这些事是必须发生的。那些家伙,塔马兹、雷瓦兹,还有那些人,他们想做的是整体的交易,把酒厂做大。别把这事儿想成是澳大利亚人直接来拿瓶葡萄酒,然后卖掉。"

"你说得好像我们想从你们这些人手里抢走珍贵的宝物似的,乔治。先提出卖酒的人难道不是你吗?"

乔治笑了:"是我,当然是我,毕竟那些酒谁会在乎呢?在我看来,那些法国葡萄酒是俄罗斯人买来的,对我们格鲁吉亚人毫无意义。它们只是被斯大林送到了这里罢了,现在,我们把它们卖掉,赚点钱。我们只是需要取悦塔马兹和他的同事。"

"但我们只想要古董酒,乔治。等这一点逐渐清晰,他们会有什么感想?"

乔治点了一支烟,两个手指夹着,不屑地挥了挥手:"相信我,我了解这些人,知道该怎么玩儿。我会解释说,你们明天想看看所有的酒窖，好决定值不值得投资。他们会对所有的谈话感到厌烦，然后走开。你们会得到你们需要的时间，还有酒，皮奥特会在那里帮你们。时间到了之后，我们会告诉他们，你们还在考虑整个酒厂的生产建议，但现在有一个单独的可能，那就是卖掉酒窖里的葡萄酒，给酒厂复兴筹集一点儿急需的资金。他们不会挡我们的路的。"

"酒厂的老板到底是谁，乔治？"我问道，"内维尔的意思是，你是老板，但很明显，其他人至少也占了一部分萨瓦内一号的股份，对吧？"

乔治又摆了摆手："他们是有一些股份，但内维尔和我已经讨论过这个了。等时机成熟，我会买下他们的股份，然后我们就开始转移葡萄酒。你不用担心这些问题。只要礼貌一点，微笑着和他们握手就行了。我保证，我会尽快为你们扫清道路，让你们看看酒窖里的葡萄酒。"

"好吧，"我说道，瞥了凯文一眼："那我们就放心了。大家都很清楚，我们在这里的时间很短。"

"是很短，"乔治说，"但也不至于短到我连一杯伏特加都喝不了。"

一声令下，皮奥特起身向吧台走去，拿着一大瓶伏特加和许多小酒杯回来。这不是我们需要的，我们下飞机还不到24小时，时差还没有倒完。但乔治已经在倒酒了。

"是时候再干一杯了，朋友们。为了我们未来的成功。"

"我会为此干一杯的，"凯文说道，"我的意思是，这可能是我们最接近成功的一次。"

什么情况下，酒会好得不像真的？

在很多方面，伪造古董酒都有可能成为完美的犯罪。

用 Photoshop 这样的平面设计程序复制标签很容易，特别是上百年前的标签，当时还没有那么多"设计"。纸张可以人为做旧，使标签看起来磨损，潮湿，就好像已经在地窖里躺了几十年一样。

许多有意购买老酒的买家不太可能有足够的专业知识，无法真正理解五十年或更久以前酒厂产品的形状、玻璃类型或其他特征的细微差异。

还有葡萄酒本身。很少有人会知道一款葡萄酒在这么多年后应该是什么味道。我一直热爱葡萄酒，并为之着迷，其中一点就在于葡萄酒是有生命、会呼吸的东西。2007 年，帕特里克·拉登·基夫在《纽约客》上写道："收藏家们打开伪造的酒时，往往缺乏经验和敏锐的味觉，根本不知道自己被骗了。""首先，即使是真正的陈年葡萄酒，每瓶也有很大的差异。这是一个有生命的有机体。"苏富比国际葡萄酒部负责人、葡萄酒大师塞雷娜·苏特克利夫这样说道："它会移动，会变化，会进化，一旦你喝过四十、五十、六十年的葡萄酒，即使酒瓶并排存放在类似的条件下，你也会发现，这些酒之间有很大的差异。"

她是对的。两瓶相同年份的同种陈年葡萄酒都会存在明显的差异。面对一款非常古老的葡萄酒，即使是酒庄的首席酿酒师恐怕也只能大概评估——是的，这就是葡萄酒在存放这么久之后，我们期望的味道。

葡萄酒可以通过化学测试来确定，这一点毫无争议，酒瓶和软木塞也能够经过精确的检验来判断真伪，但购买这类葡萄酒的人通常没有途径，也没有兴趣采取这类措施。

另外，葡萄酒造假犯罪的受害人不太可能站出来追捕伪造的人。买老酒是一种浪漫，是一种与世界上的伟大标签的联系。但在某些情况下，为这些葡萄酒支付费用时，往往还有相当一部分的自负，甚至不确定葡萄酒本身是否仍然可以饮用，还没有意识到这个珍贵的瓶子里可能装的是不同的东西。承认自己被骗了，承认酒窖里极其昂贵的古董酒是假的，那会很尴尬。

看看购买传说中的托马斯·杰斐逊葡萄酒的人吧。事后来看，这个故事很简略：这些酒在巴黎的一面墙上被人发现，但没有分享确切的地址以供认证，这些酒的原始来源是一个叫哈迪·罗登斯托克的德国人，既神秘又不太可能。然而，美国亿万富翁比尔·科赫花50万美元买了其中四瓶，给他惊人的收藏锦上添花，比如卡斯特将军的步枪。他打算打开这些酒吗？我很怀疑。就像一个猎人把猎物的头挂在墙上一样，在我看来，许多像科赫这样的收藏家可能只是把战利品作为他们财富和商业成功的象征。即使杰斐逊的酒被证明是假的，科赫也一直在展示它们。

"我过去常常吹嘘自己得到了托马斯·杰斐逊的葡萄酒，"

他对记者说,"现在我同样可以吹嘘,我得到了假的托马斯·杰斐逊的葡萄酒。"

然后,大家就有理由把目光转向促成此次拍卖的拍卖行。在向购买者提供葡萄酒之前,拍卖行难道不应该先鉴定这些酒吗?嗯,是的,但一些伪造者会与卖家建立多年的牢固关系,或者书面证据会显得足够有说服力,以满足拍卖行,特别是一个——怎么说呢?——一个有点过于宽松的拍卖行?一个不太负责任的拍卖行?拍卖行可以从古董葡萄酒的销售中获得可观的卖家抽成,所以他们也希望葡萄酒是真的。我想知道,如果一笔交易顺利完成,而且没有人提出问题,这是否会盖过脑海中那个挥之不去的问题?

但是,即使一家拍卖行很敏锐,很警觉,并不断寻找异常之处,最终确认葡萄酒是真品的任务也可能是很困难的。

有百年历史的葡萄酒,需要依靠酒厂对每一次收获的产量都有细致的记录,还需要考虑当时世界的大环境。例如,在19世纪的战争期间,最好的玻璃往往被用于军事目的,这意味着当时一些法国葡萄酒使用的是质量较差的玻璃,酒瓶也形状不一。

凯文和我到达第比利斯的酒窖时,发现了看起来无穷无尽的一排排所谓古董葡萄酒,笼罩着湿气和厚厚的蜘蛛网,大部分酒瓶上的标签都变质了,所有这些想法都在我们的脑海中盘旋。格鲁吉亚人能伪造出这么多的葡萄酒吗？他们能完成伪造一整个酒窖所需的工作吗？还有酒窖记录簿、软木塞上的日期和法国酒瓶上特制的尼古拉二世徽章？他们是不是只向我们展示了一小部分可能是真品的酒，指望我们在掏出100万美元时假设所有其他的酒也是真的？

考虑到葡萄酒关系到上一任沙皇和斯大林的奇妙故事（在各种意义上），我走进酒窖时敏锐地意识到，这可能是这些可疑的格鲁吉亚玩家设下的一个大骗局。

这个酒窖必须非常努力才能证明我的怀疑是错误的。

9
酒 窖

　　时差唯一的好处,就是经常让人醒得比需要的时候早得多,这种时候,如果有人在国外,在一个从未去过的地窖里,想和一个说着不同语言的帮手筹划一整天的古董葡萄酒分析,无疑会很方便。

　　早上不到 5 点我就起床了,反复核实我已经拥有了所需要的一切装备,以便无论在什么时间段都可以对这个诱人但迄今还不可触摸的葡萄酒宝藏做出判断。

　　电话响起时,我正在计算灯的备用电池电量,这可能我是第三次这么做了。当时是格鲁吉亚时间早上 6 点刚过,澳大利亚大约是中午。接起电话的时候,我想可能是凯文打来的,他也没睡着。但不是他。

　　"约翰?"一个声音响起,国际线路沙沙作响,"我是内维尔。我只想看看你们那边怎么样了。"

　　"内维尔!谢谢你打电话来。你说这个地方是狂野的西部,这一点完全没错。"我说。

　　"酒怎么样?都在那里吗?"

　　我简短地思考了一下,凯文对房间可能被窃听的恐惧是否有根据。这有关系吗？我只想强调我们为什么会在第比利斯，但乔治昨晚的警告也得到了回应。

"我们还不确定，"我回答内维尔，"我们昨天度过了令人沮丧的一天，和酒厂的所有高层主管坐在一起，开了无休无止的会，实际上并没有看到那些古董葡萄酒。我希望并假设今天会改变这种情况。事实上，如果你可以打电话给乔治，强调让我们在地窖里待一段时间是多么重要的话，那可能会很有帮助。"

"我看看我能做什么，"内维尔说道，"这么说，你还不知道这些酒值多少钱了？"

"我们还没有真正看到酒的存在，这是有点困难。"我说道。

"哦，那些酒就在那里，好吧，"内维尔说，"我投资这个可不是为了给你放假。"

我们俩都笑了起来："嗯，我们到这边刚超过24个小时，但我能看出第比利斯的吸引力。这是个迷人的城市。"

"乔治对你们还行吗？"

"他偶尔会失踪，他和其他一些人玩着神秘的游戏，这些人显然拥有酒厂的股份，但是不错，他挺照顾我们。"

"那就好。在格鲁吉亚做生意是一件棘手的事，约翰。我警告过你。不过不会有事的。乔治知道我们在做什么。"

"好吧，如果你有机会打电话提醒他，我会很感激。"

"一挂电话我就打给他，"他说道，"你洗过澡了吗？"

这句话让我停顿了一下。"嗯，洗了几次。"

内维尔笑了。"我不是这个意思。看来你还没体验过真正的第比利斯，但没关系。你还有几天。回头再聊。"

9 酒窖

尼诺开车去酒厂的时候好像比前一天更让人恼火。某一个瞬间，一辆警车在我们身后鸣笛，尼诺对着后视镜皱了皱眉头，但还是继续咆哮着前进。

"警察来了，你不停车吗？"我问道。

尼诺挥舞着手臂，以大约每小时 100 公里的速度在郊区的街道上疾驰。"为什么？警察应该更清楚，不应该让我靠边停车！我是那种因为警察停车的人吗？"

凯文和我交换了一下眼神，尽量不让自己在后座上白费力气。但尼诺似乎是对的。过了一分钟左右，警察关掉了警笛，然后走开了。在第比利斯，对某些人是一套规则，对其他人来说又是另一套规则。尼诺似乎在受保护的范围内。

不知何故，我们活着到达了，正好赶上塔马兹先生的办公室在进行新一轮的酒厂讨论。

"内维尔给你打电话了吗？"乔治向我们打招呼时，我问他。

"谁？"他说道。

"内维尔，从澳大利亚打来。"

"内维尔？他在这儿？"

"没有，他给你打电话了吗？"

"什么时候？"

"没事，乔治。算了。"

带着一种沉甸甸的感觉，我们在 T 型桌旁找到了老位置，果然，根据乔治偶尔的翻译，我们有一个小时左右单独发言的时间，特别是关于萨瓦内葡萄酒的未来潜力和格鲁吉亚葡萄酒的总体情况。我沮丧地在座位上晃来晃去，无法踱步，想着更多的方法来折磨乔治，这时，他终于开口了，对塔马兹说了些什么，让那个年长的人对乔治大吼大叫，愤怒地挥舞着双臂。

"怎么了？"凯文问皮奥特。

"乔治刚刚建议让你们进入酒窖，评估那些酒的价值，但塔马兹不想让你们看这些藏品。他担心你们会乱碰其中的酒。"

雷瓦兹拿起电话，拨了一个号码，简短地说了几句，然后挂断电话。大家静静地坐着，然后，塔马兹和乔治又开始争论。格鲁吉亚人在我们面前争吵的时候，凯文和我面面相觑。

格里戈拿着一大沓纸出现了，像一本装订松散的书。他走到桌前，把它摊开。凯文和我俯身看着书页，原来是酒窖记录簿。哈利在悉尼给我们的名单显然是从这个翻译过来的，但这份是用格鲁吉亚语精心编写的，像阿拉伯语又类似拉丁语的奇怪语言相互交织，还有曲线、衬线和花体字。

我们小心翼翼地翻动着书页，记下了可能的日期，好奇应该如何从中提取任何意义。

雷瓦兹走过来，拿起记录簿，交还给格里戈，格里戈立刻又离开了办公室。然后，雷瓦兹转过身来，用格鲁吉亚语对我们说了些什么，双手一摊。

皮奥特说："雷瓦兹先生说，你们已经看过酒窖记录簿，你们也知道藏品就在那里，你们昨天还看到了现代的酒瓶，所以现在不需要再看其他的了。"

我问道："我们需要回答这个问题吗？"

这时乔治已经开始说话了，所以皮奥特平静地说："不，让乔治来处理。"

塔马兹现在又开始了另一段独白，指指点点，偶尔挥手以示强调。

乔治转向我们，略带沮丧地摇了摇头，说："塔马兹先生强调，酒窖里的格鲁吉亚葡萄酒是国宝。塔马兹先生说，这些葡萄酒非常重要，我们不可能让两个澳大利亚人去看它们，也不可能试图评估它们的价值。"

"乔治……"我开口说道。

但乔治摇了摇头，微微一笑，用英语说："'国宝'演讲是原住民的传统，约翰。你知道吗，格鲁吉亚街上的狗屎没人想理，但只要有人说它很重要，并试图把它捡起来，它就成了他娘的国家宝藏。"

塔马兹先生目睹了这场英语交流，并开始用格鲁吉亚语向乔治提问。乔治举起一只手让他安静了下来，显然说了一些简洁明了的话，因为塔马兹不再说话，好像乔治用枪指着他一样。

"乔治说了什么？"凯文小声说。

皮奥特低声说："乔治说，如果你们现在看不到酒，你们就会走出去，去机场，再也不会讨论对酒厂的任何投资。"

"哇哦，不错！"我说道，"成功的可能性有多大？"

雷瓦兹看起来并不高兴。塔马兹看起来更暴躁了。他们彼此嘀咕着，然后似乎终于做出了决定。他们点了点头，塔马兹耸耸肩，雷瓦兹站了起来。就像变魔术一样，酒厂经理格里戈出现在门口。

乔治也站了起来，带着一丝笑意，愉快地对我们说："约翰、凯文，塔马兹先生认为让我带你们去看看酒窖是个好主意。酒窖的二层和三层有一些非凡的老酒，我曾提到过，你们肯定想看看它们。"

"终于。干得好，乔治。"我说道。

我转向凯文，面无表情地问："你准备好了吗，凯文，还是你宁愿在这里等？"

"不，我想去看看。活动活动筋骨也不错。"他同样面无表情地回答。乔治完全没有注意到这次交流，皮奥特却咧嘴笑了。看来我们的车臣军人有澳大利亚的幽默感。

塔马兹先生带路，我们回到院子里，走到带拱门的高大主楼前。几个不认识的人加入了我们，所以我们进去的时候是十人一行。其中有一个叫伊万的人，在接下来的几天里会成为我们的正式助手。一个以前从未见过的女人，穿着绿色开衫，用一串钥匙打开了一扇通往地下的大门，然后走到一边，这样我们就可以沿一条狭窄的台阶走到地下室的一层，那里有无数不起眼的现代酒瓶，我们昨天还得以允许在这里四处张望。格里戈穿过楼梯平台，打开了一扇隐藏在阴影中的门，露出更宽的台阶，通向更深的一层。我们成群结队地走下来时，他找到了一个电灯开关，一个微弱的小球照亮了楼梯。

楼梯底部的小空间很难容纳这么多人。雷瓦兹四处张望，好像不知道灯的开关在哪里，直到格里戈走到一个凹处，打开了几排昏暗的顶灯。酒窖亮了起来。

然后，出现了，那些酒。

9 酒窖

　　周围的蜘蛛网很密集，无尽的白色厚网完全覆盖了整个酒架上的酒瓶，这些酒瓶本来是黑色的，闪闪发光。房间里应该充满了灰尘，但实际上，正如内维尔的承诺，酒窖几乎是湿的，空气中弥漫着湿气，作为一个葡萄酒爱好者，我立刻意识到这是一个好消息，因为在100多年的酒瓶里，软木塞仍然处于工作状态。

　　大部分酒架都很高，用不知名的灰色金属制成，除了我们面前一个五个架子组成的独立单元，上面似乎放着烈酒和其他瓶瓶罐罐，但不是葡萄酒。

　　凯文这里走几步，那里走几步，看似漫无目的地打量着房间，但我很了解他，他脑子里的计算器正在疯狂计算。什么都不缺。我看着他微微歪着头，挠着下巴，上下打量着最靠近的主架子，几乎能听到他内心的思维轨迹："两瓶酒的宽度，两边各放1瓶。也许有20瓶酒那么高，看不见的地方还有多少？即使水平计数是每架100瓶，那么每边每架也有2000瓶。"

　　眼睛适应黑暗后，我们看到，酒架一直延伸消失在地窖后方，角落里有一堆破碎的金属和玻璃，酒架塌了，天知道打碎了多少有价值的酒。据哈利、内维尔和乔治告诉我们，有好几个这样倒塌的架子，大概有2万瓶被毁。即便如此，在这个巨大而潮湿的地下洞穴里，大约还剩下4万瓶。我得花点时间。这么多酒。

　　加入我们的几个神秘的酒厂工人徘徊着走回楼梯，凯文和我则在酒架之间的过道上行走。和警告的一样，许多酒瓶已经没有标签了，或者只剩零碎的标签一角。我很想从包里拿出手电筒，但我意识到，塔马兹和雷瓦兹一直对我们在这个阶段过于熟悉葡萄酒的想法抱有敌意。我不想显得有备而来，那样太可疑了。

凯文小心翼翼地刷掉一些酒瓶上的蜘蛛网，试图看看这是什么酒，液位有多高，我则思考着一项艰巨的任务，要把这些无穷无尽的酒架与哈利最初寄给我的原始酒窖记录簿的翻译清单相匹配。

然而，站在那里的时候，我也意识到，在我对地窖的所有印象中，还有另一个想法挣扎着浮出水面。如果这一切都是一个巨大的骗局，只是为了抢劫我们的100万美元，我心想，环顾着四周，这真是一个令人难以置信的精心设计。这些蜘蛛网和地窖里浸润的湿气感觉十分真实。这些葡萄酒给人的感觉就好像它们真的在这里躺了五十多年。即便这个休眠的酒厂有着令人费解的大量劳动力，怎么可能有人可以装满这么多的酒？老实说，我深深感觉到这是我参观过的最真实的老酒窖，绝对是一个过去的时代的遗迹。尽管如此，我还是努力保持专注，寻找任何造假的迹象。

但就在我思考这些后勤问题时，雷瓦兹先生从黑暗中走了出来，拿着一个湿漉漉的黑瓶子。他的步态慵懒，像一个老人或不太活跃的人，所以，他有点蹒跚地走出黑暗，让我想起了一部老吸血鬼电影。

我瞥了凯文一眼，想看看他是不是也被吓了一跳，但他正专注地盯着雷瓦兹手里的瓶子。

这位首席酿酒师用法语说道："绪帝罗，1899年。"令人惊讶，他的发音相当准确。

"那是一款好酒。"凯文说道。

我花了一点时间细细品味这一幕。看看我们，我心想，来自悉尼的凯文和我，站在格鲁吉亚第比利斯一个灯光昏暗的地下室里，一个十年前还因为国际政治而无法造访的地方。但我们就在这里，被成千上万的酒瓶包围，如果在我有生之年看到这些酒中的任何一瓶，我都会目瞪口呆，更不用说全部集中在一个酒窖里。1899 年的绪帝罗？一瓶来自法国伟大生产商之一的百年绪帝罗？这是一瓶可能会出现在佳士得或苏富比拍卖行的酒，或者在酒庄本身的实心玻璃后面。这瓶酒价值可能上万美元。雷瓦兹在酒架间瞎逛，从可能在那里的许多其他酒中抽出这样一瓶，简直是匪夷所思。但它也许是真的？这些蜘蛛网会不会是假的？会不会整件事都是策划好的？感觉不太可能。

而且，该死，我太希望它是真的了。因为如果是真的，我就站在了历史的中央。尼古拉二世！这些可能带有他徽章的酒也许真的被他拿在手里。那么，斯大林时代的酒窖在收藏中又增加了哪些葡萄酒呢？这瓶绪帝罗是其中之一吗？这瓶酒是从法国弄来的吗？他们尝过了吗，确定喜欢它吗？还是说革命期间，这瓶酒就在圣彼得堡？它是否目睹了纳粹的入侵，并感到了自己在夜间被偷运出苏联第二大城市，来到了格鲁吉亚？从那些大台阶上被拖进这个秘密的地方。待在这里，在瓶子里静静地呼吸，五十多年，琢磨头顶上发生了什么。耐心地待在它的架子上，随着世界的转变，伴随史诗般的战役决定了世界大战，感受着广岛和长崎的微弱震动，然后是世界秩序的重组，再加上西方无休止的进军，走向现代生活，走向月球。

我几乎被征服了。这瓶酒不仅仅是一瓶酒，它是一段历史。它的价值在我脑海中有了自己的生命。你会花多少钱在一个大拍卖行买一瓶 1899 年的绪帝罗？但是，如果你知道它曾经属于尼古拉二世的个人收藏，身处由斯大林扩建的酒窖，经历了这么多的历史，在这么一个偏远的格鲁吉亚酒厂里呢？有这么一个让人咋舌的背景故事，你又会付出多少呢？这些能值多少钱？

雷瓦兹先生把酒从右手转移到左手时，我还在思考这些问题，所以，我目睹了一切，能感觉到湿滑的玻璃在他手里拿得不是那么稳。

眼睁睁地，我看着这位首席酿酒师，本应是这个世界的国王，没有握住酒瓶，让它掉了下去。

瓶子掉到地板上，碎了。

10

历史的味道

我浸淫葡萄酒领域，尤其是精品好酒，已经很多年了，看到重力作用于一瓶昂贵的葡萄酒，我有了本能的肌肉记忆。

在绪帝罗掉下来的刹那，我开始移动，虽然我无法阻止酒砸在坚硬的石头地板上，但我把脚伸到了它下面，试图阻止它下落。然后，我抄起瓶子，就像板球比赛中优秀的滑手一样，这样，我保存了仍然完整的下半部分酒瓶，还有里面的酒。

手里拿着剩下的东西，我看到瓶子上确实还有一部分标签，这绝对是绪帝罗，一种伟大的苏玳贵腐酒。即使在黑暗中，雷瓦兹也尴尬得满脸通红，大家都说不出话来。

我们面面相觑，直到凯文笑着说："这是个绝妙的主意，雷瓦兹先生！我们做梦也想不到会这么粗鲁地请您开瓶酒，但现在我们可以品尝一些酒了。"

皮奥特翻译了一下，雷瓦兹欣慰地笑了，无视塔马兹的怒视。乔治大笑起来，同意我们可以试试绪帝罗，真是太好了。我观察着，看是否有迹象表明有人对我们要测试一种据称有百年历史的经典作品而感到紧张。

格里戈和皮奥特忙了起来，找来一些玻璃杯，还有一瓶洗杯子的水。他们用布把杯子擦干，我走过去，把破瓶子里剩下的酒用布滤到一个壶里，防止玻璃碎片进入液体。

我注视着酒壶里的酒。即使在昏暗的灯光下，它也是深金色的。

凯文和我互相看了一眼，格里戈给每人倒了一小杯苏玳贵腐酒。这一刻，我们会清楚地知道，这整个冒险是正确的还是毫无意义的。这是真的吗？是兴奋、惊奇，还是令人震惊的失望？

我接过酒杯，放在鼻子前，吸了口气。天哪，闻起来很不错。

我晃动液体，又闻了闻。一丝非常细腻的杏仁味，可爱的浓烈味道。

我闭上眼睛，喝了一口。

这款绪帝罗有一种丝绸般的细腻，带着我察觉到的杏仁味。哇哦。它保留了一些良好的酸度，令人惊叹的和谐与华丽的苏玳贵腐酒甜味。这款酒很优雅，近乎空灵。太壮观了。

酒很好，但我脑海中响起的声音更是震耳欲聋，如同管弦乐一般。我不得不停下来，因为我的头几乎要被喜悦炸开了，为这卓越的葡萄酒和它意味着的可能性。如果说我以前对这次冒险是认真的，现在更是如此了。

凯文在本子上写字，我走了几步，这样就可以从他背后看到。他写道："非凡的杏色，椴椁的特性，细腻，非常有活力。"因为我在那儿，他在"非常有活力"下画了线。

我退后一步，又喝了一口1899年的瑰宝。凯文和我决心在更大的交易中保持面无表情，但我们找到了一个时刻，对视了一眼。

这一定是真的。

这瓶1899年的绪帝罗非常出色，一定是真的。那是不是意味着整个地窖都是真的？

我不确定有哪种酒能有这么好喝。

也不知道是壮观的葡萄酒本身，还是那个时刻和它的意义，赋予了它这种力量。不管怎样，我很享受那杯酒。

乔治跟他们交谈的时候，塔马兹和雷瓦兹似乎放松了下来，偶尔指指我们，最后，高管们成群结队地回到楼梯上，留下我和凯文、皮奥特、格里戈、乔治和伊万在地窖里。

"你说了什么，乔治？"我问道。

"我说，你们得做点笔记，对个别的酒做一些评估，可能需要一些时间，"乔治说道，"我表示可能需要几个小时，但如果他们能留下来帮助你，并在需要的时候待命，那就太好了。又或者，我建议，如果他们很忙的话，皮奥特、伊万和我可以帮忙。他们看起来如释重负，立即离开了。"

他开心地笑了。

"现在我也要离开了，"他说道，"我有急事要办，但会回来吃午饭。你终于可以看看你那珍贵的酒了，约翰。请不要弄坏任何东西，虽然我的同事刚刚才树立了一个很好的榜样。"

我们都笑了起来，然后乔治离开了。我们挤在酒窖记录簿旁边。格里戈站在一旁，等待着。

我给皮奥特看了我们那本翻译成英文的酒窖记录簿，尽管不确定是谁写的。我解释说，我们想做的是试着从酒架上找出选中的葡萄酒，看看酒窖记录和我们翻译的清单对酒窖内容的描述是否正确。我们想看看特定酒架上的酒是否与记录的相符。

他听懂了，用格鲁吉亚语与格里戈交谈，查阅了那本记录。观察对话的肢体语言很有趣，因为很明显，格里戈试图解释怎么使用这本记录，却没有任何真正的想法，而皮奥特则逐渐自己掌握起这套系统。

凯文也参与其中，三个人进行了跨语言的交流，比手画脚，指指点点，皮奥特到附近的酒架上看标记、编号，等等，然后返回记录中找到同样的细节。大约二十分钟后，他和凯文似乎已经破解了这个系统，就连格里戈也为这本记录的意义而振奋起来。

我们四人在5至26号酒架上工作，把葡萄酒分类为干葡萄酒或甜葡萄酒，或者按标签（如果有的话）分类，只是为了大致了解葡萄酒与酒窖记录簿和英文翻译的关系。

格里戈对皮奥特说，他认为不是所有的干葡萄酒都可以饮用，这并不是个令人鼓舞的消息，但在这一点上，我只想知道这些陈年架子上有哪些干白葡萄酒。

就在我觉得我们终于对酒架系统有了头绪，开始解读记录簿的内容时，那个穿着绿色开衫的中年妇女突然从楼梯上出现，拿着一串叮叮当当的钥匙。她近乎严厉地对皮奥特说了些什么，然后站在那里，一只手放在后腰上，皱着眉头。

"这是谁，皮奥特？"我问道。

"娜娜·沃罗比耶夫太太，"他答道，"工会的女士。"

"她想干什么？"

皮奥特耸耸肩："该锁门了，她说。工会的规矩。午休时间。"

"你开玩笑吧。我们刚刚才开始工作。"

"约翰,我们不再受社会主义的统治,但工会依然掌握着很大的权力。有些事情是有方法的,没人能改变它。相信我。娜娜有酒窖的钥匙,她不会让我们留下的。"

凯文一脸迷茫:"她有钥匙?"

"对,唯一的一套钥匙。"

"格里戈或雷瓦兹没有钥匙?"

"没有,娜娜才有。她是工会代表。"皮奥特说道,声音愈发低了下来,"如果我们想不费吹灰之力地回到这里,让她开心就是我们的利益所在。"

就这样,我们又坐上了尼诺的黑手党专车,飞驰过第比利斯,到达河边的另一家餐厅,尼诺当然把车停在了门前的人行道上。乔治还没有从他去的地方回来,所以只有凯文、我、皮奥特和尼诺,他们很快地吃了饭,然后借口去了另一张桌子,那里坐着三个同样脸色黝黑的危险人物——当然,他们都把手枪放在桌上。

皮奥特的出现意味着凯文和我无法真正讨论上午的事情,讨论我们品尝的葡萄酒和我们所处的位置。我们试着闲聊,享受食物,但我很想回到那个酒窖里去。一有机会,我们就推开椅子,向萨瓦内一号酒厂出发。

溜回酒厂而不惊动塔马兹和其他高管很难,尤其是尼诺在砾石车道上急刹车，滑行着停下来，强大的发动机最后又响亮地轰了一声油门。

也许大家都还在吃午饭，因为行政办公室很安静，我们几乎蹑手蹑脚地回到了主楼，进入门厅，工会女士用她的专属钥匙打开了酒窖的门。

就连格里戈也不在身边，这意味着凯文、皮奥特、伊万和我能够真正开始工作了。终于，我从包里拿出了灯组、便签纸和笔、带闪光灯的相机，以及精心包装的其他设备。

午餐前的分析工作已经完成。很快，我们就能制定出一个验证系统。

我看着我们在悉尼翻译好的清单，并挑选出一种葡萄酒。事实上，我仍然对早上雷瓦兹能够随便拿出一瓶1899的绪帝罗感到好奇，我决定就从那瓶开始。"1号酒架，"我对皮奥特说道，"绪帝罗，1899年。有多少瓶？"

皮奥特查了酒窖记录簿，找到了第一个酒架，并在凯文的帮助下找到了1899年的绪帝罗。"找到了，这是1号酒架上的第13号酒。有29瓶。"他说，又回到原来的记录簿。

我一直很小心，没有告诉他清单上说的是多少瓶，但果不其然，那个数字是30瓶。现在要减去1瓶，今天早上刚刚失去的那瓶。

"嗯，"我说，"皮奥特，你能给我们看看那些酒吗？给我们指一下。"

"这儿，"他退后一步，指着说，"从这里开始，"又指出了一个点，"在这里结束。"

果然，这两点之间的酒瓶一模一样。凯文、皮奥特和我数了数，有 29 瓶，所以总数应该是 30，和清单上一样，直到早上有一瓶不幸落进了笨拙的"魔术手"雷瓦兹手中。

凯文和我小心翼翼地把几瓶酒搬到我们放灯的桌子上。我们在酒瓶后用荧光灯拍照，这样可以看到液位。在这么老的瓶子里，蒸发或泄漏掉一些是正常的，但这些酒的液位都到了瓶颈底部，这对于 100 年的葡萄酒来说是不寻常的。假设这些酒是真的，那它们的软木塞在整整一个世纪后仍然在发挥作用。

我们把酒放回 1 号酒架。有几个没有拿走的酒瓶上仍然有近乎完好的标签，不过已经严重老化了。但字迹还是清晰可认，足以辨认出"1899 绪帝罗……"。

凯文和我都不知道，在娜娜甩着她的钥匙过来，或者主管们出现把我们赶出去之前，我们还能在地窖里待多久。乔治仍然不见踪影，但这没关系，因为皮奥特既乐于助人又聪明。

我们决定，最好试着去找真正重要的酒，但手法必须巧妙，因为我相信我们的兴趣和活动会被报告给管理层。

在几瓶酒上测试了我们的系统后，我用手指在清单上划了一下，看似随意地指着一条线，漫不经心地对皮奥特说："15 号酒架，皮奥特。有伊克姆（Ikem）吗？"

皮奥特看了看记录簿，手指沿列下滑，说道："是的，伊克姆是 44 号酒。1847 年的，有 3 瓶。"

老天，那正是我想要的，我心里想着，脸上努力保持平静，不表现出任何期待。

"皮奥特，你能帮我们把那些酒拿过来吗？"我问道。

凯文密切关注着，静静地看着皮奥特走到酒架前，检查了数字和酒瓶的摆放位置，然后爬到一张凳子上，小心翼翼地取出三瓶酒，把它们搬到灯前的桌子上。我不希望皮奥特把这三瓶酒中的任何一瓶掉下来！

我们盯着这三瓶酒。有一瓶的液位很高，到了瓶肩，一瓶中等，还有一瓶近乎中等。这看起来很正常，对于这么大年纪的酒，实际上已经相当令人鼓舞了。它们有可能在某个阶段被重新打开过，尽管我无法猜测是谁干的。但也许没有。这些酒都没有标签，但瓶子的形状看起来是正确的，像是有150年历史的伊甘酒，颜色也符合。乍一看，它们看起来确实是真的。我尽量显得随意地拍下一张照片。

凯文和我没有交流过一句话，但我们不需要交流。我们都知道，一瓶1847年的伊甘，是世界上最伟大的葡萄酒之一，出自19世纪最好的一个年份，最近以75000美元的价格售出。（2014年，一瓶1847年的伊甘成为美国有史以来销售价格最贵的葡萄酒，也是全球有史以来销售价格最贵的白葡萄酒。今天，一瓶1847年的伊甘，如果你能找到一瓶，而且是真品，状态尚可接受的话，价值可能会超过20万美元。）

我们当时看到的是三瓶。可能占了整个酒窖价格的五分之三，就这三瓶没有标签的酒。

"很好，谢谢你，皮奥特，"我轻描淡写地说道，"小心地把它们放回去吧，继续前进。"

我深吸了一口气，三瓶酒都已经检查过了，没有出现任何问题，我平静地回到我的清单上，让皮奥特和凯文在9号酒架上找一瓶酒，我手里的翻译中拼写为"Heresbrin"。

我没有给皮奥特更多的信息或线索。他翻了几页，皱着眉头看着酒窖记录簿，和凯文商量了一会儿，最后说："啊，对，这是7号酒，有8瓶。"

不管是谁整理的酒窖记录簿，都是令人惊讶地精确。我的清单和皮奥特告诉我的一模一样。他走到酒架前，计算出它们的位置，拿到了酒。我们给9号酒架上的7号酒拍了照片。8瓶红酒，没有标签，偶尔有几簇标签的残留。

凯文站在我旁边，轻声说道："奥比昂（Haut-Brion）？"

"我也是这么想的。"我说。

凯文斜斜地拿着其中一瓶，我们可以看到里面的酒，重要的是，由于我们的灯光，可以看到酒的颜色。带棕色的砖红色，和这个年代的奥比昂相称。它们绝对有可能是1889年的奥比昂。我很想打开一瓶尝尝。

凯文平静地说道："喀哧。"①

"皮奥特，你能看看记录簿上的2号酒架吗？"我问道，"那里有一款1909年的酒，我的单子上写的是'Clatesterne'。如果它在你的单子上，你能找到它，告诉我有多少瓶，多大尺寸吗？"

我故意选了一种不那么出名的酒；如果这些酒是假的，那这一款比较鲜为人知，很难完善它的外观和口感。

但皮奥特没有犹豫，在记录簿中找第二个酒架，找到了酒，

---

① 提款机的声音。

然后走向酒架，检查了一下，说道："找到了，在这儿。应该是102号，有13瓶。"

"是吗？"我说，尽量让自己的声音听起来有点无聊，"行吧，让我们看看，以防万一。"

他拿出13瓶酒，放在灯前。

这些酒瓶看起来完全符合，是伟大的二级酒庄爱士图尔的产品。瓶口的软木塞末端覆有红色酒帽，这确实是这家制造商的手笔，假设很久以前也是这样的话。所以，这些酒有酒帽，有正确的形状和波尔多酒的外观，要是有一点点标签就好了。

一瓶1909年的葡萄酒，很难说，但如果是真正的爱士图尔，肯定能值个几千。这里有13瓶。

就在这时，凯文看了我一眼，好像在说："这可真了不起。"

我一直在想方设法寻找系统中的缺陷，想找到任何表明整件事可能是个骗局的迹象。当然，凯文有一双更敏锐的眼睛，在寻找系统里的假货或漏洞，巨细靡遗。然而，我们已经研究了好几个小时了，还没有找到任何一件物证能够推翻那些正在成为压倒性证据的事实。也许，这一切都是真的。

我们面上仍然毫无波澜，让皮奥特在酒窖记录簿里找一瓶"1919年的玛格特"，然后在酒架上指出来。这是我最喜欢的葡萄酒之一，玛歌：一级酒庄中的经典，波尔多魅力的缩影。再一次，我们检查了它，看起来和这款酒应有的样子一模一样。我们还考察了几个年份的伊甘酒，因为我们不敢相信自己身在一个有这么多百年甚至更古老的伊甘酒的房间里。

我手上的英文清单与格鲁吉亚语的酒窖记录簿一致，这一点并不特别，因为它只是原始文件的翻译。我们发现，值得注意的一点在于，酒架上的酒和我得到的清单完全一致。它们都在那里，完好无损，除了雷瓦兹掉的那瓶。对于清单或我们挑选和检查的酒明显的真实性，我们无法挑剔。

凯文像鹰一样，一直在观察酒架系统如何工作，数字如何运作，皮奥特如何从记录簿中找到葡萄酒，他告诉我说，看起来一切都很有条理。

与此同时，皮奥特终于厌倦了和古老的葡萄酒打交道，走到一边点了一支烟。然后，他随手从一个架子上拿了一瓶酒，可能是有100多年历史的葡萄牙波特酒，非常有价值，他找到一个开瓶器，毫不客气地拔出了软木塞。我们略微愣了一阵，不敢相信他这么轻率，然后竟相品尝波特酒的味道。太棒了。

对我们来说，重要的是，它的味道正是我们所希望的百年波特酒的味道。尝起来很地道。

我们度过了美好的几个小时，但在品味波特酒的时候，我仍然有几丝忧虑。乔治仍然没有行动，皮奥特也不知道他在哪里，除了知道他"出差"了。我有点恼火，因为乔治不在身边，也没有任何迹象表明会给我一份他承诺的单独的沙皇个人藏酒清单。

不过，至少在我看来，我们终于近距离接触了葡萄酒，了解了酒窖的工作方式，还鉴定了一些重要的酒。在确认清单和酒窖里的东西方面，我们的确取得了进展。我们决定抓紧时间。

然而，格鲁吉亚人另有打算。下午三点左右，楼梯上传来脚步声，高管们挤满了房间。塔马兹和雷瓦兹出现在那里，格里戈也回来了，在和皮奥特聊天，皮奥特一边指着酒窖记录簿，一边清楚地解释了他在做什么。

塔马兹看了看我们的灯和其他设备，但似乎并不关心。相反，他对皮奥特说了些什么，皮奥特向我们解释说，塔马兹先生想让我们和他一起去他的办公室，品尝一下他收藏的优质格鲁吉亚老酒。

这可不是一件小事，因为这个酒窖里估计有4万瓶葡萄酒，我们的清单表明，其中多达一半可能是当地的产品。我们不情愿地收拾起了设备，虽然我们知道，带钥匙的娜娜或皮奥特所说的"工会女士"肯定会在我们回来之前锁上酒窖的门，但我们也渴望品尝一下格鲁吉亚的酒，看看它们是不是还有活力，会不会成为潜在购买中真正有价值的部分，还是只是浪费时间和精力。

酒窖记录簿上说，格鲁吉亚葡萄酒混杂在5号到26号酒架上。凯文建议我们挑选一些当地的葡萄酒，特别是在有大量酒瓶的地方。我们选了陈年红葡萄酒、陈年白葡萄酒，还有一些甜葡萄酒。格鲁吉亚人很随和，把我们要求的一切东西都带到了地面，穿过院子，来到塔马兹的办公室。

雷瓦兹开始开瓶，凯文喃喃地对我说："那家伙简直是个拿着开瓶器的屠夫。"

就在我们等着端上第一杯酒的时候，乔治突然出现了，带着灿烂的笑容，热情询问我们的情况，这一天过得怎么样，以及有没有什么收获。没有只言片语解释他为什么失踪了一整天，也没有任何道歉的迹象。他只是大笑，拍拍我们的后背，就像是终于得以团聚的老朋友。祖拉布一如既往地在他身后。

我本该生气的，但乔治身上有一种让人无法不感到温暖的东西。他是个可爱的流氓，粗暴但是友善，永远保持开心，无论什么时候，你最后都会发现自己在和他一起微笑。

话虽如此，我还在继续寻找暗箱操作的可能性，他的这些特征都让我这个警惕的商人难以相信他所说的一切。我百分之百肯定，我的伙伴现在更加警惕，足以看透这种友好的关系，发现任何欺诈行为。所以，我再次感谢我拥有凯文，作为一个专家的第二双眼睛和第二双耳朵。

也许是开瓶吸引了一群人，就连搞市场的达维特也来了。

凯文和我更关注酒。考虑到格鲁吉亚多年的葡萄酒生产历史，我们第一次品尝真正的格鲁吉亚陈年葡萄酒可不是一件小事。

首先是 6 号酒架上的 6 号酒。清单上写的是兹南达里，1978 年的，当时已经有 21 年的历史。我们注视着玻璃杯里的液体。虽然它是一种白葡萄酒，但几乎是绿褐色的。我们闻了闻，我觉得它和陈年的白诗南没什么不同：让人想起汗水和羊毛的味道。我和凯文彼此微微一笑，享受这种冒险，然后喝了一口。

"干净的味觉。"我对凯文说。

他点点头，补充道："酸度也不错。有一种杏仁坚果的特性。"

"对，"我说，"而且，随着空气流动，还会产生一种蜂蜜的口感。"

凯文微微耸了耸肩。这酒还可以，但没什么了不起的，特别是从国际销售的角度来看。

我们换到了 7 号酒架，6 号酒。"纳帕列乌利"，雷瓦兹郑重地告诉我们。

这是另一种白葡萄酒，但这次是褐色的，像淡淡的中国茶，可以闻到一丝蜂蜜的味道，但不是很明显。

我喝了一口，又尝到了坚果的味道，但很快就消失了。不管这酒有过什么样的辉煌，它已经过了最好的时候了。

塔马兹显然发现了我们隐隐缺乏热情，因为他对雷瓦兹大声说了些什么，雷瓦兹从 21 号酒架上拿了一瓶新酒，22 号。红葡萄酒，显然是另一款兹南达里，1945 年的。它的颜色很特别，特别是对于一款 54 年的老酒来说，但我们闻了闻，尝了尝它，立刻明白它的软木塞已经不起作用了，污染了酒的味道。真是可惜。我真想看看这酒的黄金时期。

塔马兹和其他人也注意到了软木塞的异味，所以，在塔马兹要求雷瓦兹倒 21 号酒架上的 3 号葡萄酒时，气氛略显紧张，乔治宣布这是克瓦列利，1949 年的红酒。

再一次，酒的颜色很好，但沾染了软木塞的味道。我从桌后走出来，看着雷瓦兹正在倒的酒。

一般来说，软木塞看起来比平时短的话，质量也会有问题。如果这是标准的格鲁吉亚软木塞（我想大部分都是这样的瓶塞），那这些酒之中恐怕有很多都是不能喝的，也就不能销售，这样的概率很大。

但塔马兹和他的同事还没有认输。雷瓦兹从 24 号酒架上倒了 8 号酒，这是 1932 年的餐后甜酒。"希赫维，"乔治举起酒杯说道，"非常老，很漂亮。像我母亲一样，上帝保佑她的灵魂。

嗯，实际上，她还活着。"

大家都笑了，品尝了希赫维，终于，我们的杯子里有了真正的葡萄酒。这是一种极好的加强型葡萄酒，很像波特酒，尽管年代久远，但仍然很有活力。凯文的眼睛闪闪发光。

选择波特酒是个好主意，因为它更有可能在岁月中保持自己的地位。因为我们热情地迎接了1932年的希赫维，塔马兹看起来对自己和他的葡萄酒很满意。

雷瓦兹开始介绍一些装在陶罐里的葡萄酒，这是当地一千多年的传统。4号酒架，2号酒，另一款兹南达里，1920年的干白。它的颜色像黄茶，带有雪莉酒的香味和一丝蜂蜜焦糖的味道。这很令人期待，我喝了一口。口感清淡，尝起来很像奶糖。

"你觉得怎么样？"我问凯文。

"有意思，"他说道，"事实上，对于一款有77年[1]历史的白葡萄酒来说，这已经相当出色了。"

"很正常，我们喝的是角里的。"

"角？"我问道。

"哦，是的。坎茨（kantsi），角型酒器。可以很大，能装很多酒。比可以提供极品 ghvino 的德达-赫拉达（deda-khelada）更好。"他说道。

"好吧，我上钩了。什么是德达-赫拉达？"凯文问道。

"母罐，"乔治说，看到我们的反应后，他笑了，"真的。一个大壶，旁边有小壶，像许多乳房一样。"

---

[1] 原文疑有误。故事发生在1999年，这瓶酒当时已有79年历史。

"那当然了，"凯文说道，"我不信。"①

"你想买？"乔治说。"母罐在第比利斯是非常有历史意义的传统。"

凯文看起来非常不服气，但这种玩笑很有用，因为我们现在都是朋友，一起喝酒，一起笑。

雷瓦兹伸手去拿下一个陶罐。4号酒架，5号酒，另一款兹南达里，1945年的。你可以感受到房间里的信心，无论我们最终将在萨瓦内一号酒厂进行怎样的投资，这些古老的格鲁吉亚葡萄酒都会取悦"高管"，我相信在他们心中，这些葡萄酒能为他们的业务增加货真价实的价值。

直到我闻到了1945年的兹南达里，注视着杯子里肮脏的黄色葡萄酒。酒明显已经氧化了，但我喝了一口，尝到了一丝蜂蜜，也许还有雪莉酒的味道。但我的表情暴露了我对氧化液体的反应，凯文放下酒杯，简单地说了一句"不行"。

格鲁吉亚人失去了笑容。

我们又尝了一些其他的酒，大部分还可以喝，有一些真的很不错，还有几种还能过得去，但可能已经过了最佳状态。我们发出了令人鼓舞的声音，并试图让塔马兹和他的同事知道，我们对能喝的那些评价很好。乔治努力使房间里的气氛轻松愉快，然后把我们带了出去。

恰如我的猜测，我们那天没有再回到酒窖，而是被送回了

---

① 原文为英文俗语"I'm not buying it"，字面上也有"我不想买"的意思，故而乔治接着这句双关语开了个玩笑。

酒店。

我们站在前门,看着尼诺的汽车尾灯飞快地消失在一个拐角处。当时已经是傍晚时分,自从我们到达后,这是我第一次从酒厂或和格鲁吉亚人一起吃饭的地方解脱出来。我意识到,时差仍然影响着我的精力,从我们到达的那一刻起,我一直保持高度专注。

"想去大厅喝杯咖啡吗?"我问凯文,他却摇头。

"不,约翰,我们走走吧。在那个阴暗的地窖里,我们或坐或站,过了一整天了。让我们呼吸一下新鲜空气,享受享受剩下的阳光。"

11

第比利斯漫步

这是个好主意。我们把行李交给门房，又回到了街上。凯文带路，他在找大使馆的时候已经摸清了老城区的位置。

他是对的。能够伸展双腿，呼吸陈旧地窖外的空气，确实是一件很棒的事情。我们听到右边某处有河流在咆哮，看到一位当地的母亲，带着两个年幼的孩子走上阳台，穿过几扇敞开的门，跟在客厅里的邻居们挥手，然后到达她的公寓门口。接近老城中心的时候，我听到了前面某个地方传来的音乐，各种商店和店里现成的食品令我着迷，这些店里出售的大部分吃的似乎都是莎莎普利面包。街上的小贩正在兜售辛卡利（khinkali），即饺子和肉汤。一种似乎是第比利斯牛奶酒吧的东西迷住了我，店里提供长长的垂直锥形杯，里面装着各种口味的饮料。

我来自人种多元的悉尼，此刻，街上一张张肤色统一的面孔深深击中了我。我曾经读到过，希特勒认为格鲁吉亚人是雅利安人，但根据现在我们见到的人的特征和头发颜色，我看不出来这一点。这些商店也体现了第比利斯作为东西方交汇点的名声：东边是伊斯兰文化，西边是基督教的。我完全可以在这个地方逛上好几天。

经过一家店的时候，凯文轻轻推了推我，这家店卖的东西看起来像是陶制的水碗，标有"kheladas"字样的单柄水罐，还有动物形状的水壶。凯文看着橱窗中心的一个大罐子笑了起来。这个大罐子很有特色，边上还有几个小罐子。

"我不相信，"我说道，"真的有母罐这种东西。"

"瞧瞧吧，"凯文说道，"这些可爱的格鲁吉亚人是绝不会对我们撒这种无关紧要的小谎的。"

"哈，"我说道，"我倒不确定我能想得那么远。"

我们继续走着，我深深吸了一口气。我可以感觉到，我的骨头开始意识到今晚是个休息之夜。我可以泡个澡，然后躺在床上，不受打扰。

在酒窖里待了这么久，记录了历史上的葡萄酒，甚至还品尝了1899年的绪帝罗，我觉得稍微轻松了一些，我们可能已经走上了正轨，我可以让自己放松下来，投入到未来的工作中去。

"那么，我们可以从这次品酒中推断出什么呢？"我问凯文，我们混在当地人中间，慢慢地绕回酒店。

"这的确是一次特别的经历，"他说道，"你注意到了吗？那个搞市场的达维特没有尝任何葡萄酒，除了非常优秀的波特酒。"

"没，没注意到，"我回答道，"他到底在那儿干什么工作呢？我还是想不通。"

"我猜他跟其他那些在休眠酒厂漫无目的闲人一样，"凯文说道，"你觉得那些真正的酒怎么样，就是可以喝的那些？"

"你知道我发现最有趣的是什么吗？"我问道，"几乎所有的酒都有一点奶油糖果或蜂蜜味。你发现了吗？这是一个非常奇怪的特征，尤其是我们尝过甜品酒之后。我在干白，甚至干红里都注意到了这一点。有些酒虽然没有果味，但还有一点酸度，也没有被氧化，所以在某种程度上仍然是可以喝的，而且它们的余味带有一丝焦糖味。现在想起来，就连我们昨晚在酒店里喝的桃红葡萄酒也隐隐有这种味道。"

"没注意，"凯文说道，"我们得记得问问乔治或雷瓦兹，虽然我不确定自己是不是一定会相信他和酿酒的美味之间有多大关系。"

"更大的问题在于销售，"我说，"格鲁吉亚的葡萄酒有什么价值吗？"

凯文一边走一边皱起眉头，思考了一会儿。

最后他说："这些酒是很有意思，但它们的价值很值得怀疑，真的。我觉得这可以归结成拍卖行的营销活动，你明白吗？如果把它做成一个大型营销活动，并且围绕这些酒编一个故事，来支撑更丰富的收藏，就有可能会卖掉它们。马桑德拉收藏的老酒能卖出大价钱，所以这些也有可能。"

我点了点头："没错，你可以在拍卖会上开几个品酒会，尤其是在纽约或伦敦。那会是非同寻常又有推动力的宣传。如果我们能有一些更好的葡萄酒以供品尝，那将推动更不寻常的格鲁吉亚品种的销售。"

凯文说道："所以往最坏的地方想想，这些酒都是存货。"

"好吧，作为百万美元售价的一部分，我们接受格鲁吉亚的博物馆级别葡萄酒，但我们都明白，真正的价值在于那些法国大师级别的酒，"我说道，"我仍然不敢相信那个地窖里有 217 瓶 19

世纪和 20 世纪的伊甘酒。我们必须尽可能多检查几瓶。那些酒的价值实在太高了。"

"同意。"凯文说道。

我们回到酒店,从门房取回了行李,走过去按电梯按钮。

我深深地叹了口气:"天哪,今天可真够累的。"我说道,看着这次疯狂冒险中我那略显憔悴的同伴。

"确实,"凯文点了点头,"现在,要是你没什么意见的话,我就想待在我那平平无奇的酒店房间里,再也不出来了。"

"你想吃晚饭吗?"我问道。

"咱们为什么不休息一会儿后再给对方打电话呢?"他问道,"要是我没接电话,就说明我已经完全睡过去了。要是你没接电话,我就会假设你也睡过去了。"

"听起来不错,"我说,"我特别想洗个澡,然后安安静静地待着。"

12

萨普拉！

晚上9点左右，我有点烦躁，在浴缸里泡了很久，感激地爬上床，但一直没能进入深度睡眠。我的大脑一整天都在与时差做斗争，现在却拒绝完全屈服于我对睡眠的迫切需要。相反，我在轻微的瞌睡中忽梦忽醒，每次意识到自己已经醒来时，都会一阵恼火。

因此，床边的电话铃响起时，我半睡半醒，但还是立刻意识到这是凯文，他在邀请我去吃晚餐。我躺在那里，半睡半醒。啊，混蛋，我想。凯文会理解的，我不像个最好的同伴，反而有点像僵尸。我还不如摇摇晃晃地走出去，赶紧吃点东西，然后再试着睡觉。

我拿起电话，说："凯文？"

"约翰！"听筒里传来乔治的声音，"我觉得你该去冒险了！凯文已经在下楼的路上了。我们是来带你们去山里吃大餐的。你准备好出发了吗？"

"现在？去山里？"我问道。

"对，"乔治高兴地说，"我们给你挑了个很好的时间。"

"你在楼下大厅？"我的大脑还没有赶上现实。

"很快到了。随时可以。现在出发了。几乎马上就能见到你。"乔治说道,然后挂了电话。

我躺在那里,对着天花板眨了眨眼睛,然后翻身下床,穿好衣服,向大厅走去。凯文确实已经到了,穿着熨烫整齐的Polo衫和炭色牛仔裤。他看起来很酷,不慌不忙,典型的凯文,就好像一群持枪的当地人把他从倒时差的睡眠中意外拖出来、召唤他去格鲁吉亚山区参加神秘的晚餐,也是一个再正常不过的星期三晚上。

"你看起来很精神。"他说。我轻轻骂了一句。

"只要能让这个幻想继续下去。"他高兴地继续说着,我摇了摇头,但还是忍不住笑了起来。

当然了,乔治的主意意味着尼诺在30分钟内就会大摇大摆地走进门来。他在安检口进行了例行枪支检查。祖拉布也一样,他和尼诺一样皱着眉头,但威胁可能少了5%。也许他是个实习暴徒?尼诺说"乔治在车里",然后猛地扭过头,表现出我们喜欢的那种国际外交手腕。我发现自己希望皮奥特能来,因为他的翻译技巧,也因为我认为除了乔治之外,他是唯一一个能真实描述正在发生的一切的人。

果然,皮奥特在第二辆车的副驾驶座上冲我们挥手,祖拉布坐在驾驶座上。在黑色的奔驰车里,迎接我们的是下班后的乔治,他穿着浅蓝领衬衫,上面套着一件深色背心。他以典型的乔治式热情迎接我们,说:"我的澳大利亚朋友们!在酒店和办公室待的时间太多了,是时候向你们展示真正的第比利斯了。"

他拿着一瓶伏特加,给我们每人倒了一杯。太棒了!我一边想，一边举起酒杯，让酒精唤醒我。在第比利斯的时候……

汽车像往常一样呼啸着穿过城市，不过幸运的是，晚上这个时候，行人变少了。

我们开车时，乔治凑过来对我们说："你喜欢格鲁吉亚的老葡萄酒吗？它们是真的吧，嘿？"

我说道："目前看来，好像是这样的，乔治。"

"是对进口葡萄酒的良好补充，是不是？"

我耸耸肩："我们还不能确定。明天还需要再看看，我们还没看到斯大林时代增加的收藏清单。我们需要那份额外的清单，乔治。"

"没问题，会有的，"他说，靠在座位上，不在意地挥了挥手，"你会很高兴的。我们做的是不错的交易。大家都会为不错的交易感到高兴。"

"我们相信你，乔治。"我说。

"那是对的。我给你们带来了一笔好买卖，"他笑道，"你知道格鲁吉亚除了葡萄酒还有什么出名吗？"

"奶酪面包？"凯文猜测道。

"不，比那好多了。亚马孙人！你知道传说中的亚马孙人就住在格鲁吉亚山上吗？他们会割下乳房，这样才能更好地射箭，或者至少，他们是这么说的。凶猛的女战士。大块头，很漂亮。"

"你认真的吗？"我问道，"亚马孙的传说起源于这里？"

车在减速。

"你别不信，"乔治说，"看看窗外。我们也有自己的亚马孙人，就在这儿。"

我们伸长脖子看向他看的地方,外面的街道上。三个穿着夜店服装的女孩,非常高的高跟鞋、短裙和黑色上衣,肩上披着小外套,正在公共汽车站等车,尼诺一停车,她们就爬进了车里。三个女孩大概二十出头。一个是艾琳,尼诺前一天晚上的女朋友,另一个是乔治的女朋友,第三个是娜塔莎,一个非常有魅力的红发女子,妆容很浓。也许对她来说,向一辆黑色车窗奔驰车后座的两个中年澳大利亚人打招呼是一件紧张的事情,但她没有表现出来。令我惊讶的是,乔治的女朋友坐在了我的膝盖上,而娜塔莎则坐在凯文膝盖上。艾琳坐在前排的副驾驶上,和尼诺一起。

"舒适。"我对凯文说。

"非常舒适,"他说,"皮奥特的车里有那么多空座位。"

尼诺出发了,第二辆车跟在后面,我们离开了城市,穿过黑夜,驶进黑暗的乡村。我突然想到,乔治没有带枪,而且看起来好像从来没有带过枪。也许,有像尼诺、祖拉布和皮奥特这样的人在身边意味着他不需要那么做。在潜在的暴力和保护面前,有没有某种我还没有考虑到的等级制度?第二辆车是为了方便,毕竟我们有不少人,还是为了盯着这辆奔驰?在我思考这一切的时候,乔治的女朋友在我腿上挪了挪,以便亲吻乔治的嘴唇。凯文试图在一个迷人的格鲁吉亚女人坐在身上的情况下尽量表现得随意一些,她用令人惊讶的流利英语询问着悉尼的情况。我几乎笑出声来。内维尔没有开玩笑:格鲁吉亚的确是狂野的西部。

餐厅坐落在高高的山丘上,俯瞰着第比利斯。我们走进一个宏伟的门厅,厅内有深紫色的落地窗帘和巨大的英雄雕像,披着巨大的外套。

"黄金。"尼诺指着那个人物骄傲地说。

"雕像是黄金做的?"我问道。它们看起来毫无疑问是由青铜或其他较暗的金属制成的。

"不,"尼诺摇摇头,"外套是黄金。"

"雕像里的家伙穿着金色的外套。"凯文小心翼翼地解释。娜塔莎出现了,把一只手搭在凯文肩上。

"雕像是伊阿宋和阿尔戈人,还有金羊毛,"她解释道,"这个故事发生在格鲁吉亚。"

她的手还搭在凯文肩膀上。

"是这样吗?"我问道,"伊阿宋找金羊毛的传说发生在第比利斯?"

"差不多吧,"娜塔莎说,"事实上是库泰西,另一个城市,就在我们西边。但格鲁吉亚仍然称自己为金羊毛之地。"

"先是亚马孙人,现在是阿尔戈人。格鲁吉亚真是处处是惊喜。"凯文说道。然后巧妙地从娜塔莎身边离开,仔细观察这些雕像。看着他,你会认为他从来没见过跟这些艺术作品一样迷人的东西。他还在研究雕像的时候,一个穿着整洁西装的人向我们打招呼,我猜是领班,乔治小声说了些什么,显然很有效果。服务员看起来很惊讶,但随后点头,几乎鞠了一躬,就像在向皇室致意一样,然后表示我们应该跟着他。

饭店的餐厅很大,桌子松散地分布在四周,空间充足。后面有六七张桌子,坐着情侣或四人一组的食客,正小声地交谈。视野最好的巨大落地窗旁有几张桌子拼到了一起。

服务员把乔治往那个方向领，我们其他人跟在后面。

"看那景色，"凯文走到窗前说，"约翰，过来看看这风景。"

"我从这里就能看到。"我说，但凯文看了我一眼。

"不，你真的应该从我这个角度来看。"

我慢悠悠地走过去，留意到没有一个格鲁吉亚人跟着我，他们都坐在自己的座位上，看着饮料菜单。

"哇！这景色真美。"我大声说。

凯文在我旁边非常小声地说："你觉得这些女人是怎么回事？"

"我不知道，"我说，"她们好像是女朋友，不是吗？上帝啊，我希望她们不是因为我们而带来的。那样讨论就太尴尬了。"

"她们不是为我们带来的吧，会吗？"他说。

我看着风景，呼了一口气："凯文，我们真的不知道这里的规矩。尼诺开车无法无天，到处都是枪，还有这些几乎所有的事情。老实说，我不会做任何假设。"

"我们怎么办？"凯文问，仍然很小声，"保持礼貌，友好？一有任何动作就糊弄过去？"

"没错，"我说道，一只手放在娜塔莎曾经放过的地方，"完全自然发挥吧，加拿大帅哥。"

凯文小心翼翼地走到桌子的一端，靠近皮奥特和祖拉布，而我坐在娜塔莎旁边的空位上,乔治在我的另一边。

我们脚下是第比利斯的灯光,还有四面八方的巨大黑色山脉。偶尔有星星点点的灯光,山脚下一定有个小村庄。夜空挂着一轮半月,正好映照出蜿蜒在山谷中的河流和远处的第比利斯山坡。

"我想在白天欣赏这样的景色,"我对乔治说,"第比利斯真的很美,对吧?"

"约瑟夫·朱加什维利为什么会想离开这里呢?"他说道。

"约瑟夫……谁?"我不得不问。

"斯大林,"凯文说道,"这是约瑟夫·斯大林开始干大事之前的格鲁吉亚名字。"

"你怎么知道这种事的?"我问道。

凯文耸耸肩,咧嘴一笑:"我热爱阅读。还有,皮奥特昨天午餐的时候提到了这个。"

"了不起,"我说,"你不会错过任何东西。我以为,要是本地人没有在 NHL[①] 为加拿大人队效力,你是不会听说过他们的。"

"首先,"凯文说,"我喜欢的是温尼伯喷气机队,这一点你是知道的,其次,你可能从来没有听说过 KHL[②]。"

"你说得对,我没听过,"我说,"我应该听说过吗?"

"大陆冰球联赛……俄罗斯的,"尼诺说道,激动起来,"特

[①] 国家冰球联盟,National Hockey League,简称 NHL,是一个由北美冰球队伍所组成的职业运动联盟。

[②] 大陆冰球联赛,Kontinental Hockey League,简称 KHL 联赛,成立于 2008 年,其前身为俄罗斯冰球超级联赛。

别好的冰球比赛。既有技巧又有战斗！"

"你喜欢冰球吗？"凯文问道，尼诺热情地点了点头。谁知道呢，这位在乔治身边的首席硬汉竟然会因为冰球而敞开自己。

一盘盘的肉开始上桌，还有一瓶瓶伏特加和小瓶啤酒。大家都很放松，用餐很愉快，尼诺和乔治与女孩们合影，她们似乎玩得很开心。

中间，乔治站起来宣布这顿饭是正式的萨普拉，他是今晚的祝酒师。当地人都欢呼起来。凯文和我面面相觑，试图弄明白是什么意思。乔治前一天晚上用过这两个词，但现在他更加强调了这些词。

"祝酒师就是负责敬酒的人，"娜塔莎向我们解释，"这是格鲁吉亚的传统，在婚礼、庆典等大场合上都有。他就像餐桌上的独裁者，开玩笑，创造气氛，接受并引导敬酒。包括罐子和雕像在内的一些出土文物上都显示了七世纪的祝酒师形象。伟大的格鲁吉亚传统。"

乔治举着满满一杯酒。他用格鲁吉亚语滔滔不绝讲了一大段话，然后转向我们，说道："我刚刚为我们所有人，为我们的祖先，为我们现在的家庭，为我们未来的后代，致了祝酒词。我为来自世界各地的游客，我们的澳大利亚人，为你们，为约翰和凯文祝祷。为我们的成功祝祷。"

"很难不为此干一杯。"我说，向他举起酒杯。大家一饮而尽。

当然，这只是众多祝酒词中的第一遍。晚宴上各个成员都站起来向乔治讲话，乔治点头大笑，又会发表一些令其他人发笑的评论。然后他会简单地给我们翻译祝酒词的内容和原因。不管是什么，我们都会为它干杯。

在说这些祝酒词的时候，娜塔莎成了一个好伙伴。她说她在大学学习会计，想借此跻身国际商业，因为意识到英语对这个规划的重要性，所以她已经学习了近十年的英语。

她说她很高兴能有一个以英语为母语的人和她练习语言技能，就这样，我们谈起了澳大利亚，谈起它与格鲁吉亚有多么不同，然后我回到门厅的雕像前，向她问起这些雕像的情况。据她解释，人们认为，伊阿宋和金羊毛的传说有一个古老的格鲁吉亚传统作为底本。几个世纪前，人们可以在山区的河流中发现沙金，并利用羊毛把沙金收集起来。娜塔莎告诉我，羊毛很厚，足以捕获任何金条或金片，又能让水通过，结果，淘金者最后得到的羊皮就有可能沾满了金块。

"写这首希腊诗歌的阿波罗尼奥斯可能听说过这个传统，并以此为基础，写了个格鲁吉亚拥有庞大财富的故事。"

"那美狄亚呢？"我问道，"她是以真正的格鲁吉亚女人为原型的吗？"

娜塔莎直视着我，眼睛里光芒闪烁，说："约翰先生，你一定得小心我们格鲁吉亚女人。阿尔戈人，澳大利亚人，我们可以让任何男人着迷。"

我笑了，举起酒杯，然后开始语气稍快地谈论我们到达后的天气有多么好。娜塔莎抿了一口伏特加，脸上露出一种有趣的表情，近乎自鸣得意，我安静了下来。

晚宴结束时，格鲁吉亚人与女士们合影，说话的声音越来越大,最后还喝了几杯伏特加,仍然由乔治做祝酒师,庆祝澳大利亚和格鲁吉亚之间美好的伙伴关系。

我看到凯文和我一样松了一口气,这些女性同伴显然只不过是主人的女朋友或朋友,所以我们放松下来,又喝了一杯可能并不需要的伏特加,然后大家走向汽车,我们被送回酒店,前座响起格鲁吉亚流行音乐。乔治和他的女朋友上了祖拉布的车,所以奔驰车的后座上只有凯文、娜塔莎和我。

她跟着音乐唱歌,在座位上跳舞,对我和凯文微笑,偶尔前倾与前面的尼诺和艾琳说上几句。

我们在半路一栋不起眼的公寓楼前停下,乔治的女友从另一辆车上下来,给了他一个长长的吻,然后挥挥手,跑上台阶,进入大楼。娜塔莎打开车门,走到另一辆车前,坐上后座。我们看到她坐在乔治的腿上。

我们继续出发,快到我们住的酒店时,我和凯文在后座默默发笑。

我们向尼诺道谢,下了车,乔治和娜塔莎也从祖拉布的车里爬出来道别。祖拉布和皮奥特先行离开,只朝我们的方向挥了挥手。

"乔治,谢谢你提供了一个非常有趣的夜晚,"我说道,"第比利斯永远不会无趣。"

"不要过于喜欢这里,约翰先生,"他说道,"如果你决定搬到这里,那我们就不再是国际合作伙伴了。"

"有道理。"我说道。

凯文和我小心翼翼在娜塔莎的脸颊上轻轻一吻,看着尼诺开车送她和乔治驶进夜色，一阵流行音乐在他们的身后渐渐消失。

我们独自站在人行道上。"好了，早睡早起吧。"凯文说道。现在已经快凌晨 1 点了。

"我想我会梦到美狄亚，"我一边说，一边向大厅走去，"事实上，我想我会梦到一些不可能的任务，比如我们真的把那瓶 1847 年的伊甘酒从地窖里拿出来了。"

凯文笑了起来："是的，整个交易还是让我很担心，如果今晚大家没有频繁使用'羊毛'这个词，我会更高兴。"

回到我的房间后，我确定自己足够清醒，可以打几个电话。我给哈利和内维尔打了电话，解释说我们终于看到了一些古董葡萄酒，也对还没有收到斯大林时代增加的收藏清单或其他具体证据表示了担忧。我问他们能不能给乔治打电话，强调一下这么做的重要性。两人都承诺，在我们第二天到达酒厂之前，一定会给乔治打电话。

太好了。我终于可以放松，躺下来，等待第二天的角逐。

距离我上一次在这个狭小的旅馆房间里辗转反侧，打了个盹，然后被带到山上，已经过去好几个小时了。我倒在床上，满怀感激，现在肚子已经吃饱了，还有点醉意。还有六个小时，闹钟就要响起。

几秒钟内，我陷入了深沉的睡眠。

13

酒窖风暴

当然，第三天到酒庄的时候，工会女士娜娜并不在那里。没人能打开酒窖。

毫不意外，乔治也不见踪影。谁知道他和祖拉布什么时候会出现呢？

不用说，乔治最终露面的时候——50分钟后，他说没有，没有接到任何来自澳大利亚的电话，哈利或内维尔没有打电话给他。他应该接到电话吗？

"我昨晚和他们谈过，他们也对我们还没有收到更多具体信息表示担忧。"我说道。

"一切都来得及，约翰，"他说，"一切尽在掌握中。"

"乔治，我们在这里的时间有限。"我说。

他看了我一眼，好像这是一个令人惊讶的发现，但随后又点了点头："是的，我知道，"他说，"我会做到的。你会很开心。一切都会好起来的。"

一辆略显破旧的小汽车沿长长的林荫车道缓缓驶来。车子嘎吱嘎吱地停了下来，娜娜·沃罗比耶夫慢腾腾地从驾驶座上站了起来。她消失在主楼的时候，我松了一口气。我们又可以看葡萄酒了。

我们有一个粗略的计划。吃早餐的时候,凯文和我比较了一下笔记,决定了当天的议程,标题当然是《关于斯大林时代所增加的收藏的信息》。

"你对酒窖的'地下室'怎么看?"凯文问我,当时我们正一边吃着鸡蛋、培根和吐司,搭配着果酱,一边喝着过滤咖啡:一套非常典型的西式酒店选择。

"那些酒肯定在那儿。我听皮奥特和格里戈提到过,塔马兹有一次大吼大叫的时候也提到过,我是说他独白的时候。"我说,"我们第一次进入酒窖的时候,他们说楼梯一直通向地下室,对吧?对比一下我在悉尼破译出来的清单,我想我能看出第一层的终点和地下室开始的地方。"

凯文点点头。

"我又看了一遍清单,查看了我们昨天在酒窖记录簿中发现的东西,还看了看昨天我们所在的那层会有什么东西,"他说道,"如果我的计算没有错,地下室大约有 8424 瓶酒,不包括我们昨天在上一层关注的 3 万瓶。"

"大致是这样。"我说。

"好吧,我不想假设这份清单完全准确。"凯文说道。

"除了一点,我们还没有发现任何漏洞,"我说,"这难道不是最奇怪的一点吗?我们加班加点,比较酒瓶、酒窖记录簿和我们翻译的副本,苦苦寻找任何欺诈或'漏洞'的迹象,但一直没有发现。一切无可挑剔。"

"我们才用了一天时间,"凯文说,"看看今天怎么样。"

13　酒窖风暴

我喜欢这个提议。凯文完美的大脑拒绝放弃寻找陷阱和骗局。

"好吧,"我说,"如果 8424 瓶的数字接近正确,那两层酒窖的酒总数就接近 4 万瓶,这是内维尔最初在悉尼给我们报的数字。根据我的清单,地下室里的大部分葡萄酒都是格鲁吉亚酒或克里米亚酒。"

"但也应该有一些 1938 年的玛歌,"凯文说,"不过我有点担心,清单上说有 15 瓶,每瓶 800 毫升。这似乎不太可能。"

我把盘子推到一边,也开始看我的那份清单。

"照清单看,应该还有更多的伊甘酒。大概 45 到 50 瓶,还有一些 1924 年的,还有几个不知名的年份。"

"还有 639 瓶兹南达里,我们尝过的格鲁吉亚白葡萄酒,从 1915 年到 1968 年的。如果它们的状态良好,我们肯定要找到这些酒,用于我们讨论的第二阶段的拍卖。"

"嘿,听听这个……"我说道,突然有了一个想法。

"什么?"凯文问道。

"地下室里的伊甘酒是 1924 年的。有些兹南达里是 1968 年的,对吧?那已经是可怜的尼古拉二世被带到地下室之后了。"

"这么说,下面有可能是斯大林时期的收藏。"凯文说道。

"但他什么时候去世的? 20 世纪 50 年代,是吗?"

"大概是 50 年代早期吧,"凯文说,"也许是 1953 年。"

"你知道他原来的格鲁吉亚名字,却不知道他什么时候去世?"

凯文耸耸肩:"现在还早,我宿醉还没醒。"

"没毛病。无论如何，1968年的日期，意味着酒是在斯大林去世之后才放进去的，所以，我们仍然不能确定地下室里的酒是不是他的。我们今天真的得解决这个问题了。"

这个时候的酒厂，高管们都不在，工会女士在我们前面，钥匙叮当作响，我们沿着灯光昏暗的楼梯回到酒窖，准备好进行一天的对照检查。

事情开始得很顺利，乔治说："约翰，我终于有了你想要的增加品种的收藏清单。就是那些架子。"

他指了指房间后面的一个酒架，我看了看布局，那个酒架和其他酒架稍微分开。我看到上面有一些只有半瓶的酒，不过大部分都被蜘蛛网覆盖了。

"乔治，这是一个很好的开始。谢谢。"我一边说，一边从他手里接过几张纸。

我看了一会儿。纸上写道：

სტალინის IV კრებული ბიბლიოთეკაში

"嗯，乔治，"我说，"这全是格鲁吉亚语。"

他看了看，好像他以前从未见过这张纸："哦，还真是。上面写着，'斯大林四世图书馆收藏'。"

"四世？"我问道。

"约瑟夫·维萨里奥诺维奇。"凯文说，显然宿醉已经醒了。

"乔治，我们需要英语版本。"我说。

"啊，是的，当然，"他回答，然后对格里戈唠叨了几句格鲁吉亚语，后者接过文件，离开了房间。"格里戈要去我的办公室，那里可以翻译，非常快，"乔治说，"午餐的时候就能翻译好，我保证。"

我们对此无计可施，我只好说："好吧，谢谢，乔治。"

"这么近又那么远。"凯文细声对我说。

我耸耸肩。我很不高兴，清单一直存在，现在却不在我手里，但我又能如何呢？我们只能回头继续剩下的工作。

乔治和祖拉布离开了，皮奥特、凯文和我开始进一步着手验证清单和葡萄酒。

我们度过了一个美好的上午。我探寻了一些法国经典葡萄酒，寻找软木塞、酒瓶形状或葡萄酒颜色等各种蛛丝马迹。另一边，凯文和皮奥特在检查格鲁吉亚葡萄酒，而且第一次进入了地下室。它和上面的房间很相似，但酒的数量略少。看样子还有更多的洞穴，天知道有多少酒被毁了。

到了午餐时间，凯文满意地发现，我们的酒窖清单和记录簿中的格鲁吉亚元素几乎能够一一对应，这个事实本身就令人震惊。我没有发现任何一瓶酒存在可能造假的迹象。

因为需要一些阳光和新鲜空气，我们又回到了停车场。祖拉布坐在一辆红色的送货车里。我们把车开到了一家俯瞰河流的平常餐馆，皮奥特和祖拉布已经在那里了，他们每人吃了两人份的东西。祖拉布坐在桌前，根本不用把枪从腰带里拿出来。它就像长出来一样，从他的衬衫里伸出来。

吃过饭后，我们坐着送货车回到萨瓦内一号。

"我们的待遇下降了，"凯文说，"奔驰车没了。"

"娜塔莎可能会对我们很失望。"我说。

"她不会是第一个。"凯文回答，看着窗外的第比利斯。

接下来的几个小时非常精彩。我们的系统切实发挥了作用，检查了几十种清单上的葡萄酒和年份，如果我们买下了酒窖，这些工作至关重要。众多年份的伊甘酒、宝玛酒、马德拉酒，还有很多历史名酒，而且出现了不止一次——往往是一个年份有十几瓶或更多。这些酒在葡萄酒史上具有里程碑意义。我们数了数，有7个年份的高级玛歌，43瓶1910年的和24瓶1911年的；7个年份的贵族拉图，从1874年到1914年，其中有34瓶1912年的；还有1877和1878年的拉菲。我心想，这已经开始接近天方夜谭了。哪怕是这些宏伟的酒庄本身的酒库，也可能会缺少这其中的某些年份，更不用说这样的数量了。算上4箱1910年的玛歌，旁边架子上的3箱1912年的拉图，这太荒谬了。然而，我们把这些酒检查了无数遍，没有发现它们和我们翻译的酒窖清单相对应的酒或数量存在任何误差。凯文的眼睛里闪烁出美元的光芒。我当然也对酒窖所带来的可能性感到兴奋。

格里戈出现了，但没有带来翻译好的增加品种的收藏清单。

"皮奥特，你能问问格里戈翻译的清单在哪里吗？"我说，尽量不让声音里带有任何惊慌或愤怒。

格里戈和皮奥特谈了一会儿，挥舞着手臂。

"格里戈说这份清单仍在翻译中，"皮奥特说，"随时都可以翻完。"

"你相信他吗？"我问道。

皮奥特久久地看了我一眼，脸上似笑非笑。

"这里是第比利斯,"他最后说道,"我相信我的格鲁吉亚同胞。"

"我认为这是一个让我们暂时放心的信号。"凯文说,我已经领会了这个信息。我们继续对照检查葡萄酒,格里戈在周围晃悠,半心半意地想帮忙。

下午3点左右,格里戈的注意力明显下降了。凯文和皮奥特逐瓶检查23号酒架时,他百无聊赖,我们一转身的空当,就看到格里戈开了一瓶酒,就像皮奥特前一天一样。那是一瓶1933年的斯波蒂卡赫,一种咖啡利口酒,我们当然也尝了尝。而且这酒很有意思。

我们刚喝完一杯,楼梯上传来了脚步声,雷瓦兹和塔马兹走了进来。塔马兹看起来脸色通红,大概是午餐的时候喝酒了。我们每人手里都拿着杯子,被两位高管吸引了注意力,他们开始对皮奥特大喊大叫,皮奥特也急切地回应。

"发生什么事了,皮奥特?"我问道,但他没有理我,而是专心看着塔马兹,他挥舞着双臂,大声咆哮。雷瓦兹指着那瓶斯波蒂卡赫,向格里戈质问着什么,格里戈耸耸肩,看起来很可怜,然后指着我,低声说话。

看着我们放在灯前的四瓶伊甘酒,那是为了拍照和检查葡萄酒液位的,塔马兹用英语问我:"你们为什么要碰这些酒?"

"因为乔治说我们可以碰。"我回答道,心想我可无意卷入酒厂政治。

塔马兹和雷瓦兹转过身,与皮奥特进行了激烈的讨论,皮奥特看起来给出了必要的答案,但高管们看起来并不高兴,跺着脚走出了房间。

"怎么回事？"我们问皮奥特。

"他们不高兴我们喝酒窖里的酒。"他说。

"格里戈打开的那瓶？"我问道，"你跟他说了不是我们打开的吗？"

"当然说了，"皮奥特说，"但他们只会相信他们想相信的，不是吗？对格鲁吉亚工人同胞的忠诚意味着我不能真正说出格里戈说出的话。"

"你不用说。我已经知道了。"我说，想起格里戈直直地指向我。

凯文和我交换了一下眼神，想知道这里发生了什么，暗流涌动，但我们没有时间讨论，因为又传来了一阵脚步声，这次是娜娜·沃罗比耶夫，工会女士，钥匙叮当作响，这表示，不管懂不懂这里的语言，我们都需要离开了，这样她就可以锁门了。此时还不到下午4点。

到了地面上，我们站在停车场里等乔治。没有人多说一句话。凯文和我显然不高兴，格鲁吉亚人似乎都不喜欢在该闲聊的时候闲聊，何况这不是该闲聊的时候。

乔治终于开车来了，祖拉布开着红色的送货车，听皮奥特描述发生了什么。乔治朝我们的方向举起一只手，五指张开：这是一个通用的手势，表示"保持冷静，我来处理"。

他走了进去，我们听到一阵格鲁吉亚语的大声争吵，约莫有半个小时。

"去他的。"我对凯文说，然后走进塔马兹的办公室，皮奥特和凯文跟在我后面。我们冲进房间的时候，塔马兹、雷瓦兹和乔治大为讶异，停止了争吵。

"怎么了，乔治？我们的时间不多。"我说。

塔马兹噼里啪啦说了一通格鲁吉亚语。

"塔马兹先生想知道你们为什么要喝这些酒。"乔治说。

"我们没有喝酒，"我说，"我们就喝过雷瓦兹摔的那瓶1899年的绪帝罗，还有皮奥特昨天开的一瓶波特酒。今天唯一喝过的是格里戈开的那瓶，斯波蒂卡赫咖啡利口酒。我敢肯定，他告诉他们是我打开的，我没有。"

乔治转向塔马兹和格里戈，用格鲁吉亚语说话，态度强硬。格里戈看起来很不情愿，但在强烈地反驳，而塔马兹只是愤怒地看着我们。

见鬼去吧，我想着，从皮奥特和凯文旁边侧身走过，走出房间，进入停车场。我们还是没有得到完整的清单，也没有增加品种清单的详细内容，我们还有一天的时间，但必须坐在当地人中间听这些废话。更糟糕的是，我不能再以自己早就准备好去机场作为威胁了，因为那个地窖里诱人的宝藏已经牢牢拴住了我。我们走得太远，现在无法抽身了。

过了一会儿，我忍不住注意到，身后的大楼变安静了。没有大声的咆哮或争吵。我静静地站着，靠在送货车上，不知道里面发生了什么。

凯文第一个出现，脸上带着平静的笑容，这意味着，即便各种烂事层出不穷，看着这一切如火如荼的发展，他还是获得了相当大的乐趣。这种表情我见过很多次。

皮奥特和乔治跟在他后面,然后是塔马兹和雷瓦兹。每个人都在微笑,塔马兹轻轻地说了一些话,他、乔治和雷瓦兹随即爆发出一阵笑声。

"大家又都是朋友了。"我对凯文说道,惊愕不已。

"我想你可能会发现,有人可能付了钱,"凯文说道,"不过是的,我相信我们相处得很好。"

"那就接着下去工作吧。"

14

挑出一打

那天晚上,我和凯文单独吃了一顿工作餐。我们能在酒窖里度过的时间只有一天了——如果塔马兹、雷瓦兹和工会女士允许的话——所以我们想确保不浪费一分一秒。这个晚上是一个喘息的机会,整合我们的想法和印象,比较品酒笔记,反思我们的战略和议程。我们多少有点期待乔治的另一个电话,让我们去前面某处进行另一场疯狂的夜间冒险。但没有电话。也许乔治也需要休息一晚。也许乔治正和娜塔莎还有他的女朋友在看歌剧。又也许,乔治有一个妻子和五个孩子,只是我们没有听说过而已。

凯文坐在桌子对面,看着我。我们把盘子推到一边,好放下所有的笔记本和文件。

他说:"你知道的,我们还没有谈到最棘手的问题。"

"我们面对的人是不是格鲁吉亚黑手党?"

凯文哼了一声:"哦,我早就过了这个坎儿了。"

"好吧,那么,谁是酒窖这真正的主人?谁能谈判这些葡萄酒的销售?"

他笑了:"这是好问题,但我的问题更直接。"

"好吧,那另一个棘手的问题是什么?"我问道。

凯文开口道，"我们怎么说服乔治以外的人遵守我们此行前的协议，让我们离开的时候至少可以带上一打古董酒？"

我啜了一口我的格鲁吉亚桃红葡萄酒。"是啊，这个问题我想了很久了。我们必须拿到这些酒。估计要花点钱。钱似乎可以解决这里的一切其他问题，比如今天这次惨败的品酒。"

"我们明天需要准备相当数量的美元在身上，以防万一，"凯文说道，"还需要一份可以带走的清单，这样可以尽量减少争论的空间。"

"我们在上飞机之前就讨论过这些了，记得吗？"我一边说，一边在笔记本上翻来翻去，"在这里。我写下来了，我们商定了几个选酒标准。首先，要挑选特性、特征或鉴定方式尽可能完备的酒，这样可以减少对藏品真伪的怀疑。我们当然还想要一些伊甘酒，这是酒窖价值的基础。清单上说有217瓶19世纪和20世纪的伊甘，而且，可能有一些年份是酒庄自己的酒库里都没有的。"

酒架	号	名称	年份	大小	瓶数	
1	9	伊甘	1881		10	
1	19	伊甘	1874	0.75	10	
1	21	伊甘	1854	0.75	6	
1	43	伊甘	1891	0.75	11	
1	44	伊甘	1847	0.75	3	600000+
1	45	伊甘	1888	0.75	2	
2	19	伊甘	1864	0.70	18	
2	27	伊甘	1861	0.80	4	
2	28	伊甘	1864	0.80	1	
2	63	伊甘	1861	0.75	1	

（续表）

酒架	号	名称	年份	大小	瓶数
2	96	伊甘	1877	0.75	3
3	28	伊甘	1851	0.75	6
29	4	法国伊甘		0.40	46
29	16	伊甘	1924	0.70	15
29	17	伊甘	1924	0.40	18
29	37	伊甘		0.70	12
29	51	伊甘	1924	0.70	9
30	22	伊甘	1940	0.80	3
30	30	伊甘		1.00	6
30	38	伊甘	1858	0.75	21
30	41	伊甘	1859	0.75	5
30	42	伊甘	1874	0.75	7
					217

"其次，要挑选一些能向佳士得这样的潜在拍卖行展示酒窖整体收藏范围的酒。

"第三，要挑选本身有价值的酒，这样，如果整个企业破产了——我们得面对这个现实，这还是很有可能的——我们还能拥有一些酒，可以单独卖掉，有足够的钱来支付这次旅行、创建合作关系，以及到目前为止产生的其他各类费用。

"我在笔记本上的最后一条笔记，"我假装眯着眼睛看着这一页说道，"是一位凯文·霍普科先生的评论，他说，我们应该保留不出售全部12瓶酒的权利，因为这些酒也可能用来和朋友们举行一场真正的盛宴。"

"我支持这个评论，"凯文说道，"有了我你很幸运，因为我有成熟明智的不同观点。"

"所以，如果我们好好查看想要的酒，应该先挑出24瓶，然后再从中选12瓶，"我说，"此外，我们不要格鲁吉亚葡萄酒，老的波尔多或伊甘可以，因为理想情况下，我们希望可以通过化学测试确定有些酒是真品，而且，无论如何，酒窖里有这么多百年历史的伊甘，我们真的希望能带走一些。"

我们坐下来，翻阅了这两天对照参考后与酒窖记录簿相匹配的葡萄酒，形成了一份清单。

我们决定，1877年的拉菲是一个可靠的选择，它具有独特的价值，能够给拍卖行留下深刻的印象，得到认证的机会也更大。1884年的玛歌同样榜上有名，然后我们考虑了各种伊甘。我的思绪里满是那三瓶诱人的1847年伊甘。有没有可能，格鲁吉亚人没有意识到这三瓶酒的稀有性？他们会拱手让人吗——哪怕一瓶也行？

我们同意，不选择另一瓶1899年的绪帝罗，尽管我很想把那瓶酒收进家里的酒窖，不仅是因为它很好，还因为那一刻的记忆：我们品尝了不小心摔落的酒，那一瞬间仿佛一个预示——酒窖可能是真的。然而，事实是，我们已经尝过这款酒了，毫无疑问它就是正品，所以，也许其他的酒可以告诉我们更多信息？

试图把24瓶梦想的酒放在一起的时候，我们意识到，在最后一天，我们还有一些重要的葡萄酒需要检查，根据我们翻译的清单，酒窖中相当大的价值体现在这些葡萄酒上。

凯文和我把这几页清单翻来覆去看了无数次。

"2号酒架，27号酒是4瓶1861年的伊甘，"我说，"我们肯定得检查这些。"

"3号酒架，28号酒也是伊甘，1851年的，"凯文说道，"这些也需要检查。"

我笑了。"30号酒架，30号酒也是伊甘，但没有列出具体年份。我觉得应该检查一下，看能不能从软木塞中分辨出年份。"

"我觉得应该检查，"凯文说道，"你觉得，我们明天收到增加品种收藏清单的可能性有多大？"

"和我们带着24瓶150年前的伊甘酒走上飞机的可能性差不多。"我答道。

凯文举起了他杯子里的桃红葡萄酒。"我觉得你大概是对的。"

"你要甜点吗？"我问他，"他们有焦糖烤布蕾。"

凯文摇摇头，一脸警惕。"我从来不相信这些晃悠悠的甜点。"他明确地说。

他都这么说了，我又能如何呢？我一个人吃了甜点。

皮奥特第二天早上开着送货车来接我们。一见到他，我就注意到他像弹簧一样蜷着。虽然他对我们有很大的帮助，而且大部分时间都表现得很友好，但皮奥特绝对有着钢铁般的锋芒。我们看着他和酒店保安争论要不要把枪留下来和我们一起进大厅。他以前都毫无怨言地留下了他的枪，这让我怀疑他今天的心情。和以前一样，安保人员格外注意到了皮奥特，这在尼诺或祖拉布从前门进来的时候绝不会发生。

我们从安保人员身前走过，在街上和皮奥特会合，让警卫免于发生潜在的对峙。皮奥特对我们似乎很友好。他开车也比尼诺更稳重，这又让我们松了一口气。

我们在酒庄与塔马兹和雷瓦兹寒暄了几句，向酒窖走去。昨天对我们所谓的厚颜无耻饮用葡萄酒藏品的愤怒似乎已经烟消云散，但雷瓦兹表示他今天会和我们一起去，这让我很恼火，因为我们时间紧迫，只有今天可以潜心研究这些葡萄酒，而首席酿酒师的参与速度慢得令人难以置信，相当费力。

我让皮奥特温和地向雷瓦兹解释，我们对没有看到补充收藏的细节深感忧虑，因为我们已经问了好几天了，而且距离我们把格鲁吉亚语版本送去翻译也已经过了一整天。我没有让皮奥特翻译的是我评估这些藏品的紧迫性，因为那些酒不再只是单纯的葡萄酒。它们是沙俄和苏联的纪念品，是来自尼古拉二世和斯大林的真正的藏品。它们对我们的工作至关重要。

最后一天，酒窖的温度真的很低，我们穿着厚厚的毛衣，光线够好的话，不知道是不是还能看到我们呼出的气。可能是因为没能把增加的收藏清单交给我们而感到羞愧，雷瓦兹拿出了另一份葡萄酒清单，比我们见过的要更详细。我们在酒窖里花了一上午，挑了几款伊甘、一款拉菲和其他经典的葡萄酒。

和前两天一样，我仍然高度警惕，寻找任何可能显示这个酒窖造假的迹象。

凯文和我只需一瓶所谓的波尔多葡萄酒，如果酒瓶形状不对，颜色不对，或者有一个可疑的软木塞，脑子里的警钟就会立刻响起：这酒窖可能不是它看起来或声称的那样。然而，下层地下室似乎和上面的主酒窖一样，在各方面都有良好的记录，都是真的。

我们在离萨瓦内酒厂不远的一家自助餐厅吃了午饭，还有皮奥特和他的一个朋友，一个穿着大衣的家伙，即使在温暖的餐厅里，他也没有脱下大衣。我们准备回去的时候，凯文在皮奥特耳边悄悄地说了一句话，然后开车离开了酒厂。"我觉得我们最好弄点枪，"凯文小声地对我说，当时我们坐在后面，皮奥特和他的朋友坐在前面，"皮奥特好像知道我们该去哪里。"

我们在一家古董店停了下来，皮奥特对他穿大衣的朋友说了几句话，这位朋友下了车，懒洋洋地靠在前门旁边的店墙上。我在想他那件外套下面是不是有一把冲锋枪。什么都不会让我惊讶。

古董店很棒。我们，尤其是凯文，在其他情况下可以在那里待一整天。标准得可怕的花瓶和灯具、旧书、似乎全世界古董店都有的小饰品，以及大量的步枪、手枪、剑和其他军事硬件收集，店里应有尽有。在我未经训练的眼里，其中一些看起来可以追溯到几个世纪前，而其他的枪支和制服则要现代得多，可能是第二次世界大战的，也可能是更近的时间段。

"我们可能需要一把这样的手枪，"凯文指着一把新奇的小手枪说，它有两个枪管，在枪的一半处转向，显然会射往夹角为45度角的两个方向，"以防塔马兹和雷瓦兹同时向我们发起攻击。"他说道。

皮奥特走到柜台前,正和店主细声交谈,后者消失在里屋里。皮奥特把凯文叫过来,要他的旅行支票。在我查看革命时期的剑之际,他们在一旁私下商量着什么,然后皮奥特和店主握了握手,随后我们走出了商店。大衣男几乎没有动过,一直待在他的岗位上,两只手仍然藏在大衣的褶皱里,直到我们三人安全上了车。然后他大步走到副驾驶座,坐了进去,让皮奥特开车离开。

凯文俯身对我说:"我们要么刚刚抢劫了那家古董店,要么我的旅行支票收据刚刚在全球各地的国际网络犯罪网络上亮了起来,或者两者兼而有之。"

"你拿到了多少钱?"我问道。

"1000 美元。"他说。

我轻轻掀起我的衬衫,这样凯文就能看到藏在我牛仔裤下面的棕色荷包。"那我们就有 2000 元了,如果需要的话。"我说道。

凯文看起来着实吃了一惊。

"你一直带着这个吗?"他问道,"周围都是枪和流氓,在这样一座城市里?"

"没有一丝懈怠。"我说。

∧

我们回到酒厂时,奇迹发生了。乔治在那里,递给我们一本装订好的册子,原来是增加的收藏明细的英文译文。

"这就是你需要的,对不对?"他说,"记住,我,你最喜欢的乔治,是来帮助你的。永远都是,一直是。"

"嗯,很高兴知道这一点,乔治。谢谢,"我回答道,"关于这一点,既然你在这里,我们需要谈谈我们明天离开时带的葡萄酒。"

"离开?"他一脸迷茫。

"记得吗?在交易中,在我们来到格鲁吉亚之前,我们讨论过,我们需要把一些古董葡萄酒带回家,对它们进行测试,证明酒的真实性,让我们的合作伙伴相信整个酒窖都是真的,可以放心地购买它。"

"什么样的测试?"他问道。

"有好几种方法,"凯文说,"所有的有机物质,无论是否在葡萄酒中,都含有放射性同位素碳14,它以已知的速率衰变,这意味着化学测试人员可以测量葡萄酒,测量衰变速率,知道酒的大致年龄。"

"嗯。"乔治说。

"这有点酷,因为20世纪50年代和60年代发生的核试验推高了当时世界范围内的碳14水平,所以,实际上,你酒窖里的葡萄酒不应该反映出这一点。如果这些酒反映出了这一点,比50年代更年轻,那就有问题了。"

"嗯。"乔治又说。

"氚也是另一个衡量标准,如果葡萄酒真的超过一个世纪,这项指标不应该过高。"

"嗯。"乔治说道,点了点头。

"当然,还有一位法国科学家休伯特,他就用低频伽马射线来测试葡萄酒,甚至不用开瓶,"凯文说道,"将伽马射线对准葡萄酒,他可以检测出是否存在放射性同位素铯,这种物质只能作为核沉降物的反应发生,所以,同样,如果这里的葡萄酒真的可以追溯到1900年以前,那这种同位素就不可能存在。"

"嗯。"乔治说。

"凯文,我不想戳破你的科学泡沫,但我觉得,乔治大概只理解了你刚才说的大约3%。"我指出了一点。

"哦,好吧,不好意思,"凯文说,"乔治,简而言之,我们真的需要测试葡萄酒。"

"行,我不了解具体情况,但我能看出这种需要,"乔治皱着眉头说,"不过这可能很困难。"

"乔治,"我说道,"你从来没提到过酒厂还有其他老板,或者我们必须和塔马兹这样的人打交道。你得满足我们的需要。如果我们离开时没有带着酒,整笔交易就会失败,我这么说并不夸张,因为那样的话,我们就无法证明这些葡萄酒是不是真的。我们也就不会拿出那100万美元。"

"你们要带几瓶?"他问道。

"理想情况下,24瓶。"

"24瓶!"他听起来好像我要了半个酒窖,"这数量可不少。"

"我们需要展示酒窖里葡萄酒的品种。我们需要证明,他们可以测试这些葡萄酒中的任何一种,这些酒就是我们所声称的那样。我们需要你和你的人表现出信心,乔治。"

乔治想了很久,然后叹了口气:"约翰,我明白。我记得我们之前的讨论。但我不知道你说的是这么多瓶,不过这确实是当务之急。我会向塔马兹和其他人解释的。"

"谢谢,乔治。这很重要。"

"我觉得你们带不走任何斯大林时代的收藏。"他指着我拿着的册子说。

"好吧,让我看看里面有什么,还有什么好东西可以从酒窖里拿出来作为样本。"我说。

"还有,约翰,"乔治向我靠过来,悄声说道,"可能需要一点小钱来说服某些人。"

"我希望不用,但我把这个问题交给你,乔治。我们是搭档,还记得吗?"

"嗯,我还以为你是买家,我是卖家,但在这件事上,我们有共同的利益,"他说道,然后大笑起来,"没事的,约翰。销售会实现的,还会卖得很好。一切都会好的。希望如此。"

我向酒窖走去,来到据说放着斯大林时代收藏的酒架前。

我对我们把酒带回家的谈判充满了疑虑,又夹杂着终于见到了斯大林时代收藏——仿佛近距离接触真实历史人物——的兴奋。

我们挤在手电筒下,在黑暗中阅读翻译好的藏品清单。它的标题是《斯大林四世图书馆收藏》。

这份清单比一般的收藏多出很多烈性酒。斯大林的品位比沙皇更广泛——即使能够从清单中看出这一点也是一种刺激,就像我们更接近真实的人,而不是历史人物一样。斯大林有过一些伊甘酒,包括1瓶1924年的,上面写着400毫升,这很不寻常。另外还有15瓶更标准的1924年伊甘,然后又有一个条目列着更多的1924年伊甘,共18瓶。但后来酒窖里又收集了80瓶轩尼诗禧年干邑白兰地，我不知道那是什么。清单上把法国察吐士酒、威士忌和一种伏特加列为"50度"，我们认为这可能意味着50%的酒精度。还有来自英国的1923年博尔斯金酒和104瓶查恰白兰地，同样是50%的酒精度。

凯文看着清单，充满诗意地说道："老约瑟夫决定喝大酒的时候可不是瞎喝的。"

我把清单看了好几遍，吸引我的不仅是品牌和标签，还有它所讲述的历史故事乃至这些历史人物的故事——他们的口味，他们的喜好……这份清单似乎在说，斯大林喜欢博尔斯金酒胜过其他金酒。还有，如果这真是他挑选的收藏，那么他又是怎么喜欢上察吐士酒的？

凯文四处打探，检查酒瓶本身，并对其他一些几乎完全隐藏在蜘蛛网下的酒很感兴趣，这些酒大部分都失去了标签，尽管有一个标签的残片提到了"miel"，法语中的蜂蜜。这些酒似乎不在清单上，所以我们不确定它们是什么酒，也不确定它们适合放在哪里。

"为什么要在葡萄酒和烈酒收藏中收集蜂蜜？"凯文很纳闷。

"我不确定，"我说，"它和烈酒有关吗？"

"我得做点功课，"凯文说道，"还有，清单上提到的'硬化（harden）'葡萄酒是什么？'硬化'是什么意思？"

"我们净关注这个了，"我笑道，"你注意到名单后面的这个小部分了吗？"

凯文走过来，从我背后探头看了看，说："'亚历山大三世收藏'。开玩笑吧。"

"尼古拉二世的父亲。"我说。

我们花了几个小时整理这些藏品，给一些酒拍照，擦去另一些酒上的蜘蛛网。

因为有了清单，能够证实那些重要的葡萄酒，所以我现在可以放松下来了。我们单纯享受着站在历史面前的感觉。我不禁开始想象，想象斯大林，想象他在圣彼得堡，在这些酒的架子前徘徊，当时它们刚从法国运来，标签崭新，里面的葡萄酒充满活力。

我向凯文提及这一点，他说："不错，我也想在我悉尼的办公室对这些酒做同样的事情，就在我卖掉它们之前。让我们看看哪些可以带回家吧。"

我们一提到要收集一些酒进行鉴定，格鲁吉亚人就开始密切关注我们的行动。

格里戈立即通过皮奥特说，我们不能碰或拿走任何外国葡萄酒。我们点点头说，好的，格里戈，当然，然后，等他一从酒窖里上楼出去，我们就开始按预定的清单收集。我们给酒贴上小标签，小心地用橡皮筋贴到瓶颈上，记下酒和年份、酒架和编号，因为大部分酒都没有标签。我们放到一边的一瓶伊甘有一个软木塞，显示它来自 19 世纪 70 年代，但最后的数字模糊不清。我们用手电照了照瓶内的软木塞，只可以看到 187×。

我们还是拿走了它。关键是要有葡萄酒专家，甚至是伊甘酒庄的专家——事实上，如果我们能组织起来的话，尤其需要伊甘酒庄的专家——来鉴定它是真品，鉴定它的年份。

如果没有我们用橡皮筋固定的小标签，很难知道这些瓶子里是什么。把酒从酒架上取下来，也从清单上画掉，每瓶酒都只是一个装满液体的黑瓶子。大部分没有标签，软木塞往往模糊不清，就像那瓶伊甘酒。我们的标签会成为重中之重，所以我们要确保它们牢牢贴紧。

我们收集了 24 瓶酒，可以称之为这里最伟大的历史收藏品，包括 1 瓶 1847 年的伊甘和 1 瓶 1924 年的伊甘。

"为什么不呢？看看会怎么样。"我说道。

不久，首席酿酒师雷瓦兹下楼进入酒窖，后面跟着乔治。即使在光线不好的情况下，也能看出雷瓦兹脸色红润。

凯文悄声对我说："好戏开始啦。"

乔治代表我们做了大部分的谈话。雷瓦兹不时地摇头或挥舞着手臂。

一个多小时，双方有来有往。乔治很平静，很少提高音量，只是在讲道理，不断解释，偶尔指指我们的方向，或者指指桌子上的酒，这些酒就像一个无声的陪审团，站在我们现在已经冷却的 LED 灯旁。

大约 90 分钟后，乔治向我们表示，给酒厂高管一份小礼物来"平息事态"可能是明智的选择。有人提到了 1500 美元，我们建议 1100 美元，乔治一直打配合，直到我们确定下 1250 美元这个数字。凯文和我把秘密藏起来的钱给了乔治。

我希望这就是事情的结局，但当然还有另一个问题。雷瓦兹不停念叨着塔马兹的名字，最后大家成群结队地上楼，乔治和雷瓦兹消失在塔马兹的办公室里。

我们坐在会议室里，几天前我们正是在这里开了那些没完没了的会议。皮奥特去给我们拿了一瓶啤酒,这时我们非常需要这玩意儿。

凯文在笔记上写道:"约翰越来越急躁了。"

的确。我一边喝着啤酒,一边踱步。我们已经很接近成功了,但这群西装革履的人,经营着他们已经倒闭的酒厂,可以随心所欲地掐死整个项目。

最后,我说道,"我需要一些空气",然后走出去,在酒厂的停车场和长期无人打理的花园里踱步。凯文、皮奥特、伊万和尼诺加入了我,凯文让皮奥特拍了一些照片,借此打磨时间,包括我们和他们每个人的合影,凯文和我的合影,还有酒厂本身的照片。直到凯文拿出他的相机,我才意识到,这几乎毫无疑问是我们此行最后一次来到萨瓦内一号酒厂了,所以我很高兴能记录下这一刻,即使我很担心里面的谈判结果。尼诺和皮奥特坚持让我们把手枪别在腰带上拍照,尽力让自己看起来像第比利斯硬汉。

在这一切快结束时,乔治出现了,向我们介绍了最新情况。塔马兹似乎希望得到"当局"的某种合同和批准。

我们对"当局"是谁毫无头绪。

电话打完了,讨论也结束了。我们回到屋里喝完了啤酒。

一小时后,我们又回到了谈判中。我们同意,只带个"六七瓶"离开。凯文和我立即明白,这意味着一打。

雷瓦兹很清楚,他们不想让我们拿走酒窖里只有几瓶的东西。

我还是不想表明整个收藏可能有多大的价值,但我也想给我们争取一个最好的机会，让我们带一些珍贵的酒离开。

"乔治，"我说道，"就凭它的年代和状况，1847年的伊甘酒是我们能给拍卖行留下深刻印象的最佳选择。"

他看了看清单，说："约翰，它们只有三瓶。我真的觉得这些人不会让你拿这个。还有很多其他的伊甘可以选择，不是吗？数量多一点的。"

我们选好的二十四瓶酒中确实还有其他的，所以我决定，为了更大的利益，放弃诱人的1847年伊甘酒。我把它换成了木桐酒，清单上说是1874年的，木桐酒庄现在被认为是标志性的一级酒庄，上市于1874年。我们的翻译清单实际上把它写成了"布桐"（Buton），但我认为，"木桐"在某种程度上一直被翻译成了"布桐"。

最后，据我所知，雷瓦兹保留了1250元的美钞。我不确定塔马兹是否知道这笔交易。

而且说实话，我并不在乎。我们设法带着一打酒从侧门上了尼诺的奔驰车。

"我很好奇，我们又用上了黑手党的专用车，是不是跟我们刚刚付给他们的美元有关？"凯文很纳闷。

乔治说他要留下来做一些工作，但之后会在大家能待在一起的最后一个晚上和我们一起喝一杯。

"乔治，"我说道，"你能留着我们选的另外十二瓶酒吗？我们会需要它们的，但我们必须想办法以后再从你那里拿到它们，在酒店。"

我们开车回去，皮奥特和我们一起进了凯文的房间，我们在那里小心翼翼地清洗了解放出来的酒瓶身上的蜘蛛网和灰尘。

我们的清洗非常谨慎,确保不弄掉任何重要的东西,比如标签的提示,也避免弄脏我们贴的手写标签。最后,我们把这些酒装进了从澳大利亚一路运来的聚苯乙烯容器,这一刻已经期盼太久了,然后,用泡泡纸包起来,放进一个纸箱里,凯文熟练地用胶带密封好。这些酒已经尽可能保持安全了。

15

第比利斯最后一夜

做完这一切的时候，我看向窗外，黄昏正在降临。

我想，我们的工作已经完成了。我终于可以松口气了，十二瓶令人惊叹的古董酒安全地在我们手中，酒窖也已经记录在案，和我们希望的一样。

那是一个周五的晚上，也是我们在第比利斯的最后一晚。我们可以放松警惕，尽情享用晚餐，不必与酒厂高管争论或解决其他问题。

皮奥特似乎仍然是我们指定的助手，他好像很高兴能在外面吃晚饭。他带我们去了一家叫"海市蜃楼"的餐厅，就在我们的酒店对面。这里可以看到河对岸的秀丽景色，也可以看到对岸和下游的大型低矮建筑物，可能是某种政府办公室。在高处山顶上俯瞰第比利斯老城，我可以看到巨大的卡特利斯·德达雕像——银色的"格鲁吉亚母亲"，她的左手端着一碗酒，胸前握着一把剑，代表着自由和格鲁吉亚人为捍卫自由所做的准备。

"敬格鲁吉亚母亲。"我说道，向雕像敬酒。

"为格鲁吉亚母亲干杯！"皮奥特和凯文说，大家喝起酒来。

凯文和我一样感受到了紧张气氛的缓解，我们终于可以在一个几乎陌生的城市享受一个夜晚。皮奥特抓住气氛，点了鱼子酱和鲟鱼，油炸山羊奶酪，以及据他说是酒单上最好的格鲁吉亚葡萄酒，一种上好的陈年红酒。我喝了一口，立即注意到了我在整个旅程中都发现过的奶油糖果味特征，这种特征无处不在，包括在酒厂品尝过的博物馆格鲁吉亚葡萄酒，以及用餐时尝过的日常葡萄酒。

后来，我终于明白了。酒里有糖。格鲁吉亚葡萄酒酿造技术必不可少的一环是在葡萄酒酿造时稍微加点糖，这就是为什么即使是那些非常古老的葡萄酒也会有轻微的糖果余味。

我以前怎么没有意识到这一点？一旦意识到这一点，就会发现它有多么明显。我想是因为我整个星期都在想着很多其他更重要的事情。

我们决定一起扮演祝酒师这个角色。我们为含糖的葡萄酒干杯。为格鲁吉亚干杯。为第比利斯干杯。为酒窖干杯。为皮奥特的帮助干杯，他也为我们干杯。几杯酒下肚，皮奥特似乎对学会了用英语敬酒感到很满意。我们对夜晚的河景也很满意。我们对食物也很满意。我们对宇宙也很满意。

这样一来，乔治、祖拉布和尼诺进门的时机显得极好，还有尼诺的女朋友，艾琳。

不用说，我们又向乔治、祖拉布、尼诺和艾琳敬酒，然后再向澳大利亚和格鲁吉亚敬酒。

我们甚至再一次为格鲁吉亚母亲干杯。

"她是什么时候造的？"凯文问道。

"20世纪50年代，"乔治回答，"庆祝第比利斯1500年纪念。我爱她,也爱这座城市。我们住在天堂,需要的一切都很充足。"

我们必须为此干杯。

乔治在敬酒时对我微笑,我不知这是为我们完成了访问并仍保持在潜在的销售轨道上而感到高兴,还是别有意味。我不得不承认,他今天处理得很好,确保我们离开酒厂时还带着酒。

我这么告诉了他,他耸耸肩,笑道:"我能理解塔马兹先生和雷瓦兹先生有多么担忧。他们看到了酒,也知道它们不仅仅是酒。它们是苏联人的文物,有悠久的历史。它们被保护了这么多年。然后,一些澳大利亚人来了,只有我担保,没有其他人,你就跟他们握了握手,说你想带走一些最好的葡萄酒。这可是历史!你我都清楚,这是大拍卖行里贴着价格标签的那种酒,但它们也是无价的,如果你懂我意思的话。"

皮奥特身体前倾,聚精会神地听着。

"那样有问题吗?"我问道。

"问题?什么问题?"乔治反问,一脸迷茫。

"这些酒被视为文物和历史的事实。塔马兹和公司。"

乔治挥了挥手,不屑一顾。"那些人没问题。我们也没有任何问题。我来处理这里的一切。你负责钱。"

"敬你可以信任的伙伴。"我说道,举起红酒杯。

"敬我们,"乔治说,"你知道的,约翰,"他说,身体前倾,"这里有你想要的葡萄酒,不错,但酒厂本身对我们来说也很重要。塔马兹和他在第一天和第二天的所有会议上说的,关于想要投资,复兴萨瓦内的种种言论,记得吗?不全是'孔话'。"

"空话？"① 我问道。

"差不多，"他说，"即使是我，对美元和酒窖里那些葡萄酒的价值也很感兴趣，即使是我，也乐于幻想格鲁吉亚重新登上世界葡萄酒舞台、重新夺回第一。对我的国家而言，重点在于，我们需要建设，需要有出口，需要有工业走向世界。"

"我明白，乔治，"我说，"事实上，我保证，我会尽我所能帮助你，但经营葡萄酒厂不是我的工作。投入所需的资金和采购设备也不是我擅长的事情。但澳大利亚有很多人在做这种事，如果有帮助的话，我很乐意试着帮你联系。"

"谢谢你，约翰，"他说，很严肃，"看，我是有压力的。有人给我压力。但很显然，如果塔马兹和其他人也能把你当作酒厂的朋友，这对我们的葡萄酒业务进一步发展是有帮助的，不过这两件事一码归一码。反正我们可以把酒卖了，但我们非常欢迎你能提供的任何帮助。"

"什么压力，乔治？"我问道。

"你不必知道。就是压力而已。"

"好吧，为摆脱压力和卖酒干杯。"我说道。

我举起酒杯，我们互相敬酒，目光锁定对方。乔治现在不笑了。

我回到大桌上时，尼诺正设法用他有限的语言表达他对观看明年在悉尼举办的奥运会的兴奋之情。

---

① 原文 "hot air"，意为 "空话、大话"，乔治错说成了 "warm air"，于是约翰纠正了他。

"你要去看比赛吗？"他问。

"我想会吧。"我说道，尽管我不是一个体育迷。老实说，我更感兴趣的是向所有无疑将在那个时候举行的奥运会派对出售葡萄酒。

"我预测悉尼海港大桥下会放烟花。"凯文说道，一脸严肃。

我问格鲁吉亚有没有奥运代表队，皮奥特告诉我们，一些格鲁吉亚人在1992年巴塞罗那奥运会上加入了独联体代表队。直到4年后，格鲁吉亚奥运选手才终于能够站在自己的旗帜下参加奥运会。对格鲁吉亚人民来说，这一历史性和象征性的时刻发生在我们此次访问的3年前，即1996年在美国佐治亚州首府亚特兰大举行的奥运会上。

"我们有格鲁吉亚队了，第一次参加比赛，而且——看看！——也在'Georgia'①！只不过离第比利斯很远。"乔治说，打断了皮奥特的解释，"而是在美国的佐治亚：可口可乐的故乡，而不是伟大的葡萄酒和斯大林的故乡。尽管如此，它还是出现在那里了，在开幕式游行中：我们的国旗。"

我望着窗外，河对岸的政府大楼顶上飘扬着格鲁吉亚国旗。那时候，20世纪90年代末和21世纪初，格鲁吉亚国旗有一种独特的深红色底色，左上角是黑白两色的横条纹，也就是澳大利亚国旗上英国国旗的位置。从1918年到1921年这3年间，它一直是格鲁吉亚民主共和国的国旗。

我问格鲁吉亚最擅长什么运动，皮奥特耸耸肩，说通常在柔

---

① "佐治亚州"和"格鲁吉亚"的英文拼写相同。

道、拳击、举重和一切粗重的运动中表现最好。他说射箭也很受欢迎。

"难道不是射击？"凯文又问，一脸正经。

"我们更认为那是一种生活方式，而不是一种消遣。"皮奥特说，并对凯文笑了笑，凯文也冲他笑了笑。这个车臣硬汉领会到了我们的幽默感。

一阵笑声中，乔治在无言中牢牢地重新确立了他在宴会中祝酒师的地位，开始了另一轮的敬酒。

事实上，他走得更远，从座位上跳起来，用格鲁吉亚语向餐厅经理喊话。一个工作人员应声而来，飞快地跑进里屋，拿了一个镶有银饰的长角杯回来。大口喝酒。

"敬这个光荣的坎茨！"乔治吼道，"敬葡萄酒！"
我们都得轮流喝角杯里的酒。

"我能敬酒吗？"角杯轮到我面前时，我这么问道。

"当然，约翰。"乔治说着，低下了头。

我举起角杯。"为伟大的格鲁吉亚人的友谊和好客干杯。"我说道。

"约翰，"乔治半笑着说，"我们格鲁吉亚有一句话。说的是：'敌人可能会不远万里来到你家门口。但一旦他进了门，就会变成朋友。'"

我还没来得及细想，乔治已经站了起来。他拍着手，说："我有个好主意。走吧，我们该走了。"

"去哪里，乔治？"凯文问道。

他笑了笑，说："我要和你们一起洗澡。"

"什么?"我问道。

"伟大的第比利斯传统!晚饭后,你不能不洗个硫黄浴就走。"

"你在开玩笑吧。"凯文说道。

我们面面相觑,空气中弥漫着一种略带醉意的挑衅。

"在第比利斯的时候……"我说道,尽力不让自己笑出来。

凯文耸耸肩,咧嘴笑了笑。

"入乡随俗吧。"他说道。

"我来开车,"乔治宣布,"尼诺,钥匙给我。"

我们和尼诺的女朋友挤在后座,尼诺坐在他自己的奔驰车的副驾驶座上,看起来很担心。跟在我们车后面的是祖拉布,副驾驶座上坐着一个我不认识的人。也许我们大家在餐厅的时候他就一直在等。

在整个访问过程中,我们从来没有见过乔治开车,而现在,原因很清楚了。尼诺是一个疯狂开快车的司机,但胜在技术熟练,而乔治,仿佛根本不懂开车。也许都是因为那些祝酒词——似乎没有人惦记着算算他们在这里喝了多少酒——或者也许他只是不怎么开车。幸运的是,这趟路途并不遥远。我们在街上横冲直撞,每次我们危险地转过一个弯,艾琳就会撞上凯文或我,给我们一个略带羞涩的眼神,满含歉意,然后朝乔治大声辱骂,我们不需要翻译就能理解其中的要点。而乔治开着收音机,一边开车一边愉快地高歌。

最后,谢天谢地,他把车停在阿巴诺街,一座大教堂的下面,似乎是硫黄浴场外面。

大家摇摇晃晃地下了车。空气中弥漫着硫黄的味道,像臭鸡蛋,我不由得皱起了鼻。尼诺夺回了他的钥匙,和他的女朋友开车驶进了夜色。

"嗐,这人真没意思,"乔治说道,一脸亲切,"来吧。你们会喜欢的。"

祖拉布和另一个人坐在车里,离街边不远。我看到车窗里冒出香烟的烟雾。

"这是哪儿,乔治?"凯文问道。

"阿巴诺图巴尼(Abanotubani),洗浴区,"他说道,"五号澡堂。非常有名。这座城市最古老的地方。五世纪时,大国王瓦赫坦格在狩猎的时候发现了这些温泉,并在这里建造了整个城市。"

皮奥特说:"第比利斯这个词翻译过来就是'温暖的地方'。"

"因为这些温泉吗?"我问道。

"反正传说是这样的。"皮奥特说。

"城里这一带有很多澡堂,"乔治说,"这家是最好的。招待当地人的,不是游客。无意冒犯。"

"没关系。"我说。

凯文和我打量着这栋建筑。从墙壁到屋顶完全由红砖砌成,一连串砖砌圆顶探向天空,像是受到萨尔瓦多·达利的启发而建起的乳房。

屋内、墙上到处覆盖着复杂的马赛克,由各种不同色调的蓝色小瓷砖制成。

乔治和柜台后面的服务员聊了几句,然后我们被带到了私人房间,那里有巨大的浴池,用大块石墙砌成,像花园里的假山。

这里的温泉绝对名副其实。非常热。在我脸色发红、喘着粗气、适应炙热的水温之际,皮奥特告诉我,这温度接近40度。我们四人赤身裸体坐在齐胸高的水里,直到身体开始适应这种热度。

大约20分钟后,包间的门打开了,一个60多岁的男人大步走了进来。他的脸是那种明显的欧洲长相,不用开口就能告诉你,你无法想象这张脸见证过的一切。这张脸又像一块完全空白的画布,当这个人走进这个满是裸体男人的房间时,他的表情看起来再平常不过了。他没有说话,一副公事公办的样子,指了指浴池边上一块长长的大理石板。

"你先来,约翰。"乔治说道,无疑很享受我脸上的困惑。

"真的?"我问道。

"当然了。来吧,别害怕。他只是个格鲁吉亚老头。不咬人。"

我笑了。在第比利斯的时候……我从浴池里出来,走近石头。

"脸朝下。"皮奥特在温泉的蒸汽中喊道,我依言趴下。

那人开始用力搓洗我的身体,用的是某种粗糙的材料,不太像硬羊毛,让我想起了烤箱手套。他从我的背开始,然后转移到腿和胳膊。不是很疼,但感觉皮肤快给磨掉了。

擦完后,他走到浴池那里,其他人还懒洋洋地躺在那儿。他把一个桶按进去,装了满满一桶水,然后一股脑浇在我身上。我喘着粗气,但感觉很不错。

然后又开始了新一轮的搓洗。这次是毫无顾忌地擦我的后背、我的腿。再来一桶水，然后按摩，那人的手无情地推着我的肩、我的背部肌肉、我的后腰。

我深呼吸，放松地接受按摩的压力。和浴池的温度一样，这一切都还在可控范围内，没有到令人难以忍受的程度，以至于很有点奇妙。我能感觉到我的肌肉在放松，并开始理解为什么这种疯狂的深夜活动在第比利斯是一种有着数百年历史的消遣。

在我经历了擦洗和捶打之后，老人用某种袋子装满了一种神秘的物质，开始擦拭我现在已经被烫伤的皮肤。那是一种肥皂，在他熟练地浇灌我全身的时候不断冒出泡沫，味道闻起来很舒服。最后，我如蒙大赦，终于踉踉跄跄地回到浴池，虽然水温很热，却感到很温馨。其他人轮流躺在石板上，而我身上的每一块肌肉，在经历了近一个星期的高度集中、紧张和近乎渺茫的成功与"我们将何去何从？"的惶惑后，终于完全放松了下来。

一切结束后，我们穿好衣服，走向祖拉布的车，一拥而上。那个神秘人已经走了，这意味着有了足够的空间，乔治、皮奥特、凯文和我都可以舒服地坐着。我猜那个神秘人可能是某种保镖。我一直不知道他是谁。

大家都不怎么说话，吃饱喝足，又体验了传统的硫黄浴之后，有点昏昏欲睡。在酒店门口，凯文和我几乎从车里滚了出来，我们向从不无聊的东道主挥手告别。

"明天早上见，约翰，凯文，"祖拉布准备开车离开时，乔治对着窗外说，"今晚，你们会睡个好觉。我保证。"

他是对的。泡澡很管用。我几乎不记得什么时候睡着的。

八

第二天早上就是离开的时候了。

皮奥特很早就来了,但依我看,他只是想出去玩。虽然他表现得像个危险人物,行事总是不自觉地让酒店的每一个保安都紧张不安,但他对我们很好。

我完全尊重凯文的意见,即便没有武器,皮奥特实际上比尼诺、祖拉布和乔治的其他硬汉们加起来都更具杀伤力。但是,当我想到这一点时,他仍然乐于助人,彬彬有礼,即使我们——正如我所说的——一直警惕这是一个巨大的骗局,防备得密不透风。

在这最后一天,我们收拾好装备,把没有带回家的东西给了皮奥特,作为旅行的纪念品。收到我们从酒窖里取回来的灯和其他不需要带回澳大利亚的设备,他看起来真的很高兴。我们还请他保留了用来装酒的备用聚苯乙烯包装,希望他能以某种方式把我们留给乔治的余下 12 瓶酒包装起来,寄给我们。我还给皮奥特留下了我的名片,告诉他,如果他到了澳大利亚,可以给我打电话。我跟他说我想在悉尼回报他的款待。

乔治和尼诺来开车送我们去机场。这是另一趟可怕的汽车旅行。我们以高达每小时 120 公里的速度,在一阵抱怨"原住民"和他们怎么敢挡我们的路的嘟囔中穿过第比利斯的车流。这是我在第比利斯绝不会错过的东西。

我们终于进入第比利斯机场的时候,已经是半夜了。白天的第比利斯像一个不同的野兽。事实上,这里确实有野兽,几个人带着山羊或其他牲畜走过了登记区，然后通过安检，来到了离境大厅。我很怀疑，心想他们肯定不会带着山羊一起上飞机。其他乘客都带着蓝红白的麻布拉链袋，天知道装的是什么违禁品或者廉价的格鲁吉亚美食，准备飞往莫斯科。

室内到处都有人吸烟，包括空乘人员，他们看起来很无聊，互相抽烟，这些人在飞行前肯定满身都是烟味。

我把所有这些怪异的景象抛开，集中精力完成手头的工作。我们要办理托运，还有要随身携带的行李，包括那一打精心包装的古董酒。凯文已经签署了文件——一张通行证——允许他把酒作为手提行李带走，而且不用支付任何关税，就放在他旁边的一个空座位上。我们已经尽了最大努力保护这些酒。

我们的格鲁吉亚主人一直在潜伏，等着我们买好票，现在，我们可以在候机室坐下来喝最后一杯咖啡了。

"乔治，"我说道，"这趟旅程很有趣。"

"我们也这么觉得，约翰。你们是非常好的客人，"他说，"我期待着我们业务的下一阶段。"

我笑了："不错，这当然也是我希望的。我们有几个问题要解决，但这里可能不是解决这些问题的好地方。"

"当然，"他和蔼地笑道，但接着又问，"比如什么问题？"

我耸耸肩："主要是关于所有权，还有我对这些酒的文化意义的担忧。万一格鲁吉亚政府的代表忽然出现，宣称这些酒属于格鲁吉亚，理由是他们拥有酒厂的股份，或是这些酒属于文化的象征而不能被简单出售，那么在这种情况下，即便我们把酒从酒窖里带到了伦敦或者纽约，我们也不能把你的那份钱给你。"

乔治已经一脸痛苦，挥舞着一只手："约翰，求你了，不要担心这些。我有个叔叔在政府工作。我来搞定这些事情。不会有问题的。"

"嗯，很高兴知道这一点，乔治。这就是阻碍交易的原因了。"

"这一点，以及我们要从科学上证实这些随身携带的酒是真品。"凯文指出。

"是的，凯文，我明白，"乔治说，"你也别担心。酒是真的。你打心眼儿里知道它们是真的。一切都会好起来的。我们都会发大财！"

没什么别的可说了。我们再次与乔治、尼诺和皮奥特握手，穿过登机口，上了航班，一起挤在座位里，准备长途跋涉，前往希思罗机场。

凯文说："我们是应该向乘务员要酒，还是干脆打碎我旁边的某一瓶？"

"能弄到这一打，我真是松了一口气，"我说，"我觉得有一阵已经事情很难掌控了。"

"你说它们是文化象征，我还担心我们会在机场被拦下。"他说道。

"谁知道呢。在格鲁吉亚，似乎一切皆有可能，"我说，"我们安全地上了飞机，这很好。"

"不错，安全无恙，可以飞了，"凯文说道，轻轻一拍，然后补充道，"直到他们在希思罗机场逮捕我们。"

我爱凯文，但他真的是个混蛋。

第三部分

格鲁吉亚后

16
凯文交了个朋友

　　凯文和我在伦敦希思罗机场分开。我要在那里参加一些会议,在法国也一样,讨论从一些欧洲分销商那里购进货的问题。我很想去苏富比或佳士得参加关于格鲁吉亚酒窖的初步讨论,但我知道,一切还为时过早,我还没有准备好,事情也没有进展到足以向任何人提起这件事。

　　凯文的任务是护送我们那一打珍贵的酒安全返回悉尼。

　　我们站在希思罗机场的两条国际航班走廊的岔路口,凯文将在那里转机,搭上回国的航班,而我将沿另一条走廊前往行李领取处和出口。

　　"好吧,"我说,"我们想要一次冒险。"

　　凯文笑了起来:"不得不说,在我们这些年搞了这么多花样之后,这是我们最疯狂的一次冒险。"

　　"不过,我认为我们做得很好,"我说,"我们仔细审核了酒窖,几乎确认了这一切都是真实的,酒窖清单是准确的——或者说足够准确,还设法带走了这十几瓶酒,如果没有其他问题的话,足以支付这次旅行的费用。比起内维尔第一次告诉我们这次冒险的背景之时我们的期望,这结果要好得多。"

"我们还带着枪摆姿势拍照了。"凯文说道。

我笑了起来:"不错。天哪,我们到底在想些什么?"

"到了第比利斯,就得像第比利斯人一样,入乡随俗!"他说,伸出了手。

凯文和我从来不喜欢拥抱。我们热情地握手,相视一笑。如果你的同事算得上你真正的好朋友,那会是一件很可爱的事情。

我们互相祝愿对方从这里开始一路平安,尽管我可能更希望凯文手推车上那装满泡沫包装酒瓶的大箱子一路平安,而不是凯文本人。不过他会理解的。

过了几周,我们在悉尼重新联系,凯文这才把我走后候机室里发生的事情告诉我。

他走进了免税区,就像大家转机的时候有几个小时可以打发一样。在全世界都很常见的"独家精品店"中,有一家不错的葡萄酒商。

当然,凯文在酒店里闲逛了一阵,看到柜台后面的玻璃陈列柜里有一瓶伊甘酒,他很感兴趣。凯文眯着眼睛,看出这瓶伊甘是 1985 年的,在当时大约有 14 年的历史。

"有什么需要吗?"柜台后面的人在凯文看来大概二十多岁。他的名牌上写着"经理"。

"我能看看那瓶伊甘酒吗?"凯文指着那瓶酒问道。

经理回头看了一眼,给了凯文一个轻蔑的眼神,说:"先生,很抱歉,恐怕我们不允许顾客触摸贵重商品,比如这种经典的法国葡萄酒。"

凯文盯着他:"这是哪一年的?看着像 1985 年。"

"是的，先生，"经理说，"一个特殊的年份。我们真的要极其小心、充满敬意地对待这样珍贵的葡萄酒。"

凯文一脸微笑，想象着这个"经理"要是能窥见他的随身行李，又会说点什么。"我当时很想说，'嗯，既然谈到了这个话题，你觉得这瓶比你那瓶大 110 岁的 1870 年伊甘怎么样？我就是带着玩玩儿。'"他笑道，给我讲了这个故事。

但他并没有那么做。相反，他拿出了加拿大人的礼貌，感谢经理肯花时间向他解释，然后离开，只是在心里暗暗发笑。

17

尘埃落定

1999年8月,
悉尼,
澳大利亚

就这样,带着这个小插曲和第比利斯所有其他疯狂的故事,我们回到了日常生活中。从格鲁吉亚的那几天算起,我们已经有足够的故事可以在宴会上讲了。

在我看来,这项工作刚刚开始。我就在现场,亲眼看到了这些酒,触摸了它们,甚至品尝了其中的一些。现在,我必须用某种方式,在13500公里外的悉尼办公桌上,想方设法从那个酒窖里把4万瓶世界上最稀有的葡萄酒弄出来。

我几乎是直接把行李扔在了前门,立马开始打电话、开电脑,努力确定我们成交的可能性。

乔治显然也同样热衷。我回家后的第一天,他就发来了第一封电子邮件,内容或多或少涉及我们什么时候可以确认买下这个酒窖。

我回信说,我们还有几个问题要解决,但请他继续关注。

我要打的下一个电话是给内维尔。我不在家的时候,家里的电话答录机一直很忙,过去几天有两个来自内维尔的电话。

他在留言中的声音友好而热情。

第一条留言说:"嗨,约翰,今天是 6 月 22 日星期二,我是内维尔·罗德斯。我只想知道你回来了没有。旅行怎么样?我很想知道酒窖有没有通过你和凯文的审核。等你消息。"

第二条留言是两天后的:"约翰,又是内维尔。我猜你还没回来。我想知道我们能不能谈谈那些酒,你觉得它们是真的吗?希望一切顺利,早日联系。干杯。"

然后是我回来的前一天:"嗨,约翰。我是葆拉·斯坦福。你可能还记得我,我们在内维尔·罗德斯的办公室开过会,我向你简要介绍了第比利斯的酒窖。内维尔和我想再组织一次会议,如果可能的话,你一回来就开。请通过内维尔的办公室给我打电话。谢谢。"

嗯,看来内维尔仍然是这次冒险中一个充满活力的伙伴,回电话的时候我这么想着。当然了,接我电话的是一个私人助理,答应帮我传话。

我等了一天,没有回音,就给他发了邮件,写道:

嗨,内维尔,我是约翰·贝克。我刚回到城里,有一些故事要讲。是的,我们有一些葡萄酒要讨论,还有我们和你的格鲁吉亚朋友的有趣时光。我甚至还洗了个澡。如果可以的话,我们谈谈,讨论下一步。等你消息。

我打电话给哈利，告诉他这个简短的故事，说我们已经设法审核了酒窖的大部分，没有发现任何问题。我想象着他在电话那头兴高采烈地搓着双手，就像一个哑剧里的恶棍。毕竟，钱就在眼前。

但也不尽然。

按照一贯的方式，我清理了办公室的白板，并写下笔记，以便想象未来的情况。

一百万美元，我写道。然后打了个勾。

我其实不怎么关心这么大一笔投资额。

在我们四个人之间，几乎可以肯定这些酒不是假的，我们都知道我们会以远高于成本价和其他费用的价格出售整个酒窖。凯文正在做一个粗略的估价，因为我们确信酒窖清单基本上是准确的。他很快就会给我答复。

我接着写：把钱给乔治？然后打了个叉。

虽然他一直在笑，特别友好，但我很难进一步信任乔治，也无法信任塔马兹和其他高管。我们显然不能直接把 100 万美元转给他们，然后希望他们把酒交出来。酒窖里的东西和酒厂高管很可能会像现金一样神秘地消失。

我在叉旁边画了一个问号，决定回头再想想。

接下来是：酒的所有权？

真正合法拥有酒窖和这些酒的人到底是谁？我们还不确定，尽管乔治一直在虚张声势。塔马兹和雷瓦兹有股份吗？其他人有股份吗？在进行交易之前，我们需要确保乔治拥有出售它的合法权利。我烦恼的是，哪怕我在那里待了近一个星期，在那些关于未来发展和酒厂所有权的毫无意义的会议上花费了漫长而无聊的时间,我仍然不清楚这一点。

白板上又多了一个问号。

我在下面写道:海关?

我又想起了乔治在机场的那句话。"别担心,约翰。我来处理,我来。一切都可以解决。"他所谓的政府里的叔叔,显然可以解决任何海关问题。即使是那些可能被解释为具有历史意义的酒。说实话,我甚至不确定乔治说的"解决"是什么意思。这一点还需要澄清。第三个大问号。

最后,我写道:穿西装的人。我在下面画了线。两道。

这是我噩梦般的场景,奇怪的是,只有在我们向乔治付了钱并且一切都很顺利的时候,它才有可能出现。

我从白板前退开,脑子里过了一遍:假设,乔治神秘的议员叔叔说了一句话,并且真的说服了格鲁吉亚海关,那么让 4 万瓶古董酒离开这个国家是完全可以的。很棒。假设,因为我们实际上不会用这种方式运输葡萄酒,但是假设,我们设法包装并把这些酒安全运到了伦敦或纽约,在苏富比或其他什么地方,并准备好拍卖。我们的拍卖行举行了一场盛大的营销活动,一大群有钱人在这个重要的日子里来到这里,准备好支票簿来购买这些著名的、稀有的、历史悠久的葡萄酒。斯大林时代的酒!尼古拉二世收藏的酒!甚至是能追溯到亚历山大三世的酒!

凯文、内维尔、哈利和我站在现场,碰杯,眼看着葡萄酒随着拍卖员的木槌落下,慢慢售出。这时,一些西装革履的人出现,宣布他们来自格鲁吉亚政府,负责文化事务和历史文物。他们宣布，我们无权出售葡萄酒。他们宣布，这些酒实际上不仅仅是酒；它们是一种文化财富，因此，根据格鲁吉亚法律，他们有合法权利将这些酒收归国有。事实上，也许我们可以在这一点上吹毛求疵，因为真正的情况是，这个酒窖的库存都是二战时从俄罗斯匆匆转移的，所以这些葡萄酒更像是俄罗斯的葡萄酒，而不是格鲁吉亚葡萄酒，但这在紧要关头很难扛得住。见鬼了，那样就有可能会有西装革履的俄罗斯人出现并发表一场文化遗产演讲了。

拍卖行会怎么办？不管怎样，拍卖肯定是要取消了，到了这个阶段，我们都已经花出去很多钱了。

我一边盯着我写的字，一边在脑海里思索了一阵。**穿西装的人。**

我意识到这一切都要归结到所有权。我们面对的仍然是一个所有权存疑的惊天葡萄酒收藏。在我们接触任何一家主流的拍卖行之前，我们需要把它弄清楚，而且是彻底弄清楚。乔治必须从法律上明确证明，这些葡萄酒是他要出售的，而且格鲁吉亚海关当局明确允许这些葡萄酒离开。政府必须同意我们可以购买，然后我们才会付钱或试图从那个地窖里拿出另一瓶酒。

八

几天后，内维尔、哈利、凯文和我在内维尔那间视野开阔的办公室里见了面，我为合作伙伴们列出了同样的清单。事先，在电话里，我已经向内维尔和哈利简要介绍了第比利斯的情况，所以到达办公室的时候,大家都在拍背握手,互相庆祝。那感觉就像阿波罗 11 号的船员回家了。特别是内维尔,满面笑容,告诉我们做得很好,他听到我们的发现后非常兴奋。

但现在,我列出我担忧的问题清单后,大家的情绪变得稍微谨慎了一些。

"还是要看这些酒,看它们是不是真的。"哈利说。

"我们得做化学测试,"凯文同意,"我们要咨询一些酒庄,酒窖里有他们的葡萄酒,特别是伊甘酒,因为大部分价值体现在伊甘酒上,前提是如果他们愿意和我们谈谈的话。不过,所有的迹象都表明,这些酒是真的。"

"我们需要先付钱,让格鲁吉亚人把酒先卖出来吗?"哈利问道。

"嗯,"内维尔说,"约翰,你们刚刚也发现了,那边有点带枪杆子的规矩。乔治会想,如果他和他的伙伴拥有这些酒,那它就是他们的了。如果我们想要这些酒,我们就得给他们钱。这里面不涉及信任的问题。在他们看来,这就是一笔美元交易。"

"但约翰已经明确表示,我们无法确定我们会收到这些酒,也不能确定一旦我们交出这 100 万,我们就能卖掉它们。"哈利说道。

我等着轮到我发言,悄声建议说:"嗯,事实上,我可能有个主意。在我看来,我们面临的问题中,最大的三个问题在于,一是所有权不明,二是能否把酒运出第比利斯,最后是我们是不是有权出售它们,并且在拍卖当天不受格鲁吉亚政府、海关或文化官员的干预。我说得对吗?"

"我是这么理解的。"内维尔说。

"那么，我们给乔治提供一个合作伙伴关系，而不是直接的收购价格，怎么样？我的想法是，我同意，我们确实得给他一些钱，就像你说的那样，内维尔，否则我们永远看不到这些酒。但是，如果我们向他支付约定金额的一半，也就是50万美元，作为诚意的表示，作为对合伙关系的确认，会怎么样？实际上，我们将拥有酒窖的一半，他会保留一半。在合作关系中，我们负责这些酒的搬运和准备，并负责营销，处理实际销售。反正就是所有我们本来就要做的事。然而，这正是关键所在，乔治会保留这些酒的所有权，并在合同和形式上负责所有他一直说没有问题的事情，比如通关、确认所有权，以及——如果真的到了那一步的话——挥手告别格鲁吉亚海关官员。为了完成交易，他必须解决这些问题，而不是我们来解决。我们与他的合同和合作关系中，必须说明他是葡萄酒的所有者，我们受委托为他销售葡萄酒，从中获得一半的利润。"

我喘了一口气，让大家消化一下我刚才说的话，然后开始进入我计划的第二部分。

"很明显，这一切都需要好好措辞，让我们的股份板上钉钉，而我们不会被解释为部分所有者。我相信，一个合格的律师可以解决这个问题。如果出现任何问题，反正乔治是葡萄酒的所有者，而不是我们，所以，嘿，如果有人试图谈论我们拥有所有权或我们出口了本不应该属于我们的葡萄酒，那我们也只是他的代理人，只是为他销售葡萄酒而已。"

大家陷入了沉思。

"不过，约翰，那样我们就有可能会放弃 50% 的巨额利润。"哈利说。

"是的。是这样，哈利，"我说道，"但老实说，如果我们不把乔治牢牢套在合资企业的后勤方面，我不确定我们能不能管理好日后必须要跨越的潜在雷区。他需要有非常具体的、利润相关的理由来支持我们。而且，听着，也许我太谨慎了，我担心的事情并没有真正发生，但万一发生了呢？"

我喝了一口水，最后说："所以我们很清楚，如果没有一些担保，保证我们可以执行销售并获得利润，我也找不到理由去参与一场自己要交出 50 万或 100 万美元的交易。"

大家都思考了一会儿。

"这么做有很大的好处，"内维尔说道，"我们告诉乔治，我们很乐意承担商业风险，但不乐意身处产权风险的阴云之下。"

"你觉得怎么样，凯文？"我问道。

"我觉得这个计划听起来挺有意思，"凯文说道，"我们面前的每一个陷阱，实际上差不多全在格鲁吉亚，需要当地的处理，那都是我们做不到的。乔治只得到他百万美元的一半，但也得到了一半销售活动，而且他知道，他将从葡萄酒销售中获得的份额要远远超过 50 万美元。"

"这和乔治的出发点有很大出入，"哈利说，"他可能只想要钱。"

"嗯，那是不可能的，"我说，"我想我可以说服他，采取这样的方式，他最终可以得到更多的钱，而且我觉得，乔治可能真的会喜欢成为这样一个国际事业的合作伙伴。"

"何况，我们可以确保这笔交易不会受到破坏。"内维尔点点头。

"但是，你看，我们都需要消化这一点，因为我们可能会从 100% 的酒窖主人变成一半的主人。这需要点时间来做决定。"

我们休息了一下，喝了杯咖啡，闲聊了几句。但实际上，在这样一个重大的提议面前，闲聊并不能持续太久。很快，内维尔和哈利宣布，他们不需要太多思考时间，50% 的计划听起来最安全最明智。

"好的，太好了，"我说，"如果大家都同意，我可以向乔治提议，看看他怎么说。他也非常热衷于投资酒厂本身并且重建它。内维尔，我不知道你对这件事感不感兴趣？"

"没兴趣，"内维尔说，"我只想要那里的采矿权和这个葡萄酒宝藏的分成，因为这是我发现的。我只会买下那个陈年的老葡萄园，如果它下面有煤或黄金的话。"

"很公平，"我说道，"那么，我们同意向乔治提议合伙，而不是直接出售，对吧？"

"好吧，"哈利说，"但我们还是开门见山地说吧。假设，这些酒是真的，一共 4 万瓶左右，那这个酒窖值多少钱？"

"凯文还在计算这个数字。"我说。

"你一定已经有个大概了，"哈利对凯文说，"你脑子里一定有一个估计。"

"我不习惯还没完成工作就得出美元的数字，"凯文说道，"我必须看看全球的可比销售情况，看有多少其他特定稀有年份的葡萄酒在已知的收藏中，或者可以通过主要拍卖或零售渠道获得。我还必须估计这个酒窖自带的历史故事可能会给正常的市场价格带来什么添头。所以，我需要做相当一部分的猜测。"

内维尔显得有些疲惫："凯文，又不是要你用血来写这数字。我们只想知道，如果我们要投资50万美元，再加上成本，是不是可以期待一个不错的收益。"

凯文在座位上挪了挪，皱了皱眉："嗯，当然。如果现在真的要我在黑板上写一个数字的话，我可能会说是250万到300万美元之间。"

大家仔细考虑了一下。"作为拍卖总价？"哈利说。

"如果格鲁吉亚制造的葡萄酒碰巧迎合了公众的想象力，可能还会更多。"凯文说。

"我们真的需要找一家大酒庄谈谈，给他们先看一些酒，"我补充道，"还要选择一个拍卖伙伴，了解他们对潜在的成本和问题的看法。"

"好，那我们就在这个基础上继续前进，"内维尔说道，"一旦你有了更正式的估价，我会等着听。哈利，你能留下一会儿吗？"内维尔把我们带到电梯前，再次握手，微笑着告诉我们，他很高兴我们能成为合作伙伴，有这么多的专业知识可以分享。他提起他的猎人谷农场烧烤，那儿可以作为下次更休闲地见面的地点。我们说这听起来不错。

然后就剩凯文和我，默默地走向一楼，两人在电梯里紧盯着关闭的电梯门。

"那是你的实际数字吗？"我悄悄地问，几乎可以肯定，凯文是在和他们玩心眼儿，"估计的数字。"

"当然不是，"凯文说道，"我还不知道实际数字是多少。我算好了会告诉你的，但没错，那会比我刚才告诉他们的要多得多。"

我笑了起来。

我们离开大楼，走向汽车的时候，凯文说："他们真的支持你那50%所有权的想法。这让我很惊讶。内维尔是个很务实的人，所以我可以理解他能遵循你的逻辑，但我没想到老哈利也会这么轻易地放弃100%的所有权。"

我耸了耸肩："哈利参与过很多交易，喜欢盈利，但他也不喜欢让自己的资金承担太大的风险。乔治那一半股份就像是哈利投资资本的一份保险，所以我认为他是在这方面得到了安慰。如果没有乔治的全力投入，我们将要尝试的事情会变得更加棘手。"

八

我们回来后，双湾酒窖的工作人员都想知道一切。一天晚上，店里关门后，我们吃了一顿丰盛的晚餐，凯文和我轮流讲述了一部分冒险的经历，弗兰克和吉莉安特别关注酒窖里的酒和收藏的细节。

我提到，我们在地窖的一个架子上发现了神秘的酒，上面提到了"miel"，这让我们很困惑。

"啊，是的。楚钦。"吉莉安耸了耸肩。

"你说什么？"我问道。

"楚钦，'Chouchen'。这是布列塔尼语，指的是一种蜂蜜甜酒，来自布列塔尼地区，英语写成'Brettany'①，法国最西边的地区。你知道的吧？凯尔特人住的那块地方。渔民们出海归来时喝的酒，就是楚钦。里面有很多蜂蜜。但这种酒是很危险的东西，我的朋友②。它过去是用蜂巢、蜜蜂、毒液等制成的，传说毒液发酵后，楚钦酒会变得非常有劲儿。布列塔尼地区的酒店吧台上还留有钩子，渔民可以把腰带挂上去，因为喝太多的楚钦会影响人的平衡，容易从凳子上摔下来。"

凯文和我互相看了看。

"我感觉，我们的估价可能错过了一个重点。"他说道。

"要是能回去，我们还得再查一遍。"我同意他的说法。

"而且要确保我们永远不会喝那玩意儿，不管它是什么，"凯文笑道，"听起来很致命。"

"就像生活中的一切，凯文，一切都要适度。"吉莉安说道。

凯文点点头。"好吧，很高兴知道这一点。我在节制方面做得也不差。"

在我回到悉尼的第一周晚些时候，乔治又发了一封电子邮件给凯文和我。

---

① "布列塔尼"的英语和法语拼写不同，法语拼作"Bretagne"。

② 原文为法语。

亲爱的凯文：很高兴知道所有的酒都安全到家了。如果你需要更多关于格鲁吉亚酒厂或葡萄酒行业的细节，请告诉我。约翰，你能为我提供任何酒厂发展的草案吗？我想用它作为一号酒厂的草案。祝好，乔治·阿拉米什维利。

接下来的几周里，这成了我们电子邮件交流的主题：乔治不断抛出要求酒厂重建的提议，我们则提出自己的问题。比如，凯文想知道，我们最终收到的斯大林时代收藏清单中，有一种"硬化"葡萄酒是什么。当然，更重要的是，乔治能不能把我们搁置的另外 12 瓶葡萄酒寄过来？

乔治回答：

我会找出"硬化"的信息的。我想这在格鲁吉亚语里是"shemargrebuli"，一种波特酒。关于那些酒，我已经得到了塔马兹的许可，可以给另外的 12 瓶。他特别喜欢那些伊甘酒。他跟我说 10 瓶伊甘酒的价格是 1 万美元。祝好，乔治

凯文和我都好好消化了一番那封电子邮件，以及乔治的措辞。最后，凯文负责回信，说他还在收集有关重建酒厂和可能需要的设备的信息，很快就会交给乔治。他也真的需要"硬化"葡萄酒的信息，因为这样的酒相当多，影响了他对藏品的整体评估。最后，凯文写道，他准备预约一个实验室和相关技术人员来分析我们手中的酒，因此真的很需要剩下的那打酒。"关于其他的酒，我会代表塔玛兹和上帝谈谈的，"他在给乔治的信中说，

"如果我没有收到回复,你能尽快把剩下的 12 瓶寄过来吗?葡萄酒的技术分析会非常昂贵,我希望只做一次。"

真有野心啊,凯文,我心想。我从没想过我们还会看到其他 12 瓶酒。什么?乔治、塔马兹或其他第比利斯酒厂的工人,会小心翼翼把他们一开始就不想让我们带走的 12 瓶古董酒打包,然后直接送过来吗?不太可能。但我们在电子邮件这头收到的不是酒,而是一个令人惊讶的答复。

"谢谢你答应寄给我的信息,"乔治回答道,"硬化葡萄酒就是波特酒。'硬化'在当地的葡萄酒语言中是强劲的意思。关于那些酒,我把几年前的葡萄酒收藏测试结果传真给了内维尔。希望有用。"

我给凯文打了电话:"内维尔有没有跟你说过,他从乔治那里得到了以前对葡萄酒进行测试的信息?"

"从来没提过,"凯文说,"看来这应该是他可以和我们分享的东西。"

"他可能忘了。也可能乔治刚刚发给他。我们问问他。"

无法避免,即使我们知道自己永远不会看到其他 12 瓶酒,乔治还是会在邮件里把它们吊在我们面前,提醒我们,这些酒和所有其他酒都还在那里。那几周,我们不是给乔治发电子邮件,就是给他打电话,讨论酒窖的所有权,以及如何把酒运出格鲁吉亚,但他则不断讨论"收购"酒厂——包括一同收购那些酒——的问题。

在这期间,我把自己五五分成的合作想法告诉了乔治,他同意了,而且同意得很快。我向他提出初步建议后,他不需要我费力地说服他。他立即明白，这个计划可以让他得到超过 100 万美元的收获。我想，他很喜欢与这些他喜欢甚至觉得可以信任的澳大利亚人成为合作伙伴。他还热衷于成为营销活动的合作伙伴，并在伦敦开拓自己的人脉关系——如果我们会在那里销售的话。我还是没有向他透露太多，因为我们还没有敲定这笔交易，还有很多因素可能会出错。但我们已开始在悉尼起草法律协议，同时讨论了他可能接触到的律师，他们可以处理他的法律文件，并确认谁拥有这些葡萄酒。

这个问题比其他任何问题都更让我头痛。我们已经回家一个多月了，互通了几十次电子邮件和电话，但仍然没有明确到底谁拥有萨瓦内一号酒厂和它的所有资产，包括酒窖。在和乔治进行了一次漫长的电话沟通，讨论了我们整个提案的细节，并反复试图提出这个至关重要的问题后，我的邮件底部仍然留着一条备注，上面写着："乔治，你有法律立场同意这一点吗？"

他当然说得好像他就是负责人一样，但从我们去第比利斯之前开始，他就总是这样，毫不觉得有必要提醒我们到达时会发现整个房间里都是其他高管。我再次追问他运送葡萄酒的安全和出口程序时，他回信说："收购计划包括在收购后任命我们自己的监事会，还有董事会。内维尔、凯文和约翰同时是监事会和董事会的明确成员。我的手下在几周内取代了所有的保安和现有工作人员。瑞士银行风格立即生效。"

这封邮件让我大开眼界。"它的意思是，"我对凯文说，"乔治现阶段还无法控制公司，但如果我们能达成协议，出售这批藏品，并将萨瓦内一号重新建立成一家持续经营的企业，他就会让自己处于一个可以接管整个事情的位置。"

"我觉得我们还是继续专注我们的交易，也就是购买一半的葡萄酒份额，"凯文说道，"我想听听内维尔的意见。"

"不错。我给他打了两次电话，但他都没回，"我说，"乔治的邮件中还有一句提到了内维尔。它说：'我们应该最晚在下周开始接手。初步需要14万美元来完成所有的法律文书工作并完成收购。之后再支付一半，另一半尾款在葡萄酒装运并按照内维尔的指示完成所有出口手续后支付。'"

"按照内维尔的指示。"凯文说道。

"我猜他们谈论的是采矿。可能内维尔只是提到，如果我们需要的话，他会帮忙处理出口部分。"我说。

这些法律邮件和讨论又持续了一周左右。我仍然没有内维尔或哈利的消息，所以我只能努力与乔治达成交易，通过毕马威的悉尼办事处起草文件。我的确给乔治写了一份一页纸的摘要，解释了我的计划，把50万美元放在一个律师的信托账户中，葡萄酒越过格鲁吉亚边境或离开格鲁吉亚水域时，信托基金会立即释放。这意味着除非葡萄酒确确实实离开格鲁吉亚，否则，乔治不会收到一分钱，他一定是接受了，因为我们的律师继续起草了后续协议。

我的传真机一直没停过。一天早上，我收到了一份来自格鲁吉亚商业法律局律师事务所的传真。

这封信就我们所处理的问题提出了第比利斯的正式法律意见。信中解释道，格鲁吉亚一号葡萄酒厂（我们称之为萨瓦内）已于1993年私有化，并列出了该公司的活动。信中称，截至 1996 年，酒庄的股东包括塔马兹（占 17%）和雷瓦兹（占 11%）。但 1998 年的进一步变化再次改变了持股比例。当然，那只是我们访问的前一年，所以在最近一次所有权变更后不久，有人决定将酒窖里那些老酒卖掉，以此来筹措急需的资金。没有任何地方提到乔治的名字，也没有任何痕迹让我们认为这是乔治的生意。乔治是从哪里得到他的股份的，或者说，他是从哪里接触到公司，从而做出如此重大的决定的？

我坐下来仔细想了想。毫无疑问，我们在那里的时候，乔治的言行在萨瓦内一号和高管们中都有相当大的分量。他肯定是这件事的主要参与者，即使他还没有采取明显的行动来索取所有权。或者说，乔治是新主人的其中一员，甚至有可能是新主人的傀儡？

信中有一个亮点，即它概述了酒厂的股票和资产，并明确指出：该企业拥有古老的传统和独特的葡萄酒收藏，其中包括能追溯到斯大林、尼古拉二世甚至亚历山大三世时代的藏品。

那张纸很不错，上面有合法的抬头，可以拿给拍卖行作为我们主张的证据。事实上，一旦我们从乔治和他的同伴那里收到了其他必要的文件，在讨论拍卖这样一个诱人的惊天收藏时，我们将处于一个强有力的地位。不管要处理多少所有权和法律问题，我始终关注着那些酒。

在这一切发生的同时，我也在努力处理我的常规工作。

双湾酒窖十分忙碌。这可是一家伟大的企业，有非常尽力的员工。随着悉尼那一带房地产价格飙升，加上奥运前的兴奋，空气中满是春天的气息，夏天很快就到，我们也要努力跟上时代。

一天晚上，下班后一个小时左右，我正坐在办公桌前做文书工作，凯文走了进来，手里拿着一张晃晃悠悠的A4纸，提到他有一些"创造性的会计工作"，我可能会感兴趣。

我抬起头，说："啊哈！格鲁吉亚的酒窖估价？"

他点点头："你是我认识的世界上唯一一个会说'啊哈！'的人，不过这很有趣。"他说。

"好吧，那得喝一杯，不管数字是多少，"我说，"我是选择好酒，还是非常好的酒？"

"我认为得要特别好的。"他说。

我拿了半瓶最够档次的波尔多葡萄酒——碧尚男爵，一人倒了一杯。

凯文照例坐在我对面的椅子上，看着他的杯子，喝着波尔多葡萄酒。他显然不急于进入正题。

"啊，约翰，"他若有所思地说，"多么合适。我们心爱的绪帝罗的马夫。这是个很不错的酒庄，碧尚男爵，在波亚克地区占据一等一的位置，有着特殊的风土条件，我认为它在未来几年会有更大的改善。"

我现在确定，他没有给我带来坏消息，事实上，他看起来甚至有点沾沾自喜。

"好了，悬念君，别玩了，"我说道，"说吧。"

他咧嘴一笑，身体前倾。

"你可能会听到的关键数字是 8。"他用他那种死板的加拿大人方式说道。

"8？"我问道。

"也有可能是 7。"他承认。

"能再详细点儿吗？"我问道。

他说可以，只要我允许他提一些重点和说明。我们能把 4 万瓶酒全都弄出来吗？在这个过程前或过程中，倒下的酒架会有多少，毁掉的酒又有多少？"我承认这不太可能，"他说道，"因为我们看到的酒架实际上看起来相当安全，但我觉得，我们应该考虑到，卸酒的时候，有些酒架可能会塌。"

"是，说得不错。"我说。

凯文还有其他顾虑。"我们能找到一家值得信赖、足够细心的包装公司来打理这些脆弱的葡萄酒吗？"他问道，"除了明显的酒瓶年龄之外，还有其他危险。例如，在 20 世纪的各场战争期间，最好的玻璃在某些情况下是充作军用的，用来制造望远镜和其他重要的光学设备。葡萄酒公司不得不尽力寻找其他有可能的酒瓶材料，我甚至还读到，有些情况下使用的是二手酒瓶。酒窖那批财富中，有多少是这样的东西，一拿起来就会塌？"

"是，有道理，凯文，我知道这值得注意，但我们拿出来的每瓶酒似乎都没什么问题，确实没有表现出过度脆弱或可能变质的迹象，只要它们小心包装，"我说，"不过我同意你的想法，不错，我们得注意这些。"

"嗯，好消息是，"凯文说，"就算把所有这些问题都放在一边，假设我们能够完好无损地取出绝大部分藏品，我的粗略估计是，这个酒窖应该能在拍卖会上卖到 700 万到 800 万美元。这可能会激怒内维尔和哈利，但在这个阶段，我真的不能得到比这更准确的数目了。"

我笑了，耸耸肩。

"凯文，这很惊艳了。现阶段不需要更详细的数字了。你的意思是，我们可以轻易支付从乔治那里购买的总成本以及搬迁和进行拍卖的费用。我们都知道，这些成本相当大，但这个数字表明，即使在这一切之后，仍然有可能有一个非常可观的利润，对吧？"

"如果我们在说服乔治、内维尔或哈利接受之前五五分成的想法上有任何困难，我想，从整体可能的利润来看，这些数字应该足以说服他们了。我们有足够的钱可用。"

他说得对，但事实是，我参加这次冒险不一定只是为了钱，就像我不反对为我们的工作竭尽所能一样。我获得了很多乐趣，很享受一个葡萄酒买家在职业生涯中最接近"夺宝奇兵"的经历。除了要给乔治超过他最初 100 万美元的要价之外，如果我们还能帮助全世界注意到格鲁吉亚的奇迹，它的葡萄酒历史和它作为旅游和葡萄酒目的地的潜力，那是意义非凡的。凯文和我想利用我们所有的专业知识和技能，把酒窖好好移交出去。换句话说，我们有足够的动力去取得成功，而凯文的估值给了我们财务上的确定性，使我们能够继续前进。

受到凯文消息的鼓舞，我给内维尔和哈利发了电子邮件，告诉他们凯文的估计，然后和一位在毕马威悉尼办事处帮助我们的律师约好了时间。我们完善了正式的协议，我很想把它发给乔治，这样我们就可以判断他究竟打算在这个阶段花多少血本。要想让所有相关方立刻统一思想、排除不同意见，没有什么办法比要求他们共同签署一份协议更管用了。一旦我们签署了协议，相信乔治和他的伙伴肯定会准备完成这笔交易，我就终于有东西可以拿到苏富比、佳士得或其他大型拍卖行去了。

协议规定，在正式签约、确认乔治合法拥有葡萄酒并同意进行交易的有效法律意见后，我们会支付10万美元的葡萄酒定金。

我们对由谁来负责后续各个方面有很多规定。货物必须在专家监督下包装，拥有一半酒窖份额的卖方（乔治）负责将葡萄酒安全运送到买方（我们）指定的港口或机场。作为买方，我们负责出口货物的运费和保险。不过，协议明确表示，乔治或萨瓦内一号酒厂作为卖方"负责取得出口前的所有政府授权"。

协议中写道："葡萄酒离开格鲁吉亚并出口到我们指定的国家时，即为交货。"我很肯定，目的地将是英国。事实上，我倾向于把苏富比作为拍卖行，因为他们曾经举办过一次大型拍卖会，拍卖来自俄罗斯官方酒厂的马桑德拉藏品。那次拍卖没有包括任何法国古董葡萄酒，这也是我们对自己估价抱有希望的原因之一。我的想法是，我们向他们展示已经鉴定完毕的样酒，苏富比会派一名专业估价师去第比利斯鉴定剩余的酒，并确证我们将在拍卖时讲述的"故事"。苏富比将对葡萄酒进行认证和包装，与他们为马桑德拉收藏所做的并无二致。考虑到他们已经啃完了上一块硬骨头，如果他们有更好的计划，我们也会听取他们的建议。这部分是他们的主场，不是我们的世界。

剩余的40万美元将存入信托账户，这一点已向乔治解释过。根据酒到达英国时的状况，会有"调整投资金额"的规定。如果途中发生重大损坏或葡萄酒丢失，这些费用将从酒窖的总费用中扣除，余额 40 万美元也将做相应调整。

第 9 条特别提到，如果违反协议中的保证，卖方将对买方进行赔偿并使买方免受损失。简单来说，如果有人在发货后因为葡萄酒的问题来追究我们，声称它属于格鲁吉亚人或它不属于乔治，那么此时的我们会受到保护。

"亲爱的凯文，"乔治在 8 月 10 日星期二写道，"你那边怎么样了？我们能加快速度吗？"

"亲爱的约翰，"乔治给我写信，此时大概又过了一个周，"你觉得什么时候可以收购？这周？"

我能感受到乔治那头的紧张，因为这笔交易实际上开始变得有点明朗了。也可能是因为兴奋，因为成交的可能性越来越大了？我们讨论的是一大笔钱，换成格鲁吉亚拉里的话。我们得到了乔治的充分关注。

直到事情看起来似乎并不是这样。在那一连串匆忙的电子邮件之后，第比利斯那边整整三个星期没有任何动静。最后，凯文不得不写信，问乔治是否一切顺利。

第二天我们就收到了回复。

"在内维尔的亲自监督下，一切都在按计划进行，"乔治写道，"我还需要一周的时间来落实我这边的文件，之后你们就可以开始你们的工作了。我们现在有法律办公室了。如果你对这些服务感兴趣，我可以给你电子邮件地址。祝好，乔治。"

我给内维尔打了电话，但他没有回电话。我发了邮件，让内维尔给我回个电话。他此刻在第比利斯吗？乔治说内维尔亲自监督，这是什么意思？内维尔没有向我们提过他在指导乔治并确保交易成功，但考虑到他们的采矿关系，如果他这么做了，这实际上是一个聪明的想法。它可以让协议更容易通过。

一周后，乔治再次写信。

> 所有收购文件均已完成，目前已送交悉尼经内维尔批准。之后的5个工作日内，你们可以开始与一号酒厂的新董事兼老板内维尔·罗德斯先生沟通。

电话响起的时候，我正在读这些文字。我瞥了一眼邮件标题，发现已经抄送给了凯文。

我拿起电话，说："嗨，凯文。"

"你是做生意的，"凯文在电话里说，"给我解释一下，我们的老朋友内维尔刚刚成了萨瓦内一号的董事和老板是怎么回事。"

我噘起嘴，若有所思。

"我能想到的是，"我最后说，"内维尔和乔治决定，这是确保我们能把酒弄出去的最佳办法，这样才有保证。我们一直想知道是谁拥有萨瓦内一号，乔治有没有权利同意出售这批藏品。如果现在坐在那把椅子上的是内维尔，我们就可以自由地实现它了，不是吗？"

"我觉得是，"凯文说道，"不过，内维尔不打算向我们解释这个计划，你不觉得奇怪吗？"

"肯定很奇怪，"我同意，"内维尔非常友好，但他似乎只在他想交流的时候才会交流。我现在要去找他，再次确认一下，确保从我们的角度来看,这一切都是光明正大的。"

我坐在书桌前,深吸一口气,两眼放空,在脑海中构思写给内维尔的信。我们有一个合法的四方协议,所以我只需要知道事态的发展对我们的葡萄酒销售有什么帮助就行。最后,我决定从一个不那么令人担忧的角度来处理。我写信给内维尔,解释说我下周要去伦敦,需要他作为萨瓦内一号的正式所有者提供一些文件,说明我在伦敦时有权与相关人士讨论酒窖和拟议的出售。

"内维尔,我相信你明白,我不能仅仅从概念的角度来讨论酒窖。我必须有文件证明的权限和不可撤销的能力来交付酒窖,这样才能真正让这些人上心,并最大限度地提高我们的地位。"我写道。

我把信打印出来,传真到内维尔的个人传真。

沉默了两天后,我给乔治发了邮件,询问最新进展。

"我把完成实际收购的文件发给内维尔了,"乔治回道,"我也试着每天联系他,但没有成功。也许从你那边会更有效率。史蒂文·特拉什这几天在第比利斯,明天要去悉尼,所以我也会通过他给内维尔传达一些信息。"

我眯眼盯着屏幕,心想:史蒂文·特拉什是谁?

我还有两天就要飞往伦敦了,还没拿到批准向苏富比提出拍卖想法的文件。等待的时候我做了些调查,发现这个叫史蒂文·特拉什的家伙和阿拉尼亚金矿有牵连,所以推测他是内维尔在采矿业的同事。

我不喜欢这种被蒙在鼓里的状态。我反复给哈利打电话,他只是耸耸肩,说他和内维尔联系过,也不知道事情的进展。我试过联系葆拉，内维尔的律师，但她没回我电话。我有一份基本起草好的国际协议，要买卖价值数百万美元的博物馆级别葡萄酒，但现在我自己的合作伙伴竟对我保持沉默。我不明白，事情的发展让我感到有点紧张了。

有些人和交易变得复杂起来，但我的哲学一贯是人必须专注于主要问题，而不是任由琐事和突发状况让事情进一步复杂化。很简单，乔治想用葡萄酒换美元，而这些美元由我们支付，所以，只要没有真正破坏这笔交易，所有这些关于酒厂所有权和其他复杂问题的讨论都只是杂音。聪明人会把方案聚焦到最终目标，然后直捣黄龙。我也决定采取这种方式。

无论如何，我不是一个轻言放弃的人，所以我一直在给内维尔打电话。在飞往伦敦的前一天，他真的接了电话，我差点从椅子上摔下来。

"约翰，"接到我的电话，他的声音里充满了阳光和温暖，"你好吗？抱歉，我有点难找。有很多事情要做。"

"我听说了，"我说，"这就是我打电话的原因。内维尔，到底怎么回事？我有几个问题，从我和乔治的通信中得到的消息。我认为你现在控制着萨瓦内一号酒厂的董事会，对吗？"

"没错，"内维尔说道，"我现在是那家公司的董事和老板。"

"老板？"我问道。

"没错。"他说。

"好吧，那么，内维尔，如果我们开辆卡车从酒窖里搬出点存货来，你是能拥有并掌控它，还是有人能阻止我们？"

"不，我还不能掌控。"他说道。

"为什么不能？"

"因为乔治必须在格鲁吉亚起草法律文件，才能转移任意份额的股票。"

"那乔治可以代表我们和你这么做吗？"

"当然。"他说。

"我需要像乔治建议的那样，去第比利斯和那里的律师打交道吗？文件做好了吗？"我问道。

"这是一种方式，"内维尔说，"但我不会。我们不需要弄一整个足球队去那儿。不管怎样，我们越来越接近了，嘿，约翰？我真的得挂了。祝你伦敦之旅愉快。"

挂断电话后，我意识到，他仍然没有批准我正式接触苏富比。

我去了伦敦和法国，给商店进酒，思考事情的进展。由于内维尔现在拥有了酒厂，这就消除了我们究竟在和谁打交道这个棘手的问题。

大概，不会再有塔马兹或雷瓦兹阻挡我们的道路了。但这是否意味着我们现在要付给内维尔 50 万美元，购买他想买的那一半葡萄酒？

让我感到不安的是，即使是内维尔，即使他站在所有者的新地位上，也无法确认我们可以把酒带出第比利斯。

八

回到澳大利亚后，我联系了毕马威法律部门的合伙人艾伦·贝内特，说明了我们的处境。我厌倦了老一套的未知数，决定在法律工作上花点钱，一劳永逸地了解信息。艾伦提到，毕马威在格鲁吉亚南部的邻国阿塞拜疆设有办事处，我们向那家办事处寻求了帮助。艾伦和我拟定了调查范围，涉及我的老问题：谁拥有这些葡萄酒，出口所需的一切政府许可和批准，以及政府在出口期间或之后对葡萄酒作为文物提出索赔的一切可能性。另外，还有一个有趣的问题，即任何出售葡萄酒的人是不是也允许成为葡萄酒购买团体的一部分，就像内维尔，他现在似乎就是这样。

听说我正在等待这份法律意见，凯文只是哼了一声，说："要我看，律师的意思是格鲁吉亚政府让我们卖掉这些酒的机会微乎其微，但乔治和内维尔都说一切都顺利，把钱交出来就行。"

我叹了口气。我开始头疼了，所以，我做了唯一一件合乎逻辑的事情：出城北上，拜访朋友安妮，在努沙度过几个晚上，享受美酒佳肴和惬意时光。在国家公园漫步，看着海中的红海龟和海豚，让我对格鲁吉亚局势的不安渐渐平息。我想，该来的总会来。无法强迫，也不能强迫。这是冒险，而不仅仅是为了钱。现在的局势掌握在专家手里，就让他们出牌，看他们如何处理。

那天晚上，安妮和一些当地朋友组织了一场晚宴，宣布我们要玩一个叫"乔琳"的游戏。

"你知道《多莉·帕顿》这首歌吗？"安妮问，"就是有个人是乔琳，其他人扮演担心乔琳会抢走自己男人的女人。她们的工作就是简洁而热情地论证为什么乔琳不应该带走她们的男人。每个人陈述完自己的情况后，扮演乔琳的人就会决定她会选择哪个男人,因为她可以选择。"

"哇哦,"我说,"这是努沙的特色游戏吗?"

"不,安妮的特色游戏,"安妮说,"因为你问了这个问题,约翰·贝克先生,我亲爱的朋友,你要扮演乔琳的角色了。"

"你的幸福取决于我。"我说道,又给自己倒了一杯酒。

这场游戏会很有趣。

18

紧要关头

艾伦·贝内特在阿塞拜疆的联系人花了两个多月才有汇报。这一年已经是2000年，不知何故，之前大肆宣传的恐怖千年虫并没有出现，更没有摧毁全世界的计算机系统。我没有收到哈利和内维尔的消息，不过那时恰逢圣诞节和新年，转头又到了夏日假期，通信迟缓并不奇怪。乔治愉快地与凯文和我互通了"新年快乐"的电子邮件。他写道，新千年就是我们最终卖掉葡萄酒、所有人都发财的时候！可是这个月剩下的时间里一直很平静。

我在墨尔本待了一段时间，观察并帮助一个朋友开了一家新餐厅。经理兼首席侍酒师是一个叫简·桑顿的女人，我很高兴看到她的团队把新餐厅组织起来。这方面我只是短暂涉足过，曾经为一个悉尼朋友的餐厅提供过建议和投资，但现在我喜欢看着一个专业的餐厅管理团队从头开始。和往常一样，我愿意尝试新的体验，打开全新的知识世界。简给我留下了深刻的印象，她很聪明，细致入微，对团队又热情，为人又有趣。她的履历令人叹服，曾在墨尔本几家最好的餐厅担任过管理或侍酒师。她当然很了解葡萄酒，所以我理所当然地和她分享了一些有趣的格鲁吉亚故事。我很欣赏新同事的反应，尤其是看到潮湿的黑暗中有几十瓶古董伊甘酒的视觉画面。

餐厅开业后，我北上去做了自己的事，然后回到店里工作。

大约一周后，艾伦给我寄了一封信，里面有他的专家深思熟虑后给出的意见。我邀请凯文过来，两人坐在桌子两边，一人拿着一份开始阅读。

"'这些酒很可能被格鲁吉亚政府正式列为珍藏酒，'"凯文大声念道，"'它们将按要求存放在葡萄酒储藏柜里。'你知道那意味着什么。适当、奢华的温度和湿度控制环境，以及高度的安全性。"

"再也不用待在萨瓦内潮湿的地窖里，周身覆盖着蜘蛛网了，"我同意信中的说法，皱着眉头看着手里的文件，"那这个呢：'收藏酒不能出口，但如果这些酒是不构成博物馆财产的收藏酒，也可以出口。'"

"还有更精彩的呢，"凯文说，"'如果根据格鲁吉亚相关的遗产保护法，这些酒被列为拥有文化价值，那就必须从文化部获得允许出口的证书。如果这些酒的历史超过100年，或者有任何特殊的文化意义，它们就不能出口。'好吧，真是该死。"

我继续读道："'如果这些酒在未获得适当证书或许可的情况下出口，那么，格鲁吉亚当局有可能向海外申请将其退回，包括提起法律诉讼，并援引《保护世界文化和自然遗产公约》。'"

"这就是了，你在白板上写的：穿西装的人。"凯文说道，叹了口气。

"有可能，不错，"我答道，"我还是坚持认为，我们有理由反对将法国葡萄酒视为格鲁吉亚的文化遗产，因为这些酒是从俄罗斯运到格鲁吉亚来的,除了在酒窖里躺了 50 年,它们跟格鲁吉亚毫无关系,也许还有那里是斯大林家乡的缘故。我不确定阿塞拜疆的人能不能理解这整个故事。总之,不出我们所料,一切都归结于所有权和出口权。根据协议,那是乔治的问题。把信寄给乔治和内维尔吧,看看他们怎么说。"

内维尔办公室给我的答复是,律师葆拉说,在与乔治讨论后,他们认为获得出口许可证没有任何问题。这个答复并没有完全说服我。我多次给内维尔打电话或写信,但都没有得到答复。我们现在的任何行动,花费的都是我们自己的钱,因此,我不想对报告指出的潜在风险掉以轻心。不过,报告的结论给我留下的印象也并没有那么深刻,我不确定这些结论是不是准确地适用于那些葡萄酒,所以我停了下来。

哈利联系了我,讨论了可能出现的麻烦。还有一件事——我们都找不到内维尔了。哈利担心这一点上可能产生的费用,因为我们以合资企业的名义开立了一个账户,每月支付费用,但事实上什么都没有发生。他决定关闭这个账户。

"但是哈利,"我说,"如果我们得到内维尔或乔治的回复,我们可能会在一周内再次开户。"

"那我们就省了一周的费用,这是一件好事,"他说道,"交给我吧。"

事实是,一周后,他的妻子伊娃联系我,说她已经关闭了账户。我们起初每人出资了1万美元，为自己提供4万美元的运营资金。我们或多或少已经花费了大概28000美元，关闭账户的时候，账户里还有11966美元。我收到了一张2991.60美元的支票。

我写信给乔治，再次指出，在法律上，事情还在他掌握之中，凯文和我将继续以他的判断为指导，就像在当地一样。"乔治，我们已经准备好了，而且很想继续这场冒险，"我写道，"只要你不关心毕马威提出的问题。你比我们更了解格鲁吉亚的情况，所以一切都交给你了。希望你一切顺利，约翰。"

时间匆匆，仍然一片沉默。想想又过了一个半月还没有解决这个问题，这么说听起来很奇怪，但事实上，我疯狂地忙着双湾酒窖的生意。我不知何故参与了一家橄榄油种植和制造企业的早期创建，十分忙碌，还有工作和生活的其他琐事。我不是一个会在事情不尽如人意的时候纠缠不休的人。当然，我会给内维尔和哈利打电话，想知道事情的进展，但我不想一直坐在电话和电脑旁傻等着他们出现。

乔治给我发了电子邮件，再次提出建议，问我有没有兴趣讨论正式参与投资格鲁吉亚葡萄酒行业，提供运营资本和专业知识。正如我们访问期间所讨论的那样，他写道。

我回复他，除了有一段时间没有从乔治、内维尔或葆拉那里听到消息的那场商业冒险外，我无意讨论任何其他商业冒险。我希望这样回复没有失礼之处。让我们先把酒运出来卖掉，然后再谈以后的项目。

挫折感随时间的推移不断加重。"我们离胜利只差一封电子邮件了。"我对凯文说。我们再次思考，城里内维尔的办公室和世界另一头乔治的脑子里到底发生了什么。"我们只需要内维尔作为萨瓦内的董事长和所有者写信给我们,说他们已经与格鲁吉亚政府确认了出口细节,我们可以继续出售。就这一封邮件。"

"说不定我们说话的时候内维尔正在写呢?"凯文说,"也许他只是无法为这样一封令人兴奋的电子邮件选择完美的字体。"

"不管哪种我都会满意的,"我说,"用蜡笔写在包肉的废纸上我都乐意。只要能给我们许可让我们放手去干。你能想象距离我们在第比利斯已经快一年了吗?"

"我每天都在怀念尼诺开车的样子,"凯文说,"说真的,约翰,我们还是继续吧,这样一旦内维尔给我们开了绿灯,我们就可以有万全的准备。你差不多一周后要去伦敦了,不是吗?为什么不和苏富比的人见见面呢?为什么不去看看能不能见到酒庄的人呢?带上一瓶酒,开始认证程序?"

"你说得对,"我说,"我们已经走到了这一步。是时候继续努力了。"

第二天,内维尔的公司寄来了一封信,收件人是我的公司、凯文的公司和哈利的公司。他写道,1999 年 6 月达成的协议要求我们"安排购买酒窖",当然这并没有发生,然后,是一个出人意料的消息:"我不得不动用我自己的资源购买酒窖。我还注意到,合资企业的银行账户已于 6 月 30 日关闭。因此,这场冒险已经结束。"

简短的三段话，结束了一切。

我们一直担心格鲁吉亚人在耍诈，担心想骗我们 100 万美元的人是乔治。那天晚上 11 点，我喝着酒体厚重的红酒，那已经不是当晚的第一杯酒了，现在回想起来，我的思绪不禁开始飞扬。内维尔真的一直想买下那个酒窖吗？也许他在我们上飞机之前就已经这么做了？内维尔和乔治合谋，让凯文和我飞过去，确定了酒窖的真实性和价值，然后安排了后续的事情，让人看起来像我们没有成功，迫使他结束了合资企业。如果是这样，我不相信我们会上当。

聪明的哈利也上当了吗？我在脑海里反复思量，开始倾向于他从未受骗。我当时就觉得奇怪，他和他的妻子立即关闭了银行账户，现在我猜测，正是这一事态发展成了内维尔行动的导火索。

也许，在游戏之外的只有凯文和我。

几天后，我接到了内维尔的人打来的电话，是葆拉·斯坦福。她告诉我，她想要那 12 瓶据称被我从格鲁吉亚带出来的葡萄酒，那是罗德斯先生的财产。

"你是认真的吗？"我问这位律师。

"非常认真，贝克先生。"

"好吧，我并没有什么格鲁吉亚的酒，"我回答，"我也没有从格鲁吉亚带任何酒到澳大利亚。"

严格说来，我这么讲是没错的，因为，带酒回来的人确实不是我。我一边想，一边挂断了电话，不理会对面葆拉气急败坏的回应。我希望她没有凯文的电话，因为那十几瓶酒在他的办公室里。

最终，这个人，内维尔·罗德斯，自己写信来说，他已经支付了10万美元作为萨瓦内酒厂的定金，这意味着在酒厂或在澳大利亚的任何葡萄酒都属于他。他指责我对斯坦福女士怀有敌意，让我接受我们的协议已经结束的事实，并交出他宝贵的葡萄酒。

没有必要详述后续交流中谁说了什么。我告诉内维尔，我们没有继续合作的唯一原因是他拒绝回复我们的电话或邮件。他声称在4月份就给我们写信解释了这一情况，但从未收到我们的回复。我说。他说。我说……无休无止。

最后，他写道："冒险结束了。不要再大惊小怪，把酒还给我，省得我找律师。"

我又读了一遍这句话，叹了口气。为什么那些拒绝合理对话的人总是威胁要求助于律师？可能因为他们知道自己是个混蛋？真是无趣。

19

一团乱麻

"我们为什么不直接告诉皮奥特和尼诺,内维尔绑架了他们的母亲?"

尽管凯文有着加拿大人与生俱来的好脾气,但他有一种根深蒂固的强硬,我觉得这很有趣——即使在这个特殊的早晨,他也可能是在开玩笑。

"格鲁吉亚黑手党的报复可不是我们常用的手段。"我指出。

"不过他们会很令人满意。"他说道。

"我是这么看的,"我在座位上前倾着身子说,"我们的老伙计内维尔忘记了一件事。"

"忘了什么?忘了我们加拿大人都逼着全世界听布莱恩·亚当斯了,我们不怕再这么搞一次?"

"比那更可怕。"我说。

"好吧,那是什么?"凯文问道。

"他对这些酒一无所知,"我说,然后靠在椅背上,喝了一口我水,"以及我们对这些酒了如指掌。"

"很有道理。"他点点头。

我继续说道:"如果用我们所有的知识和经验还无法解决海

关问题、文化遗产问题和实际的出口物流,那我也不知道他要怎么解决。但话说回来,也许他不会像我们这么样地关心海关问题。"

"也许他脸皮够厚,反正现在他是老板了,直接把它们运出去得了。"凯文说道。

"也许吧,但即便如此,那又怎样?他怎么接洽苏富比?"

凯文搅拌着咖啡,点了点头。

"一个金矿经营者声称他拥有4万瓶古董伊甘酒云云。无法向他们提供任何细节。这不可能。"

"没错,"我说,"出口物流需要专家。只有我们参与了才能卖掉酒窖。又或者他必须重新开始,找另一个版本的我们去那里重新审核。就目前而言,世界上没有人比你我更了解酒窖里的东西,可能连格鲁吉亚人都不如我们。想想吧。我们有所有的笔记,对照了翻译的酒窖清单和实际的酒窖,笔记里还认证了各个酒架上的东西,再加上品酒笔记,还有你的估价笔记。他们可没有这些。"

"但是内维尔拥有酒窖,约翰。他已经终止了我们的协议。如果他和我们断绝了关系,我们就没办法进去拿酒。"

"他需要我们,为了营销,为了认证,为了把酒从第比利斯出口出去,如果他想这么做的话。"我坚持说道。

"前提是我们愿意帮忙,"凯文说,"因为还有另一条路,原谅我的粗鲁,'去他妈的'。"

"嗯,当然。我们可以这么选择。我只是觉得很难释怀。想想那些酒。几十瓶几十瓶的古董伊甘、玛歌、拉图、拉菲!发现一瓶 19 世纪的伊甘酒出现在自己的生活中，绝大多数葡萄酒行业专家都会惊叹的。而我们知道有个地方收藏了几百瓶。"

"如果我们不能把它们卖掉，我也不在乎，"凯文干脆地说，"它们还不如在月球上呢。放在萨瓦内一号里，不管是由内维尔、乔治、皮奥特还是娜塔莎拥有，对我们都没有价值。是时候向前看了。"

我们默默地坐了一会儿，独自思考，直到最后，我说："就目前的情况而言，我们可能无法真正向前看。他很可能是那种会派一大批律师来找我们的人。"

"为什么？"凯文问道，"那十几瓶酒？行啊，那就解决掉这个问题。"

20

分配古董酒

两天后,我们在凯文的办公室见面,静静地站了一会儿,看着 12 瓶古董葡萄酒美丽、光滑、黝黑的瓶颈。瓶身的大部分仍然包裹着泡泡纸。凯文和我小心翼翼地把它们一个个从保护材料中拿出来,轻轻擦拭,然后把它们放在他用作书桌的大橡木桌上。

"我们不能把它们都留着,"我悲伤地说道,"我们需要记住这一点。我们不能把它们都留下。"

"或者我们能,但我们需要把它们带到南美洲的新家,把我们的名字改成佩德罗和胡安。"凯文说道。

"我对它们的感情倒还没那么深,"我笑道,"最大的问题是,我们如何在四方之间分配这 12 瓶价值迥异的酒?"

"有些酒单独的价值就很高,"凯文说道,"我们保留那些肯定能抵扣我们开支的酒。他们可以拥有其他的。"

我点点头。"但我们要公平合理地分配这些酒,这样才能有尊严地离开这一切,另外,我不希望有任何敌意或任何形式的指控。这种合作关系的结局已经够让人糟心了。"

"所以我们需要确保这一点,同时也要确保大家都能喝到斯大林的酒。"凯文补充道。

"当然了。拥有它们的时候，'拥有'本身是很重要的，"我说，"你要哪几瓶？"

我们看了看那些酒。有一瓶187×年的伊甘，这×到底是几，我们无法辨认。选择它的时候，凯文注意到它的液位极高，到达酒瓶肩部——对一瓶一百多年的酒而言，这是个特别的液位。

另一瓶伊甘是1858年的。

还有一瓶古岱，是酒窖里的珍品，因为它还保留着大部分的标签，是1864年的。它的液位也很高——这也是一瓶非常贵重的葡萄酒。

还有一瓶1919年的玛歌。

还有别的。因为不在酒窖里，周围没有成千上万罕见的珍贵老酒，我们这才意识到眼前12瓶酒的独一无二与价值连城。

"有一个问题，"凯文最后说，"我不太想跟内维尔和哈利坐在一张桌子上，听他们喜欢哪种酒、为什么喜欢。另外，内维尔或他的攻击犬葆拉会争论说这些酒都是他的，这对讨论毫无益处。"

"我不可能那么做，"我同意，"我们公平分配这些酒，就不会有真正的争论。既然我们把它们作为四方合作的一部分收集了起来，那也应该这么来分配。凯文，你怎么把它们按价值分成四份呢？这可能吗？"

凯文站着，眯着眼睛，我能看出他的计算器大脑正在考虑这个问题。

他的手指滑过一瓶酒的顶部,然后轻轻移到另一瓶酒的软木塞上。我很安静,因为我了解他的工作方法。我几乎能听到他的大脑在嗡嗡作响。

"好吧,"他最后说,"1956 年的萨尔基诺葡萄酒,你知道吧,格鲁吉亚甜酒?内维尔得到这瓶,加上 1919 年的玛歌和 1858 年的伊甘。我真不想放弃那瓶,但它是一件真正的宝物。拥有那一瓶就意味着他无法争辩自己有没有获得 25% 的股份,实际上这已经超过了这一打的四分之一以上。"

"哈利呢?"我问道。

"嗯,有趣的是,我以前和他讨论过一次,"凯文说道,"我们回来后不久,我就和他谈过这一打酒。哈利说他最感兴趣的是 1864 年的古岱,就是那个有一部分标签的。就其本身而言,由于标签和液位,它直接就可以值很多钱。他说他最想要那瓶酒。"

我在脑海里过了一下我了解到的最新销售价格,努力回想古岱酒的价格有多高。这瓶酒已经有 130 年的历史了。

"你认为它本身就能值这 12 瓶酒总价值的 25% 吗?"我问道。

"我觉得你绝对可以找一个论点来支持这种估计。"凯文点头。

我耸了耸肩:"很好。那么,留给我们的还有什么呢?你先挑。我希望你对你自己那份感到满意。"

凯文围着剩下的酒转了一圈,评估着。我一点也不担心他会利用优先选择的机会占便宜。凯文和我彼此信任。他不会骗我。而且,无论如何,无论哪瓶酒最终出现在我的酒窖里,和我那独一无二的葛兰许与其他古董酒放在一起,我都会很开心。这宝贵的十几瓶酒中不会有任何一瓶会令人失望。

"你知道吗?"凯文最后说,"我想,我最感兴趣的是我们不能确定时间的伊甘酒。187×年的那瓶。我想鉴定一下,想把它放在我的酒架上。或者,在确定它的年龄后就把它卖掉。"

"就那一瓶?"我说。

"这就够了,"他答道,"相信我,如果是真的,它会很值钱。"

这样一来,剩下的7瓶就都归我了,数量听起来很多,但它们能引起的好奇心肯定比纯粹的市场价值更高。我得到了两瓶仿干邑风味的格鲁吉亚白兰地,一瓶仿马德拉风味的格鲁吉亚红葡萄酒,一瓶克里米亚莫斯卡托,一瓶1953年的卡德纳基波特酒,以及一瓶1929年的萨莫——一种格鲁吉亚甜酒。如果我把这六种酒放在双湾酒窖的销售货架上,人们一定会一脸茫然。在国际拍卖会上?那就很难说了。

第七瓶很有价值。那是1874年的木桐酒,尽管它实际上在清单里写成了"布桐",那是19世纪早期木桐酒庄的称呼。这瓶酒有一定的可信度,因为它是陈年了一个多世纪的、实打实的一级葡萄酒。

"在我们同意这么做之前,"凯文说,"我有一个想法。你保留我那瓶伊甘酒的一半权利,我保留你这七瓶的一半权利。虽然我们已经把这一打酒分成了四份,但你我二人心中,彼此共有的一半是独立存在的。这意味着,如果我们这八瓶酒的销售额最终出现了这样或那样的偏差,你或我都不会感到很糟糕。我们从一开始就已经是一个整体了。"

"好主意，"我说道，和他握了握手，"现在，我们怎么处理哈利和内维尔的酒？"

"我会把它们交给哈利，附上每瓶酒的书面评估价值，说明我采用的评估方法和理由，这样他们就不会对这些酒的价值产生误解。"凯文说，"他可以在下次见面时把内维尔的酒转交给他，庆祝他们共同的报应。"

我说过，作为一个加拿大人，凯文很会记仇。

这一切过去了几个星期，凯文把酒送到哈利手里之后，我收到了一封来自加登律师事务所的信。信中说凯文和我拿了内维尔·罗德斯的酒，他要求归还。信中说有12瓶伊甘酒，我们必须在七天内归还，否则将采取法律行动。

罗德斯怎么会想到我们有一打伊甘的？还有，他为什么没有拿到凯文让哈利转交给他的酒呢？

我回信写道：

就我个人而言，我没有带任何葡萄酒到澳大利亚，也没有12瓶伊甘酒。我建议你直接向合资企业的召集人查询，罗德斯先生是其中一员，他拥有必要的信息。你可以在那里得到更多信息。此致，约翰·贝克。

20　分配古董酒

我正在舔信封准备封信的时候,接到了简·桑顿助理的电话,她是我在墨尔本开新餐厅的朋友。他们正在举行一个开业后的欢庆活动,祝贺这家餐厅现已投入运营并进展顺利,并感谢所有参与实现这一目标的人。简的助手说,简要她转达,她希望我去参加活动,我会去吗?当然,我说。我从来不会错过任何聚会,特别是有免费酒单的聚会,我知道这酒单非常不错,因为这是简挑选的。

挂断电话后,我发现自己一直在回想助理说的话,她说的是简希望我来,而不是他们希望我来。我有把事情想得太复杂的倾向。这可能是其中一次。不管怎样,我决定南下。

我走到邮局,忙着迷失在现实中,我是那么期待再次见到简,以至于在我寄出这几乎肯定是与格鲁吉亚那个渺茫的酒窖有关的最后一封信时,我几乎没有意识到这个潜在的历史性时刻。

我盯着已然关闭的信箱口,差点笑出声来,因为我又回到了双湾酒窖。一方面,我个人没有任何来自格鲁吉亚的伊甘酒,而且严格说来,我并不对它们负责,所以我很确定,我在法律上是清白的。我回复的那封信似乎表明,哈利没有按照要求把内维尔的那几瓶酒给他。我很享受在收到我的回应后,他们两人之间隐约可瞥见的对话。

我?我已经受够了。这是一次疯狂的冒险,我有幸品尝了一些我所知最杰出、最不寻常的葡萄酒——尤其是1899年的绪帝罗,它将永远在我的葡萄酒记忆中熠熠生辉。我访问了格鲁吉亚这个国家,一路上遇到了好些生动有趣的人物。我得到了一些关于商业和信任的教训,而且成功地在我的个人收藏中增添了七瓶有历史意义的顶级葡萄酒。看，我一直都知道这有点冒险，但这是怎样的冒险啊。多好的体验。

而现在呢？好吧，首先，墨尔本有一个聪明漂亮的女人邀请我参加聚会。我还要经营我的葡萄酒商店。生活还在继续。

内维尔和哈利继续为他们在那一打酒中的份额争吵，还有那遥远的酒窖。

如果我够聪明，我就应该抽身而退了。

21

新的开始

2000年1月,
澳大利亚悉尼

如果我够聪明……

这样的限定词有一个问题,它没有包容我对冒险的自然倾向。或者,更实际一点,我已经在这场疯狂的格鲁吉亚战役中投入了太多时间和精力。

但有一段时间,我没有太仔细思考斯大林和他神秘的葡萄酒。有一段时间,生活变得非常忙碌,忙到我能够把第比利斯的宝藏从脑海中抹去。

2000年奥运会终于到来,整个城市陷入了狂欢,或者至少感觉像是狂欢。和我所希望的一样,奥运会对我来说是件好事,因为双湾的人们一边到处举行奥运会的观摩聚会,一边喝掉了许多酒。

我从没见过悉尼这么其乐融融。陌生人在排队喝咖啡或等待公共交通工具的时候热烈地聊天,谈论澳大利亚刚刚赢得的金牌,或者他们在游泳池里看到的世界纪录。往日人们戴着耳机,面无表情地听着随身听,或者打着电话的日常气氛消失了。

加拿大赢得了三枚金牌,分别是铁人三项、摔跤和男子网球双打。凯文对此略有兴趣,他解释说,对加拿大人来说,圣杯应该是冬季奥运会的冰球金牌,其次可能是滑降滑雪,然后是冰壶,最后才是与夏季奥运会有关的东西。另外,作为凯文,他更感兴趣的是金牌中到底有多少黄金,而不是成就本身。(事实证明,根据奥运会的官方规则,金牌必须含有至少92.5%的银和6克的真金。所以现在你知道了吧。)

凯文告诉我,他去了霍姆布什的奥运区观看跳水决赛,他形容这场比赛"可能有一场糟糕透顶的冰球比赛百万分之一的精彩程度"。他发现自己旁边坐了一些加拿大人,在比赛过程中谈到了长期担任加拿大总理的皮埃尔·特鲁多[①]最近去世的消息。然后他去看了拳击决赛,在比赛间隙和更多的加拿大人谈到了特鲁多。他受到了震动。皮埃尔·特鲁多的遗体安放在渥太华,加拿大人列着队走过去,表达他们的敬意,而与此同时,半个地球之外正在举行奥运会闭幕式。凯文解释说,这种全国性的尊重和瞻仰通常只保留给加拿大的流行英雄,比如蒙特利尔曲棍球传奇人物,"火箭"莫里斯·理查德。

而对我们这些非加拿大人来说,奥运会持续消耗着我们所有人的注意力。和其他人一样,奥运会期间,我们在店里安装了一台大屏幕电视,这样顾客就可以一边看大型赛事,一边买酒。在

[①] 皮埃尔·特鲁多(1919年10月18日—2000年9月28日),加拿大政治家,第15任加拿大总理,其子贾斯廷·特鲁多为加拿大现任总理。

销售之间，我发现自己不仅在为凯茜·弗里曼和其他参加奥运会的澳大利亚人加油，还在一半的时间里留意格鲁吉亚人和那面熟悉的角落里有黑白条纹的红色旗帜。

偶尔，我几乎下意识的寻找会得到回报。随着悉尼奥运会的开展，甚至有几名都叫乔吉的格鲁吉亚选手参加了比赛：乔吉·瓦扎加什维利赢得了柔道铜牌，另一名选手乔吉·阿萨尼泽获得了男子85公斤级举重铜牌。

如果是在几个月前，我一定会在电话或电子邮件里和我们的乔吉分享这样的消息。我最后收到的那些电子邮件中，有一封是我在问乔治喜欢法语还是英语的葡萄酒书籍，他回答说两种都可以。这让我怀疑他或那里的人是不是真的懂这两种语言，又或者他们是不是根本不打算真正读这些书。和第比利斯人打交道，一切都有点神秘。

但我一直没有发现，现在，我们的沟通渠道已经静默了。在国内，奥运会在海港大桥上空和周围可预见的长时间烟花骚动中结束，我们都回到了正常的生活。在郊区，耳机和沉默的陌生人都重新回到了老地方。

2001年底，奥运会结束大约一年后，我很惊奇地受邀参加一个与龙头酒类零售商的会议。我在某种程度上算是一个先驱，把葡萄酒商店变成一个真正诱人、充满吸引力和知识的空间，和街角的酒类商店或提供免下车服务的酒店大不相同。现在看来，不断扩张的主要零售连锁店也想来分一杯羹。

来自酒类连锁品牌"老式酒窖"（Vintage Cellars）的高管们解释说，他们的业务增长愿景要求在富裕的东郊创建一个战略性的存在，因为位置和信誉，他们把我这家不起眼的商店作为他们所需要的开端。

我对他们说："我不确定自己能不能胜任零售连锁店的工作，无意冒犯。"

"没事，"他们的首席谈判代表回答，"我们并没有邀请你留下来。"

相反，他们给我开了一张大额支票，就这样，我们达成了谅解和协议。这笔买卖进行得相当迅速，毫无障碍。我向凯文、吉莉安、弗兰克和大部分偶尔才出现的工作人员宣布，我要离开了。这是一个时代的结束，但习惯了这个想法后，我也对开始一项新创业的前景感到兴奋。

就像我一直把一瓶瓶葡萄酒看作可以欣赏或出售的物品，而不是崇拜的对象一样，我对商业也更倾向于务实的态度。即便如此，在我的记忆中，双湾岁月仍然是我工作生涯中最快乐的时光，离开并不是一件易事。

然而，这次出售产生了另一个重大影响，因为"老式酒窖"证明，他们是聪明的商人，他们看了一眼双湾的运作，就察觉了真正的价值所在。我走后，他们要求凯文和弗兰克留下来继续工作，这样，酒窖就不会错过任何一个机会。凯文得到了丰厚的报酬，继续做他的凯文，寻找古董葡萄酒，寻找隐藏在各处因夫妻离婚而出售的酒藏，以及其他非常凯文式的冒险。

我休息了一段时间，去墨尔本漂流了几个星期，碰巧到了那家餐厅去看简，然后回到北方，投入了一系列新的事业。作为可靠收入的基本来源，我在悉尼中央商务区西北部的埃平创建了一个新的酒窖，离那里的标志性景观——大型电视塔——不远。我和蒂姆·伯恩合作，他是我原来纽波特酒商的经理。我发现，在创建忠实的客户群、创造活动、吸引当地人尝试并授权购买优秀的葡萄酒这些事上，自己再次陷入了从零开始的挑战。

我还创建了一家"波尔多托运"作为副业，因为我意识到，我多年的葡萄酒进口经验可以转化为某种正式的东西。我因为工作原因去过几次波尔多——甚至有一次在伊甘酒庄的外面逛了一圈，虔诚地看着围墙内的庄园和葡萄树。但在这个新角色中，我每年都会去波尔多一到两次，研究哪些葡萄酒可以进口，可以在澳大利亚批发或零售。我在这家新公司旗下的第一次旅行是去参加著名的波尔多特级酒庄联合品酒会，在5月的一个周末举行。我品尝了大量不同酒庄的葡萄酒，以此进一步加深我对波尔多许多大公司正在生产的葡萄酒的了解。在那里，我组织访问了一些酒庄，与老板或酿酒师会面，特别是列级酒庄的酿酒师。

最后，在我涉足餐饮业的鼓舞下，我开始在这个领域投入更多的时间和精力。悉尼日渐繁荣，出现了新的趋势：新餐厅的发起人会接受餐厅投资人，获得启动资金和可能的专业知识。餐厅就像新的证券交易所，投资人把资金投入他们认为拥有适当名厨、地点、菜单或其他有形资产的企业，如果企业在最受欢迎的时候得以出售，就会成为一家成功的餐厅，给投资人带来丰厚的回报。一个伟大的朋友，何塞·德·拉·维加，投资了莫里斯·特齐尼在伍卢莫卢手指码头的奥托餐厅，取得了很好的成绩。同样的一群投资人，包括何塞，决定再次出手，支持一家名为诺瓦的新餐厅，就在奥托餐厅隔壁，而他把我拉上了船。

因此，2002 年到 2003 年，我一直忙着创建和享受这些新的商业领域，同时学习更多餐饮业的知识，并半定期地去欧洲旅行。生活一片美好。

尽管不再是同事，凯文和我还是经常叙旧。他很喜欢来参加我在埃平举行的葡萄酒之夜活动，有时帮忙，有时只是打个招呼。客人走后，我们会分享一瓶酒，凯文会告诉我他最近的一些冒险经历，在我训练有素的耳朵里，这些冒险似乎略微超出了他在老式酒窖工作的范围。偶尔，一项"副业"会给他的个人收藏中带来几瓶罕见的葛兰许葡萄酒，或者让凯文和独立的葡萄酒收藏家聊聊天，这些收藏家可能觉得有必要为他的友好建议而付费。他也开始走出葡萄酒行业，在研究奢侈手表或其他领域时，他对商机天生灵敏的创业本能发挥了同样大的作用。

"我假设，你在技术上为我工作的时候，没有这些小小的副业。"我对他说，挑了挑眉毛。

"每次不超过三个，"他说道，"出于尊重。"

当然，格鲁吉亚经常出现在我们的谈话中。"那些伊甘酒，"凯文说，"那些所有的伊甘酒。"

"我想知道它们现在在哪儿，"我若有所思地说，"我们从来没见过或听说过它们出现在英国或美国的拍卖行。那些酒这么稀有、珍贵，如果真的被拍卖了，我们肯定会知道的。我想知道内维尔对它们做了什么。"

"可能在大众拍卖网站上以每瓶 20 美元的价格出售。"凯文说道。

我笑了起来："给我一个报价：国外无标签的老酒。可能是苹果酒。"

"啊,好吧,"凯文说道,举起酒杯,"它们只是酒。可能非常有价值的酒,可能对我们很有好处,当然。但只是酒。"

"完全正确,"我回答,迎接他的敬酒,"而且我们不是很开心吗?"

22

黑衣人

2003 年 7 月,
澳大利亚悉尼

"就是他。"何塞·德·拉·维加说,向那个刚走进房间正在环视各桌的人挥手。他发现了我们,开始在用餐者之间穿梭。

"嗯,"我对何塞说,"看起来很有趣的家伙。"

"他总是这样穿,"何塞说道,"从我认识他的时候就这样。"

我们在冰山俱乐部的小酒馆里,邦迪海滩和正下方的露天游泳池一览无余,景色令人炫目。那是一个温暖的日子,阳光明媚,令人心潮澎湃,尤其是古铜色的悉尼人穿着比基尼或泳裤在混凝土墙周围晒太阳,大浪撞上冰山游泳池墙壁,小股海水冲向游泳的人之际。

让所有这一切不合时宜的,是接近我们的男子从头到脚穿着一身黑——黑裤,黑衬衫,黑色运动夹克——甚至还戴着一顶古怪的黑色帽子,盖在眼睛上方。他简直是杰西·詹姆斯和约翰尼·卡什的合体,看起来和我差不多大。

他终于走到我们靠窗的桌子前,何塞介绍道:"约翰·贝克,这是特里·伯克。特里·伯克,这是约翰·贝克。"

我们握了握手,我给特里倒了一杯酒。

我们寒暄了几句,并讨论了我们所处的特殊位置。特里问道:"约翰,你从冰山投资中脱身,你是高兴还是难过?你和何塞参与了初创阶段,但决定放弃这个机会,不是吗?"

"没错,"我回答,"我们的钱差不多赚回来了,但今天坐在这里,我必须承认,我不介意在这个地方保留这一部分。你留下了?"

"留下了,"特里说,"对我来说效果很好。"

"啊,好吧,我很高兴,"我说,"有赢就有输。"

"特里住在那上面,"何塞说,"他是邦迪的老大。"

我们见面的原因是何塞有了新消息:莫里斯·特齐尼创造了新的餐饮商机,这位特尼齐在卖掉了伍尔卢莫卢的诺瓦餐厅后曾与我们顺利合作。这一次,他正在探索一个新空间,最终将作为"北邦迪意大利餐厅"。特里也是一个潜在的投资人,何塞希望我们能见一面。何塞告诉我,他喜欢我对这些企业的非行业性感觉,并把我当作餐厅推销的一种传声筒。如果我有兴趣,何塞会进一步为我们两个人探索机会。但现在,和特里坐在一起,我不得不承认,我确实有所保留。

"听着,我们和莫里斯合作得很好,北邦迪的想法可能是另一个好主意,"我说,"但我也觉得,我们每次参与这些活动,都像是在玩俄罗斯轮盘赌。"

"你什么意思,约翰?"何塞问道。

"嗯,莫里斯有着非常有趣的职业生涯,取得了很多成功,很有辨识度，也很有风格，但你有没有注意到，在他以前的一次或多次行动中，事情似乎在某个阶段不起作用？在我看来，莫里斯的新企业中，有一家必将失败——餐厅的历史表明了这一点——所以，问题来了，这家失败的是北邦迪，还是另一家？我们就像在掷骰子，赌它不会是我们投资的那家。"

仔细想想，我的意见只能表明我对那个领域没有多大的嗅觉，因为事实上，莫里斯多年来被证明是一个非常优秀的经营者，而且在这个失误不断的行业里非常成功。我想我只是没心思去掺和这件事。

特里从黑帽檐下看着我，眼里闪烁着愉悦的光芒："何塞，我明白你为什么喜欢有约翰在身边作为第二意见了。"他说道。

"你同意吗，特里？"我问道。

黑衣人夸张地耸耸肩："我同意，莫里斯一路上有过一些磕磕绊绊，但这就是餐厅的游戏规则。我从他的胜利中获得了巨大的成功，不介意偶尔遭到失败。"

"就像那些美国企业家一样，扎堆出现在那个高新科技产业区——叫什么来着——硅谷？"何塞说，"投资25家新的科技初创公司，希望成功的公司能赚到足够的钱，弥补另外24家没有成功的公司。"

"嗯，我想我还是喜欢比这更高的比例，"特里说，"特别是考虑到过去几年科技泡沫破裂的情形。不过，没错，要是时代华纳找我，我也不介意拥有 AOL 的股份。"

我们吃完主菜，坐了下来，喝咖啡前先喝了一杯酒。

何塞说："你知道吗，约翰，你和特里还有一个共同点，我没告诉你，但我想你可能会觉得很有趣。"

我假装惊讶，睁大眼看着特里："你也认为中情局可能摧毁了双子塔？"

"哈，"特里说道，"不，差不多，但不完全是那样。"

"特里在苏联时代的格鲁吉亚共和国做了相当多的工作。一个你很熟悉的地方，约翰。"何塞说。

现在轮到我感兴趣了："是吗？什么工作，特里？"

"当时我还是个律师，离餐饮投资还有很长的路要走，"他说道，"我在那里待了一段时间，为独立后的格鲁吉亚制定私人财产所有权的法律和法规，那时没人真正了解如何制定这样的法律。有很多想成为业主和商人的人问：'但如果财产不归国家所有，接下来会怎么样？'我介入并帮助起草了指导方针。"

"真了不起，"我说，"所以你参与制定了这样一条法规：在格鲁吉亚，房产的所有权不仅包括地面上的建筑物和土地，还包括地上和地下的一切？"

他盯着我，张口结舌。

"你怎么会知道呢？"他问。

"相信我，我有思量这个规则的理由。"

喝了一瓶酒和一轮咖啡，我才简短地把我的故事告诉了特里，不仅有酒与沙皇和斯大林的联系，还有我们试图安全合法地将酒运出格鲁吉亚的徒劳尝试。特里很着迷，不时地打断我，提出问题或澄清我们会遇到的法律问题。我告诉他，尼诺和他的同事走到哪儿都带着枪，还有黑手党的专用车。他笑着说，这听起来正是在他离开这个萌芽中的共和国几年后所期望的格鲁吉亚。

"你听说过'寡头'这个词吗？"他问我，"这是一个正在崛起的俄罗斯阶层，非常富有，极具影响力，这一阶层也延伸到了苏联的其他加盟国。这些家伙几乎掌管一切，在各个方面都有影响力。这个词来自古希腊的'oligarkhia'，大致翻译过来就是'少数人的统治'，他们抓住了后苏联真空期的优势，悄无声息地迅速积累了令人难以置信的财富。这些人中有的是退伍军人，有的通过在黑市上走私电脑或牛仔裤等西方东西来赚钱。他们几乎在鲍里斯·叶利钦时代就扎下了根，但全世界直到现在才真正意识到，是他们经营着一切。"

"如果说与我们打交道的一些人至少与格鲁吉亚的寡头有联系，我肯定不会感到惊讶，"我说，"他们似乎控制了那座城市，没有任何问题。"

"那么，你们把酒弄到哪里去了？它们现在在哪里？"特里问。

"我们不知道，"我回答，"我们陷进了死胡同，因为法律问题，还有出口和文化遗产的问题。以及，酒庄易主给了澳大利亚矿业巨头。我真不知道后续该怎么办。"

特里看着何塞："很遗憾，约翰没有让沃尔夫冈参与这些。"

"谁是沃尔夫冈？"我问道。

"沃尔夫冈·巴贝克，"特里说道，"厉害的家伙。他是悉尼的一名律师，迪比斯·贝克·高斯林律师事务所的欧洲律师，一家精干且强大的律师事务所。他在格鲁吉亚待了很长时间，在格鲁吉亚成为共和国的时候，甚至早在我去那里之前。我相信，他实际上起草了格鲁吉亚脱离苏联后的官方宪法，或者至少在其中起了重大作用。如果你想了解错综复杂的格鲁吉亚法律或如何把事情做好,沃尔夫冈完全是你的最佳人选。"

我有些头昏脑胀。这些在悉尼游荡的律师竟然都是格鲁吉亚法律的专家。而我以前从没听说过这些人。这简直不可思议。

吃完午饭,我穿过城镇回到我在埃平的办公室;从邦迪到这里有很长的一段距离。开车的时候,我鼻子里还有邦迪海滩的盐味儿,阳光透过打开的车窗,照在我的手臂上。要是我几年前就知道沃尔夫冈和特里的事就好了。

在车流中缓慢前进的时候,我的视线意外被福克斯工作室路前飘扬的彩旗吸引。毫无疑问,那是一面垂直的格鲁吉亚国旗,就在我头上飘扬。我伸长脖子望了望另一面旗帜——那是绣着米字的澳大利亚国旗。它们正在为那个月将在悉尼举行的橄榄球世界杯做广告。格鲁吉亚似乎有一支球队要参加比赛。我对此同样一无所知。

这算是个征兆吗?我遇到了律师界的约翰尼·卡什,他告诉我,在格鲁吉亚共和国宪法方面有一位狠角色。而现在,格鲁吉亚国旗正在我汽车上方向我招手。

多么奇妙的一天。我终于来到办公桌前,处理了一些紧迫的日常事务,然后开始犹豫要不要写邮件。

到底要不要这么做?

如前所述,如果我够聪明,我早就抽身而退了。

23
神秘浪漫之夜

"凯文·霍普科,"我说,"这是简·桑顿。简,这是凯文。"

"好,好,好,"凯文握着简的手说,"我一直很期待见到你,简。"

"我也是。"简笑着说。

"而且,如果你受邀参加这场'甄选晚宴',"凯文继续说,"我们这里显然会有人对你的葡萄酒知识有很高的评价。"

简笑了,也许是因为紧张,说:"希望如此。我很高兴来到这里。"

"好了,你们两个别得意忘形了,"我说,"只是场晚宴而已。"

20世纪90年代末和新千年的头几年,我们一群人举办了大约十年的"葡萄酒甄选晚宴"。这是一个有趣的概念。一群葡萄酒零售商或制造商,还有在这个行业工作但真正热爱葡萄酒的人,每隔三个月左右就会在一起聚餐。偶尔,商店的消费者也会受邀,只要我们认为他们的知识和收藏够得上资格。

晚宴是有规矩的,只允许八人参加,阵容变化取决于当晚谁有时间。

重点是，你必须有出色的味觉和对葡萄酒的深入了解，这就是为什么我能欣然带来我的新搭档，简，作为真正的参与者。我知道，她的工作让她对葡萄酒有了一定程度的了解，已经可以为这样的夜晚做出贡献并充分享受。凯文的手里拿着一瓶酒，用牛皮纸仔细包着，瓶盖周围有锡箔，这样就没有人能窥见软木塞。连我自己都不知道那是什么酒。

　　这是当晚的重点。八位与会者都会带来一瓶同样隐藏包装的酒，大家会按顺序品尝这些酒，同时享受餐厅的菜肴。对于每一种酒，带来它的人会问五个问题，其他七位与会者的工作就是作为盲品师，看自己能否正确回答问题，并通过第五个问题识别出这种酒到底是什么。

　　这是一个真正的挑战，即使对最专业的品酒师来说也是如此。当然，当晚真正的乐趣在于品尝八种优秀又小众的葡萄酒，因为不会有人从当地的店里带些寻常的葡萄酒来。如果他们这么做，那就意味着他们不想再被邀请了。

　　今晚的晚餐在罗泽尔的欢迎酒店举行，就在悉尼中央商务区西边的巴尔曼后街。这是一家提供美味食物的酒馆，"甄选晚宴"团队的其中一人是老板的朋友，这意味着店里不介意我们自带葡萄酒。

　　在大部分"甄选晚宴"中，葡萄酒都是相当新的，只有少数能追溯到10年前，极偶尔会有20年。重点是展示不同的风格和葡萄酒酿造地区。但在软木塞被打开之前，大家真的不知道得到的会是什么。

　　我们等到晚上，果然没有令人失望。

弗兰克·丹吉利科，我在双湾的老酒窖经理，也是我安排这些"甄选晚宴"的合作伙伴，他率先站起来，给我们倒了一杯白葡萄酒。他几乎参加了所有的晚宴，这次当然也不会胡来。"问题一，"他开始发言，"北半球还是南半球？"

大家晃着酒，眯着眼观察，贴在杯子上轻嗅。皱眉思索。小啜一口。

"哇，很浓郁。"凯文说道。

"酸度很高。"另一个人说。

"弗兰克，你让它静置并醒一会儿了吗？"我问道。

"醒过了，约翰。这是一款潜力无限的酒，我希望你们能品尝到它最好的状态。但别再回避问题了！拜托，哪个半球？"弗兰克问。

我们闻了闻，又尝了尝。大多数人都同意来自北半球。有几个人表示不确定。也有人猜是南半球。

"北半球，"弗兰克证实，"事实上，我还可以告诉你们，它是法国酒。问题二：葡萄的种类？是白歌海娜（Grenache Blanc）、瑚珊（Roussanne）还是琵卡丹（Picardan）？"

所以，这条线索告诉我们大多数人，这款酒几乎可以肯定来自罗讷河谷，因为这些葡萄是该地区的主要品种，但即便如此，大家还是因此产生了分歧。我坚信酒里有白歌海娜，但简也确信她能尝到瑚珊的味道。桌上其他人也同样不确定，甚至说出了其他几种葡萄的名字。

"嗯，这个问题有点刁钻，"弗兰克承认，"这三种葡萄都有，还有——不错——布布兰克（Bourboulenc）、克莱雷特白葡萄

（Clairette Blanche）和其他几种。"

大家一致抱怨这个问题不公平，但只是善意地发发牢骚。这款酒的确开了一个好头。

"问题三：超过五年，还是不足五年？"

有四个人坚称这是新酒，不到五年。另三个人同样肯定它至少有五年。

"这是1996年的，"弗兰克确认，"所以，是七年——这意味着，不错，你们还能接着喝。好吧，回到它的家乡：法国哪个地区？"

这是"甄选晚宴"上的经典问题。如我所言，弗兰克之前的线索直接指向罗讷河谷，这让我怀疑这是不是一个诡计。我们不知道弗兰克是不是想误导我们。有时候，生产葡萄酒的人只想看看观众能否分辨出波尔多和勃艮第，但我很了解弗兰克，怀疑还有更多的把戏。

大家小心翼翼地同意它来自罗讷河谷，等着一场埋伏，但并没有，弗兰克只是对我们笑了笑，然后问："是北罗讷河谷，南罗讷河谷，还是其他地方？"

桌上的人开始出现分歧。有几个人选择了北谷，主要是因为它是一款白葡萄酒。有几人选了南谷。大家一致认为，"其他地方"只是一个试图扰乱我们的选择，弗兰克和桌上的人不停开着友好的玩笑，针锋相对，毫不示弱。

这酒来自南罗讷河谷。

"好吧，大家都是万事通，"他说，"有人愿意试一试第五个问题，说出酒的名字吗？"

桌上鸦雀无声。

"我试试，"我说，"你已经确认，它来自南罗讷河谷，那里90%以上是红葡萄酒，像这样优秀的白葡萄酒，这实际上已经缩小了选择范围。会不会是博卡斯特尔酒庄教皇新堡白葡萄酒？"

"干得好，约翰，"弗兰克说道，微微鞠了一躬，"你确实是对的。"

"谢谢，弗兰克，"我说，"这是'甄选晚宴'的上品之选。我以前只尝过两次，我想，而且不是这个年份的。多么令人印象深刻的白葡萄酒啊。"

简看着我，一脸的难以置信，我凑过去悄悄地说："欢迎参加'甄选晚宴'，简，这里玩的不是酒，而是人。双湾有这种酒，弗兰克经常把它推荐给那些想要一些特别品种的顾客，所以比看起来更容易猜到。"

她笑了："别开玩笑了。没有人能做得那么出色！"

"嗯，有些人可能可以。洛杉矶有个叫鲁迪·库尼亚万的人，他有一个令人难以置信的鼻子，已经开始购买正经的葡萄酒来建酒窖了。"

"而且他很年轻，"凯文在桌子对面说，"你可能觉得这需要几十年来学习。"

就这样，夜晚还在继续。我们喝了一款果香浓郁的法国琼瑶浆（Gewurztraminer），产自阿尔萨斯：1997年沃尔夫伯格酒庄的贝海姆艾腾堡园。我们还享用了1995年五克拉酒庄的西拉，它更像一款西拉维欧尼。凯文猜到了1991年曼达岬酒庄赤霞珠，他是晚宴上的常客，能猜到也不足为奇。简带来的酒原来是

2000年贾斯珀山酒庄的内比奥罗，与批发商伊恩·亨特带来的1980年奔富酒庄的"Bin 80A"不相上下。另一位业内朋友梅丽莎·帕克给我们带来了一款吉维纳酒庄的德克萨斯红葡萄酒——几位食客设法将它的产地范围缩小到北美，但没有人知道制造商或酒名——还有一款非常不错的1992年金舞酒庄艺术家系列赤霞珠，产自加利福尼亚索诺玛县。

凯文拿出的酒被我们一致评为当晚最佳，一瓶1986年的白马酒庄。这是一款华丽诱人的葡萄酒，来自波尔多最伟大的酒庄之一，凯文带来的那瓶是其中一款杰作。哪怕已经先喝了其他六款出色的神秘葡萄酒，我们还是受到了震撼。

最后只剩我，我起身说道："好吧，凯文，我的老朋友，老搭档，你一向优秀，令人望尘莫及。但我会尽力的。"

我来之前已经打开检查了我的酒，更换了软木塞，好便于携带，又不会把酒洒出来。现在，我再次拔出软木塞，迅速藏进口袋，不让任何人有机会查看它。我把浅琥珀色的液体倒进八个杯子。

每个人都喝了一杯，看着他们的表情，我几乎笑出声来。大家盯着酒，嗅了嗅，又看了一眼酒杯。有几人仿佛认为杯子会燃起来似的，感觉手里握着某种危险的东西。我看着他们的大脑争先恐后地处理他们闻到和尝到的东西。所有人，可能除了简——唯一的新手——都已经意识到这不是通常会出现在"甄选晚宴"上的酒。

我也嗅了嗅，尝了尝，就像那些完全不知道是什么的客人一样好奇。

"北半球还是南半球?"我问道。

北半球,大家都同意。这不是来自澳大利亚、新西兰、南非或南美洲的葡萄酒。

我点点头。"正确,"然后我顿了顿,"二战前还是二战后?"

这句话让大家停了下来,我就知道会这样。当然,这是一个荒谬的时间差,什么时候我们有人能见到接近二战或二战之前的葡萄酒?

唯一一个看起来不惊讶的人是凯文。

前一天我和他确认过,看他是否同意我搞这个噱头。他完全同意,现在静静地坐着,欣赏这场表演。

葡萄酒的范围缩小到1945年,这意味着我得到了所有人的关注,因为,所有这些人,我在葡萄酒领域最亲密的朋友和同事,肯定都知道它一定来自哪里。他们都知道凯文和我几年前试图完成的那场疯狂的格鲁吉亚冒险。

"哦,忘了那五个问题吧,约翰,"伊恩·亨特说,"看在上帝的分上,告诉我们吧!"

"完全可以,"我笑着说,"这是一瓶1945年的克里米亚麝香酒,不错,就是凯文和我从第比利斯成功带回澳大利亚的其中一瓶。据记载,沙皇尼古拉二世加冕那一年,也就是1894年,在雅尔塔外的克里米亚创建了马桑德拉酒厂。这种麝香酒是酒厂中最著名的一种,被称为红石白麝香,因为它生长在石灰石巨岩'红石岩'周围的葡萄园里。

"事实上,这是一款1945年的葡萄酒,从这个角度来看,它比我们在第比利斯看到的大部分斯大林时代收藏要更年轻,这一点很有趣。某种程度上，这也降低了它的价值，至少对我，和我对那些历史悠久的葡萄酒的浪漫感来说是这样的，因为它不像其葡萄酒一样来自圣彼得堡，而一定是在战争结束后买的。"

"约翰，你认为这是斯大林的藏酒吗？"有人问。

"嗯，我认为不是，这是一款1945年的葡萄酒，这就是为什么我认为在我和凯文之间剩下的葡萄酒中，它是一个很好的选择，可以打开软木塞，和朋友分享。"我说道。

大家为第比利斯干杯，为葡萄酒、为丰盛的晚餐、为朋友干杯。麝香酒有着很吸引人的产地，也是甜点的理想装饰。

酒终于喝完之后，大家在桌旁站起来，聚在一起聊天。简去了洗手间，我发现这是那天晚上我第一次和凯文单独在一起。

"不言而喻，"他说，"简很不错。"

"是的，她确实不错。"

"别把事情搞砸了。"他告诉我。

"好的，"我点点头，"谢谢你的建议，很英明。我会采纳的。你觉得麝香酒怎么样？我觉得它出人意料地好喝。"

"是啊，那些克里米亚酿酒师真的很在行。"他点点头。

"我应该密切关注这个市场。即便我们在格鲁吉亚失败了，由于克里米亚和其他苏联加盟共和国的政治动荡，出现其他的酒也是可能的。"

"嗯，你提到这个可真有趣，"我低声说，"猜猜我和谁联系过？"

凯文微微后退一步，意味深长地看着我的脸。

"哈利？"他最后说，"他再次联系你，告诉你他不再是内维尔的搭档,非常非常抱歉,现在有了南极洲一个秘密地窖的线索,这个地窖曾经属于罗伯特·法尔肯·斯科特。"①

"接近了。"我说,"可以说,出人意料地接近。却又差得远。"

"直说吧。"凯文说道。

"我一直在和我们的朋友乔治互通信息。"

"乔吉·阿拉米什维利?"

"正是。"

凯文大声笑了起来,引得其他人纷纷侧目。"很好,"他说,"我迫不及待想听这个了,但得找个白天再讨论。我不如顺便去你店里看看吧?"

八

我和简乘坐出租车回到我家,夜深人静,简对我说:"我还是不敢相信,你刚刚打开了你好不容易从格鲁吉亚弄出来的十几瓶酒中的一瓶。"

"什么意思?"我问道。

"你经历了这么多,不得不放弃那些真正有价值的酒,比如那些伊甘酒等等,让给内维尔和另一个家伙。"

"哈利,"我笑了笑,"他只有一辆巨大的戴姆勒。我觉得他需要一瓶好酒才能在这个世界上生存。"

---

① 罗伯特·法尔肯·斯科特(1868—1912),英国军官,极地探险家。

"然而,"她说,"你付出了那么多努力,却只剩下这么几瓶,然后你还和大家喝了其中一瓶!我不相信凯文事先会同意。"

"他同意了。"我耸耸肩。

"为什么?"她问,"说真的,我很好奇。"

我看着黑暗的悉尼街道从眼前掠过,思考我的答案。海德公园和神殿。

"简,我想,从我的角度来看,这只是一瓶酒而已。我们如何得到它的疯狂故事确实很有趣,但我不希望它在我的地窖里待上三十年。又或者,当然,我可以把它卖掉——实际上我不知道它能卖多少钱——这显然是个明智之举,是经济上负责任的做法,但这有什么乐趣呢?我更想尝尝这酒是什么味道,让我的朋友们也享受一下,他们足够了解,也能真正地欣赏自己品尝的东西。你看到他们的表情了吗?那是一个可爱的时刻。这难道不是晚宴最好的结局吗?"

"嗯,是的,当然是。从各种意义上说,这都是一款美妙的酒,可以作为结语。"

我对她笑了笑:"那就这样吧。在我看来,葡萄酒要么是一种投资,要么是用来享受的。在我们带回家的所有葡萄酒中,这一款就是值得享用的葡萄酒。所以我们那么做了。现在它已经消失了,但我们还有记忆,我想那里的每个人都不会忘记它。我很高兴你在那里。"

简又依偎在我的肩膀上,把手放在我的胸口。这感觉很好。

"你可能是个有点奇怪的人,但肯定非常慷慨。"她喃喃地说。

"谢谢。"① 我说。

"但不要用一瓶 1870 年的伊甘酒来耍这种花招,好吗?"她说道。

我笑了:"我不能保证,但我认为那不太可能。"

---

① 原文为法语。

24

我没有退出……

第二天，凯文如约来到我的酒窖。当他把脚跷在我的桌角上，就像在双湾的旧时光那样时，我笑了。

"我很高兴我昨晚打开了麝香酒，"我说，"其他人也喜欢，虽然简认为我疯了。"

"嗯，这只是意味着她开始了解真正的你。"凯文说。

我对他做了个鬼脸。"你到底在干什么？"我问道，"我昨晚没怎么和你说话，你最近很安静，这总是让我担心。这意味着你在策划什么。"

"我一直很忙，"他说，"我正在认真考虑如何创立一个奢侈手表品牌。我想我要去趟中国。哦，还有，你会喜欢这个的，我刚从昆士兰南部回来，被派往那里调查我知道而且很喜欢的一个因离婚而出售的酒窖。"

"让我猜猜，"我说，"一个装满旧报纸的巨大洞穴？"

"哦，不，那里其实有很多好酒，"他说，"很多。一些像样的 20 世纪 70 年代法国葡萄酒，很多中等水平的澳大利亚葡萄酒，然后，有些盒装啤酒下面藏着几个大枕套，里面塞满了大麻，还有几个小塑料袋，装满了神秘的白色粉末。"

"天哪,"我说,"那你是怎么办的?"

"我礼貌地提供了一笔可观但数额不那么大的现金来购买这些酒,并承诺我对购买其他商品没有真正的兴趣,就像我没兴趣和当地警察谈论那个女人的前夫在那个地窖里可能干了什么一样。"

"真是一场好戏。"

"哦,你根本想不到,"他说,"不过,你似乎还有更戏剧性的故事要讲。我们的乔吉怎么样了?又是谁联系的谁?"

"是我联系的他,"我坦承,"我看到格鲁吉亚正在参加刚刚开始的橄榄球世界杯,心血来潮,就写了一封信。他答应送我一件格鲁吉亚橄榄球球衣。"

"只要它和我们选好但再也没见过的其他十几瓶酒一起到达,那听起来也不错。"凯文说,"有一件事我必须向你指出,约翰,你是不会轻易放弃的。"

我笑了,告诉他黑衣人特里的事,还有沃尔夫冈,另一个熟悉格鲁吉亚宪法的律师。

"仔细想想,就是法律上的复杂问题让我们脱轨了,不是吗?这些人也许能帮上忙。"

"除了内维尔,也许还有哈利挡了我们的路。"

"唔。"我说道,又给我俩倒了一杯酒。

凯文用他那种一眨不眨的眼神盯着我:"我相信,这是英国人口中心照不宣的那种'唔',"他说,"一个意味深长的'唔'。"

"我不确定这是不是一件事,但,不错,这是一个故意的'唔',"我说,"我给乔治写信,他第二天就回信了,我想他一看到我的电子邮件就回信了，如果你考虑到时区的话。我把它打印出来了。"

我看着眼前那张纸。"谢谢你的电子邮件。我很高兴收到你的信息。酒窖没问题，和你离开时一样。"

"酒还在那儿，"凯文说，"这就有意思了。我们在悉尼的朋友呢？"

"不怎么样，"我说，"内维尔出局了。乔治说他让他们很失望，不再参与了。没有透露太多细节，但乔治说他们非常有兴趣再次与我们对话。他还说，站在乔治个人的角度，收获期快到了，他们真的需要我们或其他人帮助为酒厂的运营提供资金。"

凯文笑了起来："聊聊《土拨鼠之日》①。"

"我知道。很神奇，"我说，"乔治还提供了新的电话和传真号码。"

"所以，我们对内维尔的事一无所知？"

"不，我们知道，因为我后来又和乔治交换了三封电子邮件。"

凯文摇了摇头："好吧，好吧。我们把这搞复杂了，你这个混蛋。来来来，把它们串起来……"

我笑了起来："我想让你享受一下！我给乔治回信，问起内维尔的情况，问他是否还在参与阿拉尼亚金矿，或者他是否已经退出了格鲁吉亚的一切，乔治回答说，他相信内维尔仍然还在参

---

① 一部奇幻电影，作为气象播报员的主人公在执行任务偶遇暴风雪后，一直停留在前一天，始终无法再前进一步，开始了重复的人生。这里凯文用来打趣一切又回到了原点。

与金矿开采。这让我问了乔治他自己还有没有从事金矿，乔治回信说，我引用一下：'问得好，可能没有。内维尔两年前对我要了一些花招，我们一直在和法庭打交道。'"

"那么，你在想什么？"凯文问道，"我们再来一次？"

"我不得不承认，我很受诱惑，但如果我们尝试的话，这次就要靠自己的钱了。酒还在酒窖里，内维尔和哈利已经离开了舞台，据我所知，我们仍然是唯一做过审核的人。我们在悉尼有几个律师，可以帮我们克服上次的障碍。为什么不试试？想想那些神话般的伊甘和其他的酒，像这样的酒，我们在这个行业这么多年来从未见过，而且肯定也不会再接近了。"

"哦，你知道的，我已经想了很多年了，"凯文说，"和你一样。我们只需要留好后手。乔治必须同意再给我们一些酒来支付费用。我们需要尽快地解决这件事。"

"是的，我同意，"我说，"我们不希望在讨论海关问题时又把这件事拖上好几年。"

凯文想了一会儿，然后说：''你下次去法国什么时候？"

"为了我的波尔多托运业务？两周后。"

他看了看我：''你应该带上我那瓶伊甘。187×年的那瓶。你有机会参观酒庄，会见酿酒师吗？看他们会不会确认酒是正品？如果我们能真正鉴定那瓶酒，它会打开很多拍卖行和其他地方的大门。虽然我们相信这款酒是正品，但伊甘酒是酒窖的基础，也是我们的潜在投资。我们从来没有真正做过工作来证明它是正品，而这种证明对我们来说仍然是一切，要知道这一点是肯定的。"

我点了点头:"是的,你说得对。这是必不可少的。我也想看看我能不能去伊甘酒庄,我可能正好认识波尔多的合适人选来组织这次活动。"

"你的意思是你认识的人认识的人[①]。"凯文说道。

"不管怎样,我都会打几个电话,"我说,"我的朋友让-弗朗索瓦是个了不起的人,是一个很好的经营者,住在波尔多,认识伊甘酒庄的总裁皮埃尔·勒顿。不知道他能不能组织一次访问,安排他们来看看这瓶酒。我很乐意问问。所以,我们又开始了?"

凯文耸耸肩。"怎么可能会出问题呢?"他反问道,带着夸张的讽刺,"如果路子够清楚,至少可以问点问题。"

[①] 原文为法语。

25
重整旗鼓

几乎是立刻，我就注意到了乔治的变化，因为我们重新启动了电子邮件通信。已经过去好几年了，他显然也受到了一些打击，可能是来自内维尔，也可能是其他人。在谈判中，他表现出了一种边缘感，与我记忆中那个爱笑又精力充沛的乔治不一样了。

我提出了以前的担忧，即葡萄酒需要通过格鲁吉亚海关，不能因为遗产原因而被扣留，他立即让我不必担心，说这没有问题，任何价值都可以申报。

他的观点是，他只需压低葡萄酒库存的价值，尽量减少可能的税收，然后我们就可以出口和销售库存了。

我对这种官方策略表示担忧，他写道："事情就是这样，约翰。别再担心了。我们想知道的是，这些是什么酒，价值多少？你的工作时间是什么？我们如何保证结果，保证这些酒在出口后不会消失？"

我对此感觉有些受到冒犯，而且直言告诉了他。我们以前总是真诚地谈判。

乔治回了信，听起来稍微有点像以前的乔治，他说："约翰，我听你的，但我的合伙人只是在找卖酒这种轻松的工作。我希望我们能顺利完成这个项目。"

我在想，这些合伙人还是以前那批吗，还是不同的人？塔马兹先生和他的同事还参与酒厂的工作吗？在我们分开的这段时间里，感觉一切都仿佛发生了变化。

一个利好是，乔治没有重新讨论那个老话题：叫我们投资即将到来的葡萄收获期。这是一种解脱，而且他自己也或多或少地接受了我们需要一些酒来作为担保费用的事实。但即便如此，他还是写了一句讽刺的话："可能你还要一些酒，对吗？"

尽管如此，在这轮新的交流结束时，他已经同意把我们提名的一些酒储存起来，作为对我们成本的保护，虽然他也担心这些酒应该储存在哪里，还担心如果交易不能达成，我们将如何取回它们。我告诉他，凯文或我需要去一趟欧洲，我需要价值15000到20000美元的葡萄酒，他的回答很隐晦："非常有趣。欧洲不错。"

但后来他又说，虽然我想保护我自己的潜在花费，但这会让他失去任何保护。我问他是什么意思，他再次提出了担忧：如果整个酒窖都出口，它会不会就这样消失？他不是第一次问我了："你能保证拍卖的结果吗？"

"乔治，"我回信说，"如果你不信任我，你就不应该和我一起做这件事。最后，我们必须一起努力。澳大利亚可不是狂野的美国西部。"

接下来两天没有通信，我正想着整件事是不是又像迅速重新开始一样迅速结束了，但随后乔治就发来电子邮件："没问题，你要哪几瓶？什么价格的？也许我们可以这样，比如说，卖掉价值10万美元的酒，这样我们双方就都可以有一些运营资金，而不仅仅是15000美元。如果你愿意，你可以让你在悉尼的律师起草一份协议。"

所以，很明显，我们还是在做生意。我的回答是，好主意，我会让我的律师处理的。但我也提醒他，我还没有拿到那件格鲁吉亚橄榄球球衣。

在我参与第比利斯这场奇怪的舞蹈时，凯文更实际，他制定了一份进度表。

我们在午餐时见了面，简也在，她正好在城里。凯文说，他很高兴她参与"格鲁吉亚黄金国"，他已经习惯这么称呼它了。

收起餐盘后，他递给我们一份打印出来的电子表格。"进度表能告诉我们，现在是什么阶段，接下来干什么，以及我们需要做些什么来完成整个项目。"他解释道。

"我已经列出了任务、意见、大致成本、日期、时间，以及谁负责哪些行动。例如，你提到乔治希望我们让律师起草一份协议，让我们获得一些酒的费用，还要起草一份保密协议，这样你就可以在苏富比或其他拍卖行面前作为酒厂和我们的代表。这两件事都写在计划表里了，任务交给你，估计还有沃尔夫冈，如果他要成为我们的人的话。"

我把目光投向计划表："太好了，凯文。谢谢。你甚至还弄了个'问题'专栏。"

"对,"他说,"我觉得以前有一些复杂的情况,我们至少需要注意一下。我们过去的合作伙伴,像罗德斯,和谁达成了什么协议,它会不会影响到以后的事情?"

简说:"看起来前期还有不少法律费用,而且很快就需要与一家大型拍卖行会面了。"

"我想知道,"我说,"我的意思是,我知道我们得跟拍卖行会面,但我们能在即将到来的欧洲之行前起草好保密协议吗?每次我们尝试的时候,官方文件的处理都很慢。我只是没什么信心,不相信沃尔夫冈可以起草出什么,然后在简和我下周飞去之前,乔治会签署它——如果他有合法的权利签署它的话,这么多年了我们甚至连这一点都还不知道。"

凯文耸了耸肩:"我们需要在一定程度上做出承诺,对吧?让沃尔夫冈起草吧。如果乔治奇迹般地签了字,也许你可以在伦敦期间与佳士得或苏富比会面。如果没有,你就去做我们谈过的另一次访问,我们就这么算了。"

简看了看凯文,又看了看我:"另一次访问?什么是另一次访问?你们两个又在耍花招吗?"

我笑了:"我希望是好的花招。我们该去伊甘酒庄给他们看凯文的那瓶酒了。如果那瓶酒不能被鉴定为真品,我们起草多少法律协议和合作文件都没用。换句话说,如果我那边的朋友能组织起来,我们在波尔多的时候顺便去一家著名的酒庄怎么样?"

简皱着眉头,假装叹了口气:"好吧,我想我已经见过埃菲尔铁塔了,所以,好吧,如果我们一定要去的话。就去伊甘酒庄逛逛吧。"

"天哪，要是他们看到酒的时候我能在场就好了。"凯文说。

"你能来吗?"我问道，"你有什么理由去欧洲吗？那样你就可以顺便来看看。"

"没有，"凯文伤心地说，"我真的找不到理由，我需要再次前往中国。但没关系。你了解那个地方，也知道合适的人选，你会照顾好酒的。我等着听进展。一旦我们得到官方认证，我们就可以让沃尔夫冈开始文书工作了，最终让这个项目开始运转。"

"我保证给你带一个有埃菲尔铁塔的雪花水晶球回来，以作纪念。"我告诉他。

凯文呻吟了一声，双手抱头。"真的吗?"他说，"那太好了。但是，听着，为了迁就我，在你待办清单上，在雪花水晶球之前，你能确保你写下，'打电话给让·弗朗索瓦'吗？"

26

伦敦情书

2003 年 8 月,
英国伦敦

我的生活丰富多彩,因此对很多事都有自己的理论,其中一条是关于贵重物品的:你越把一件贵重物品视为脆弱精致的东西,认为它有破碎的危险,它就越有可能破碎。这可以叫墨菲定律(任何可能出错的事情都会出错),或者仅仅是宇宙的幽默感。

因此,当简和我准备飞往欧洲旅行时,我带着那瓶几乎可以肯定是真品的百年陈酿伊甘酒,用结实的泡泡纸和纸板把它包起来,裹在一些衬衫里,然后把它安全而紧实地和我所有的其他行李放在一起,甚至没有单独包装。我还在里面放了一些其他的酒,包括给伦敦朋友林登·威尔基的一瓶酒,还有一些给波尔多朋友让·弗朗索瓦的橄榄油。我告诉他我早期投资过"边界弯"牌橄榄油(考博兰庄园品牌的所有者),他很想喝一瓶。

我们在一个星期二起飞,在一个寒冷但阳光明媚的 8 月早晨降落在伦敦。当然,一到酒店,我做的第一件事就是检查我的宝贝货物,看到酒没问题,我松了一口气。我小心翼翼把它放回行李箱里，周围放上袜子和酒店的毛巾。

我有三四天没有安排任何会议，所以我们决定在伦敦街头漫步来消磨时差。我经常去英国首都，但大多倾向于把它看作是一个工作目的地，就像去墨尔本或最近的波尔多，但简已经很多年没有去过伦敦了，所以我们一起探索了它的新魔力，决定好好品味这段经历，用新鲜的眼光欣赏这座城市。

我很喜欢追踪那些我从来没有去拜访过的音乐偶像。20世纪80年代，我曾是悉尼某个现场摇滚乐场的合伙人，在INXS、午夜油、冷凿和其他经典乐队的全盛时期，我喜欢去伦敦一些标志性的夜生活场所朝圣。

一天早上，我没有告诉简目的地，带她去了最近的地铁站，我们去了圣约翰伍德，从深处走到芬奇利路。

她知道我年轻时像模像样地打过板球，也知道我对板球对抗赛的热爱，她以为她早就很了解我了。"我们要去罗德板球场吗？"她问，看着一个显然就在附近的板球场标志。

"不是。"我答道，拉着她的手，沿着格罗夫恩德路向西下坡，大约走了半公里，进入了伦敦中上阶层居住的郊区，直到在格罗夫恩德路与花园路的交会处停下。

我看着简，挑了挑眉，她看着我们周围。

"不，"她说，"我不知道我们为什么在这里。这是什么？"

我向北走了几步，指着一个路标，上面写着"艾比路，NW8"，尽管字迹几乎被以前游客的签名所掩盖。

"看那条人行横道……"我说。

"哦，你开玩笑吧！就是这条艾比路！"她认出了这里，脸上闪起了光,"所以,如果披头士朝这个方向走几步再拍照,有史以来最伟大的专辑之一可能就叫《格罗夫恩德路》了。"

"那一定是艾比路录音室。"我说,转向一栋大楼,就在可能是世界上最有名的人行横道的左边。

有好几天,我们都是这样,在探索伦敦的随机景点中寻找乐趣。

我们在大英博物馆闲逛,看披头士的歌词手写稿,路过著名的酒吧或剧院,比如城市东部、泰晤士河南部的伍利奇新路上的特兰谢德艺术中心,恐怖海峡和收音机头这样的乐队还没有大红大紫的时候就在那里演出。我们在伦敦西区参观了一些剧院,参观了泰特美术馆和其他画廊。我们真的进入了游客模式,我不想结束。

当然,我们的吃喝也不赖。为了纯粹的乐趣,也为了简的"专业研究",我们品尝了这个城市一系列有趣的餐厅,经常邀请她或我的朋友一起吃饭。

我们与《精品葡萄酒世界》杂志的尼尔·贝克特和莎拉·巴斯拉共进了一顿可爱的午餐,这本杂志最近才推出,在我看来,它是有史以来最伟大的葡萄酒杂志。

当时这本杂志还在寻找自己的定位,不过我在午餐时告诉他们,如果我接下来的旅程进展顺利,我可能会给他们带来一篇精彩的文章。我保持了一点神秘,制造了紧张的气氛和故事感,即使他们要求我向他们简要介绍潜在的主题。

"跟葡萄酒有关。"我最后说,好像屈服了。

"约翰,你似乎不明白杂志的编辑过程是怎么运作的,"尼尔说,友好地瞪了我一眼,"你应该明白,我们是最有声誉的葡萄酒杂志,不错,我们想成为世界上最好的葡萄酒杂志,如果你的故事像你说的那么好,我们可以报道。"

"我很感激,"我说,"只不过看你发火很有趣,因为我不会告诉你。"

"你一点没变,"尼尔笑着说,"总是这样。"

我说:"好吧,如果我坦承,我藏了一瓶伊甘酒,打算把它带到酒庄去,在他们拔出软木塞时,我希望他们能够看出软木塞上的年份,并确认它至少有120年的历史,怎么样?"

"不错,"尼尔说,点了点头,"哇,这很罕见,在你们零售世界里,我想这会值很多钱。"

"你觉得值多少钱?"简问。

尼尔想了想,说:"价格并不是这本杂志关注的内容,但如果让我猜,以英镑为单位吗?大概3000,也可能10000,这说明我并不真正了解行情。不过我知道这将取决于某些因素,比如酒况、液位和出处。"

"液位很高。"我说。

"听着,老酒很有趣,"莎拉说,"但我们以前是没见过那么老的伊甘酒吗,约翰?"

"好吧,莎拉,在不透露游戏的情况下,我要说的是,在这瓶酒出现的地方,还有很多其他的酒——非常多——而且这些酒的出处就是故事的关键所在。"

听到这个,他们停了下来。"很多古老的伊甘酒?"尼尔问。

"还有拉菲、木桐,还有其他了不起的家伙。"我说。

莎拉问:"都有一百年或更久的历史?"

"嗯,不是全都有,大部分是。有些是新的,只能追溯到20世纪三四十年代。"我说。

"那么,你能告诉我们出处吗?"尼尔问。

"现在就说的话,尼尔,那还有什么好玩的?"我调侃道,"听着,严肃地说,如果我的伊甘酒是假的,那我就什么都没有了,包括给你的故事或我的旅行费用。但如果它是真的,文章自然而然就有了。"

莎拉笑了:"你们这些澳大利亚人!总是活在大冒险中。好吧,去伊甘酒庄玩吧。看看我们在不在乎。"

"但如果它是真的,我们就会得到这个故事,对吗?"尼尔说。

我们握了握手。"当然了。我们在这里的时候,可没有其他葡萄酒杂志叫我们吃饭。"

"等等,我从来没说过我要付钱。"尼尔说。

大家笑着分开付了账。

我们在伦敦逗留的最后一天,我因为波尔多托运业务开了几个会,还给让-弗朗索瓦打了电话。

"你好吗?"我在电话里说。

"是的，很好，约翰你呢？"他说。

我可以想象他坐在波尔多美丽的办公室里，屋里满是古董，灯光柔和，在老城区一栋低矮的三层黄色石头建筑的二楼，就在加龙河边的沙特龙码头。简会喜欢那里的。

"你带着酒吗？"让-弗朗索瓦在电话里问我。

"带了，放得很好。我们明天去巴黎，过几天就到。"我说。

"很好，"他说，"我已经联系了我的朋友皮埃尔，如果你能提前二十四小时左右通知我们，他可以见你。他接下来的两个星期都在酒庄里，没有旅行计划，所以应该没问题。"

"让-弗朗索瓦，你帮了我这么大的忙，我欠你一瓶好酒。"我说。

"好吧，那你那天带着它就好了！"他说。

"倒不用那么好，"我笑着说，"不管怎样，严格来说，这是属于我朋友凯文的。"

"一个朋友借给你一瓶百年历史的伊甘酒，让你带着它环游世界？"

"差不多吧，"我说，"我们彼此信任。"

"看来是这样，"让-弗朗索瓦说，"我期待看到这瓶神奇的酒，也期待看到你，约翰。"

"下周我们去波尔多的时候，我会再打电话确认的，"我说，"再次感谢你。"

"不客气，我的朋友。"① 他挂断了电话。

---

① 原文为法语。

在简购物回来之前，我还有几分钟的时间，所以我拨了另一串长长的号码，听到电话那头短促的嗡嗡声，然后是接通的声音。

"伽马尔幺巴？"[1]一个男声说。

"乔治，我是约翰·贝克。"我说。

"约翰！听到你的声音真好，"乔治说，"你过得怎么样？"

"我过得很好。我在伦敦，去买酒。"

"你和拍卖行谈过了吗？"他问道。

"嗯，我还没有从你那里拿到授权我这么做的文件，所以还没有，我觉得这次还谈不了。"

"我告诉过你没关系，"他说，"为什么不直接去呢？"

"他们不是这么工作的，乔治。我不能带着一个数百万美元的提案，说：'我认识的一个人说这么做可行。'"

"约翰，你们的世界繁文缛节太多了，"乔治说，"你们西方人需要更像格鲁吉亚人一点。把事情干成就行了。"

"那倒是，"我说，"乔治，我打算下周去伊甘酒庄，对其中一瓶酒进行鉴定。我相信，一旦我们能通过他们的鉴定，证明它是真的，我们就能取得进展。"

"它就是真的，"乔治说，"百分之百。没问题。然后，我们就可以谈销售价格了。我的合伙人已经开始不耐烦了，约翰。他们说你需要尽快把这200万美元给我们，否则他们就要着手和其他感兴趣的人开始谈。"

---

[1] Gamarjoba，格鲁吉亚语"你好"的意思。

乔治刚才说的话里有很多东西需要解读。我在电话里喘着气，消化着这些信息。

"什么其他感兴趣的人，乔治？"

"哦，你知道的。还有其他人。你不是世界上唯一一个对斯大林、沙皇尼古拉和所有这些酒感兴趣的人，约翰。"

"你在跟别人谈——谈这笔交易？你以前从来没提到过，乔治。"

"我自己并没有。但这里的其他人不是我，懂吗？我不能保证只跟你谈判。"

"其他人去过酒窖吗？做过审核吗？"

"不要担心他们，"他说，"我们只做我们的交易，这样大家都很好，可以赚到我们一直想要的钱。"

"说到这儿，你刚才说200万。哪儿来的200万？我们一直讨论的是100万美元的整体收购价，现在是50万美元了，你保留酒窖一半的所有权。"我说。

"不，价格是200万，"乔治说，"内维尔答应至少200万。这是和他的交易。"

"好吧，内维尔不再参与了，你和我的每一封信，每一次谈话，每一份交易草案都是100万的价格。"

"约翰，我有合伙人，他们……"

"乔治，你的问题得由你解决，"我说，提高了嗓门，"你一直在说这些合伙人。你说的是塔马兹和公司吗？我们见过的那些人？还是有了新的合伙人？你那边的局面要由你自己掌控。我们的价格一直是100万美元，你试图在电话里把它翻一番，这让我很不安。别乱来，乔治，否则我就退出，你就看不到钱了。"

"我自己处理我这边，"乔治说，"你可以得到这些酒。我们很快就会谈到酒窖的出口问题了。"

"乔治，我仍然没有任何证据证明你单独保存了新的一批酒，来担保这次旅行的费用和其他支出。"

"正在进行。"他说。

"而且，我还是没有得到格鲁吉亚橄榄球球衣。"

乔治在电话里笑了："约翰，拿出钱来，完成交易，我能给你买一整支橄榄球队。"

那天晚上，我和简与林登·威尔基和他的妻子艾科共进晚餐。林登已经成为一个很好的朋友，几年前就搬到了伦敦。

"林登经营着'精品葡萄酒体验'，"等待主菜时，我向简解释道，"这是一桩梦幻般的生意。林登是真正通过完全享受一瓶酒、享受分享的经验，来接近各种伟大的法国葡萄酒的人。他喜欢在喝上好的葡萄酒时，餐桌上有一点笑声。"

"我明白你们俩为什么合得来了。"她笑着回答。

林登点点头："是这样的。我从来不是一个关心葡萄酒投资或标签的人。我喜欢葡萄酒的香气，喜欢葡萄酒鲜活的、会呼吸的本质，喜欢一群人——甚至像我们这样的四人组——如何分享一瓶酒，讨论它，品尝不同的细微差别，让我们的感官在那一刻活跃到极致。"

"说到这里。"我说,把手伸到椅子后面。我转身回到桌前,递给林登一瓶 1990 年的文多酒庄设拉子,来自澳大利亚克莱尔山谷。一瓶美酒。

"哦,你找到了一瓶!"林登说着,脸上洋溢着幸福的笑容,"你找了很久吗?"

我笑了,不知道该不该坦白,最后耸了耸肩:"你知道的,我们谈话时,我问你我能不能给你带点东西过来,你提到你对文多酒庄很好奇,我突然有了一个想法,就走到我自己的酒窖里,发现这瓶酒是别人带过来吃午饭或晚饭什么的,当晚没喝,结果就留在那里。现在它是你的了。"

"太好了。谢谢,约翰,"林登说,"我也有东西给你。"

他把手伸到椅子后面,拿出一瓶玛德玛嘉萨葡萄酒,据说是一种特别好且不同寻常的葡萄酒,产自法国南部朗格多克地区。到目前为止,还没有人认为这是一个以伟大的葡萄酒闻名的地区,但我听说玛德玛嘉萨是不同的。

"哦,哇,这可不容易得到。"我说。

"是的,确实花了些功夫,"林登承认,"顺便说一句,这是个特别好的年份。"

他花了几分钟时间介绍玛德玛嘉萨酒的特点,以及为什么过去十年里有些年份比其他年份更好。简听着这一切,喝着酒,等他说完后,她说:"林登,如果你不介意我这么说的话,你看起来很年轻,但又对这一切都很精通。"

"我确实很早就开始了解这些了,"林登说,"我在新西兰上大学的第一年就在做侍酒师,还为了好玩,主持过葡萄酒之夜。

我从来没有回头干过别的。"

"他来伦敦是为了融入其中，"我说，"而且似乎已经成功了。"

"确实，"林登说，"虽然这里的市场很拥挤。我正在考虑换个地方，但还没有想好。"

"你想换到哪儿？"我问道。

"亚洲，"他说，"虽然这意味着我必须提高自己的能力，要有事业心，而不是主要作为一个带业务的爱好者。那里的人开始对可供收藏的葡萄酒产生巨大的兴趣。你知道吗，我在香港做了一年的交换生，那时候我还是个孩子，我一直在想那里的钱、那里的文化，以及一家真正的世界级商店和活动公司可以在世界的那个地方发展得多好。"

"好吧，希望他们继续对古董葡萄酒市场保持兴趣，因为我可能很快就要举办一场拍卖会，祈祷吧！"我说。

我们为这一点干杯，为重新见面干杯，为林登和艾科见到简干杯，为我遇到简干杯，为伦敦干杯，为险峻海峡干杯，为我们喝了一瓶多葡萄酒的漫长晚餐中能想到的任何事情干杯。尤其是考虑到我们第二天要早起飞往巴黎。

27

巴黎人行道

**2003 年 8 月,
法国巴黎**

　　早上 5 点 45 分,闹钟响起,我感觉到前一天晚上喝的每杯酒都在敲打我的头,哪怕我冷热交替淋浴了好几次,也只能勉强唤醒我的身体,让我能够行动。简和我昏昏沉沉地收拾完行李,我意识到我收集到的瓶子已经太多,无法把它们都放进托运行李。

　　我看了看酒店房间桌子上的四个瓶子:林登给的玛德玛嘉萨;我收集到的一瓶卢瓦尔红葡萄酒,但还没有尝过;给让-弗朗索瓦的考博兰庄园橄榄油;以及那瓶伊甘,还裹着泡泡纸,装在用潜水服材料制成的橡胶酒套里。我已经关上了行李箱,我知道当时在伦敦和巴黎之间,密封的瓶子允许作为手提行李。所以,我把所有瓶子都放在我们带来的一个结实的软垫酒袋里,因为我知道它会在某个地方派上用场。

　　"你确定要用这个来装伊甘酒吗?"简问。

　　"简,你知道我的理论,"我说,"你越担心瓶子,就越会招来某种灾难。把它包装好,但像对待其他瓶子一样对待它,它会没事的。这个瓶子和其他瓶子一样有两层衬垫,可以保持袋子的牢固。"

我们前往机场,在候机室喝了足够的咖啡,度过了短暂的飞行时间,安然无恙地离开了戴高乐机场,然后乘出租车前往我们在巴黎市中心的酒店。这家酒店是简订的,她以前住过。这里位置很好,就在玛莱区附近,步行很快就能到达蓬皮杜中心。这是法国首都中我最喜欢的地方,带着纽约索霍区那雅致又随性的气息,又有巴黎的一切优点,离所有的主要景点都很近,还有大量优秀的餐厅和酒吧。

到达酒店后,我们仍然觉得,和前一天晚上的放纵相比,一切都很普通。我们爬出出租车,购物袋、行李和酒袋都随行李车被推上了略微不平的古老巴黎人行道。当我向后仰去给司机付钱时,我想简一定把酒袋放在肩上或拿在手里,就像我们讨论过的那样,这样我们就能知道它是安全的。但,在繁忙的人行道上,酒店工作人员从出租车上拿行李箱的忙乱中,酒袋不知怎么就和其他包混在了一起,就在这时,我眼角的余光瞥到了一个袋子的一角。

就在那一瞬间,灵魂深处有个声音告诉我,刚刚倒下的那个袋子不应该是众多可以毫无意外倒下的那种袋子。

我的大脑意识到这个横放的酒袋时,脑海里唯一的想法就是

"哦……",但即使我拿起它,伸手去摸潜水服聚氨酯保护套时,我还在告诉自己,伊甘酒应该没事,它被保护得很好。

直到我意识到,袋子有些潮湿,一定是某个瓶子破了。

直到我意识到,我手里的潜水服袖子就是酒渗出的来源。

"妈的,"我说,"是伊甘酒。"

简实在是吓坏了,脸色苍白。

我?我感到麻木,但还是继续工作。我掰开潜水服的袖子和泡沫包装,摸到了这只百年老酒瓶底密封处的裂缝。袖子和包装实际上已经完成了它们的工作,把包装紧紧固定在一起,所以漏出来的酒并不多。因为知道了破口在哪里,我把酒瓶倒了过来,设法保留了大部分液体。

但现在,站在法国的人行道上,手里倒拿着一瓶破裂的伊甘酒,它可能是一八七几年左右的正品,我完全不知道该怎么办。

"约翰……"简说道,"我……"

"简,没事的,"我说道,看着她的眼睛,她正努力忍住不哭,"听我说,瓶子破了。它破了。破了就是破了。我们还有大部分的酒。这不是别人的错,而是我的错,因为我没有把它好好放在行李里,像我在澳大利亚那样。"

她看起来并没有被说服。我们在旅行中已经养成了习惯,我拖行李箱,背较重的包,而简负责各种较小的袋子。但我们状态不好,路面不平坦,行李员不加询问就拿包,这样的情形简直是墨菲定律发挥作用的最佳时刻。这当然不是简的错,我也不想让她这么想。我应该把酒放在行李里。那天早上我不该因为宿醉而偷懒。我应该一直带着它。

如果我能……

如果我们可以……

要是……

事情已经发生了。这种想法毫无意义。瓶子破了，就是这样。

现在我们必须尽力挽救。我还拿着瓶子，冲进街边一家街角商店，买了两小瓶带螺旋盖的矿泉水。

我把矿泉水给简，让她把水倒进排水沟里。酒店门卫把我们所有的行李都搬了进去，把我们扶到房间，而我仍然尽可能稳定而温柔地照顾着破掉的酒。

但我现在正处于某种创伤后的休克状态。葡萄酒现在暴露在空气中，氧气会进入液体，可能会使葡萄酒变质。我必须尽快把它装进螺旋盖的瓶子里，而且最好是没有氧气，或者新瓶子的顶部氧气尽可能少，尽量保持古老的葡萄酒处于最佳状态。

我们摇晃着矿泉水瓶，几乎把每一滴水都弄干净，然后，我终于小心翼翼地把破碎的伊甘从潜水服袖子里拿了出来。简帮忙解开了泡泡纸，我终于可以看到这瓶可怜的酒了。底部碎了，大概是因为这种老玻璃很脆。但倒立酒瓶已经成功保留了一半以上的液体。

我小心翼翼，把剩下的酒倒进矿泉水瓶，有意让它们溢出来，浪费了一点珍贵的伊甘酒，确保简可以把瓶盖盖上，不留空气。

我看了看那两个已经装满了的矿泉水瓶，发现一瓶容量是250毫升。古老的伊甘酒瓶还剩不到一杯酒，所以我设法保留住了 500 多毫升。

现在，酒已经安全用螺旋塞封进矿泉水瓶，没什么可做的了，只能把剩下的酒过滤到一个酒杯里，用一条小毛巾把所有的玻璃碎片过滤掉。

我轻手轻脚地把这瓶百年老酒的残渣放在另一条毛巾上，简和我互相看着对方，震惊开始消退。

"我们现在怎么办？"她问。

"我想哭。"我说。

"嗯，我想喝一杯，"她说，看着那半杯可能是 19 世纪 70 年代的伊甘酒。

"是，你说得对，"我说，"为什么不尝尝？"

简先尝了一口，什么也没说，在与令人振奋的香气和味道相遇时那震惊的迷蒙中迷失。她把杯子递给我，我转动酒杯，注视着深色的液体，闻了闻，最后喝了一口。

太棒了。哪怕我在葡萄酒方面自我学习了这么多年，我也不确定一瓶有 130 年历史的伊甘酒到底应该是什么味道，但如果你问我，我会猜就是这样的味道。

哦，天哪。

现在回想起来，我只希望，在我拥有品尝这样一种葡萄酒那千载难逢的经历之时，在我站在巴黎的酒店房间里品尝它时，我没有宿醉，也没有全神贯注地自我检查，看看自己是不是已经或正在心脏病发作。

我应该做的是对这款酒进行感官分析，并写下详细的品酒记录。但我只是站在那里，脑袋嗡嗡直响，微微有些眩晕。

不过，说实话，对那一口酒的记忆已经有点模糊了。

一点也不模糊的是简，她尝过酒后，静静地看着我，然后走过来，张开双臂抱住我。

我们就这样待了一会儿，直到她抽回手，看着我的脸，说："约翰，我注意到了酒瓶破碎之后的那一刻，你更关心我和我的感受，而不是你心爱的伊甘酒。那才是真爱。就在那一刻。"

她轻轻地吻了我。

我什么都没说。她是对的。比起那瓶酒，我更关心她面如死灰的表情。我们设法挽救了局面，所以我有理由相信，我保存了足够的葡萄酒，伊甘酒庄的专家们还可以看看它，并对几天前我们打破它时的情况有一个相当好的了解。我们有原来的酒瓶，软木塞还在里面。我们有酒帽和玻璃。我们给这一切都拍了照片，虽然我们开始对自己的处境感到不甘心，但还有一条路可以走。

这点最新的挫折只是发掘斯大林葡萄酒传奇的另一部分。

但，当然，这一切都没有掩盖那天早上笼罩在巴黎空气中那个明确无误且不可避免的沉重的问题。

我该怎么跟凯文说？

28

心碎波尔多

我们摆脱了破瓶的灾难,在巴黎度过了美好的几天。我的教女安娜当时住在那里,在巴黎音乐学院学习长笛演奏,这是她成为职业音乐家训练的一部分。简和我很喜欢跟着安娜,她向我们展示她最喜欢的地方,我们彼此分享自己生活中的亮点。

我们每个人都经常去巴黎,所以不需要把所有的旅游热点都一一列举出来。我们对在一些不起眼的街区里探索的兴趣更大。我带简去了美丽城,那里有艺术商店和很不错的平价餐厅。她带我去了卢森堡公园,在那里我们观看了时髦的巴黎人游行。

而在我的脑海里,一场辩论正在私底下激烈地进行。我要告诉让-弗朗索瓦那瓶酒的情况吗?伊甘酒庄的负责人还会屈尊和一个砸了他们一瓶古董酒的鲁莽澳大利亚人浪费时间吗?要是他们都懒得打开矿泉水瓶呢?我回想起破碎后我和简分享的那一口酒。那液体看起来像伊甘,而且,据我所知,考虑到我混乱的状态,它的香气和味道确实很像期望中的百年伊甘。当然,这也可能只是一种130年前就开始存在的、相当好的葡萄酒?哪怕它现在以矿泉水瓶的可笑形式出现,伊甘的酿酒师难道就不会好奇吗?

28 心碎波尔多

我们最终前往波尔多，乘坐高速列车穿过明媚的法国乡村。我永远不会厌倦法国，这种感觉很好，简的头靠在我肩膀上，窗外的景色一晃而过，可以看出微妙的差异，随着我们向西南方向前进，石板屋顶变成了赤土。

波尔多的老城是一座港口城市，我相信它是欧洲最美丽的城市之一。它被列入联合国教科文组织世界遗产名录，是18世纪壮观城市和建筑的典范，有几百座历史建筑，包括港口本身和一个巨大的城市广场，以及两座令人印象深刻的大教堂。圣安德烈主教座堂的部分建筑可以追溯到公元1100年之前，而圣十字教堂则坐落在一座7世纪的修道院遗址上。可以说，波尔多不缺历史。我和简在城里闲逛，在市美术博物馆欣赏了雷诺阿、毕加索、马蒂斯等大师的作品，当然，我也忍不住把简拖进了葡萄酒贸易博物馆，一座专门介绍葡萄酒贸易史的博物馆。它概述了当地2000多年以来的葡萄酒生产技术，令人印象深刻——除非你碰巧是格鲁吉亚人，有着四倍长度的葡萄酒历史。

我们最终来到了让-弗朗索瓦的办公室，他热情地迎接了我们。他和简很合得来，我就知道会这样。我们坐下来吃了一顿丰盛的晚餐，重新介绍了自己，当然，让-弗朗索瓦说他迫不及待要看那瓶著名的酒。事实上，去拿来吧，他建议道，当时他正带我们走过大剧院巨大的科林斯柱子，来到我们的酒店。

"我现在就想看看它。"他说。

"一切都来得及，"我回答，"我不想破坏这个惊喜。"

这绝对是大实话，虽然可能不是他想象的那样。

除了第二天的波尔多特级酒庄联合品酒会（这一直是我波

尔多之旅的亮点，也是我波尔多托运业务的重要日子），我们还参观了圣朱利安的二级酒庄——里维·拉卡斯酒庄。这是一家备受推崇的酒庄，也是我最喜欢的圣朱利安葡萄酒之一。当地的酒庄主人让-于贝·德龙并不善于社交。我们到达时，我甚至不确定能不能见到他，我们向酿酒主管打了招呼，并品尝了几个年份的酒。

参观这些酒庄时，我总是特意穿得非常正式。有些国际买家穿着牛仔裤就出现了，但我认为，这里毕竟是葡萄酒酿造界的中心，酒庄往往拥有数百年历史，有时由同一家族的几代人共同经营，这样的情况下，在我获得许可进入时，至少应该穿一件夹克，让自己看起来像一个受人尊敬的酒商，而不是一个游客。

也许，这就是为什么让-于贝碰巧在中途来到品酒室时，不仅加入了我们的品尝，还似乎对简和我还很热情。他已经很了解让-弗朗索瓦，随着品酒的进行，他变得友好而健谈。

其他买家告诉我，让-于贝只会说法语，所以当他用还算过得去的英语和我们聊天时，我有点惊讶。但也只是轻微的惊讶。和很多波尔多人一样，他们想说英语的时候，他们是会说的！总之，这是一次很值得、很愉快的访问，我为我的生意买了一些存货，大家作为坚定的朋友分开了。

"今晚早点休息，"让-弗朗索瓦把我们送回酒店时说，"明天我们去参观伊甘酒庄！回见。①"

"你真的不想在走之前喝一杯吗，让-弗朗索瓦？"我问道。

---

① 原文为法语。

"这个嘛,"他在驾驶座上犹豫了一下,"今天是个大日子,但不去就太不礼貌了。我们法国人确实喜欢树立一个好客的榜样。"他向简解释,眼里闪着光。

"我们南半球这些闯进来的人真是感激不尽。"她说道。

让-弗朗索瓦轻松地笑着说:"稍等,我去停车。"①

"你还没告诉他酒的事。"简说,看着我的朋友开车离开,寻找停车场。

"我知道。我觉得很不好,"我说,"我担心这会羞辱他或让他失望。他对我很好,但我该怎么告诉他呢?我不希望在我成为第一个被驱逐出伊甘酒庄的澳大利亚葡萄酒买家时,他会和我一起被赶出去。"

"至少凯文会觉得这是个可以接受的结局。"简指出。

"没错。既然让-弗朗索瓦加入了我们,我们必须确保这仍然是一顿可以早早结束的晚餐,而且每人只喝两杯!我可不想宿醉的时候带着一瓶打碎的酒。"我说。

"我还以为他只和我们喝一杯呢。"简问。

最后,我们很乖,只喝了三杯。

第三杯喝到一半的时候,我对让-弗朗索瓦说:"我的朋友②,我有一件事要告诉你。"

然后我告诉了他整件事。我没有刻意去掩饰。我告诉他,和林登共进晚餐后,我很疲惫,状态不佳,而且我应该多加小心,但酒瓶碎了,我把它倒了过来,最终把大部分酒保存在螺旋盖的

---

① ② 原文为法语。

矿泉水瓶里。我感觉很糟糕。

让-弗朗索瓦专注地听着,故事每转折一次,他的眼睛就瞪得越大。在我终于讲完,拿出一个矿泉水瓶作为证据时,他看了看它,又看看我,盯着简,再回头看了看矿泉水瓶,然后大笑起来。

"我能想象整个场景,"他说,"约翰,我们都曾在自己诱发的痛苦世界中运送过贵重的葡萄酒。你只是抽到了一张最倒霉的牌。"他又笑了起来。

"你把酒打碎了,"他说,难以置信地挥舞着双手,"你毁了我见过的最古老的伊甘酒。"

"让-弗朗索瓦,如果你想取消会议,我能理解。我不想让你难堪,也不想损害你在葡萄酒同事中的声誉。"我说。

"哦,不,没有这个必要,"他说,不屑地挥了挥手,"听着,我们已经和桑德琳·加贝安排好了会面。我们当然应该去。"

"谁是桑德琳·加贝?"简问道。

"她是伊甘的首席酿酒师。"让-弗朗索瓦说。

"首席酿酒师是个女人?"简说道,由衷地感到惊讶。

"当然,"让-弗朗索瓦耸耸肩,"而且是她所在领域的绝对顶尖人物。酒庄总裁皮埃尔·勒顿也可能会出现。"我的朋友残忍地对我咧嘴一笑,"我肯定,他对看看他祖先作品的残片会很感兴趣。"

"别说了![1]"我说道,不过我是笑着说的,为会议还能继续

---

[1] 原文为法语。

而感到欣慰。

让-弗朗索瓦正在品尝他的最后一杯酒。他皱了皱眉,对我说:"再解释一下,你是怎么保存酒的?你说你把酒瓶倒过来了?"

我笑着给他讲了几个长期追寻葡萄酒的战争故事。他摇了摇头。

"行吧,明天总是有趣的一天,"他说,从座位上站起来,"现在它变得更加有趣了。"

波尔多葡萄酒

波尔多地区的大部分历史可以追溯到公元43年—60年左右,古罗马军队占领高卢期间。当时的想法是为士兵提供当地的葡萄酒补给,但是关于产品质量的消息没多久就传开了。一位历史人物,曾在德国担任罗马指挥官的老普林尼,返回罗马后写到了关于波尔多葡萄酒的内容(就在他在庞贝附近的维苏威火山爆发中丧生的几年前)。一世纪的不列颠地区也意识到,后来被称为波尔多的地方出现了一些像样的葡萄酒。

完美的葡萄生长土壤和气候,加上加龙河和吉伦特河的便利交通,葡萄酒可以运到海港,然后运往古罗马帝国更广阔的其他区域,从那以后,除了规模之外,波尔多的成功秘诀实际上并没有太大的变化。

时间来到1152年,当地人阿基坦的埃莉诺嫁给了英国金雀花王朝的贵族亨利,后者不久后成为国王亨利二世。波尔多的葡萄酒在皇家婚礼上大放异彩,扶摇直上,波尔多甚至成为英国控制下仅次于伦敦的第二大城市。波尔多的葡萄酒会定期运往英国。狮心王理查把波尔多作为他欧洲业务的中心,为了更好地接近葡萄本身。

尽管该地区作为葡萄种植区很受欢迎,但随着17世纪的到来,它面临着一个问题,即波尔多大部分沿河地区都是平坦潮湿的沼泽地。荷兰人来到这里,排干了沼泽地,为葡萄树提供了更多可用的土地,也建造了更好的道路,快速向北运输。

当地的葡萄酒行业经历了许多坎坷和高潮,包括法国大革命时期没收皇室和贵族的地产(尽管许多地产很快被股东集团控制,继续经营),以及1855年拿破仑三世做出的营销决定,将该地区的葡萄酒分为一级、二级等五个著名等级,还有适当的价格标签。波尔多的葡萄酒行业经历了两次世界大战、经济大萧条,以及无数的自然威胁,比如多次毁灭性的冰雹,侵袭性真菌、白粉菌和后来的霜霉病这类对葡萄树微小但致命的攻击,以及葡萄根瘤蚜,一种微小的昆虫。

葡萄根瘤蚜的入侵产生了持久的影响,因为未来的葡萄树就不能再种得这么密集,这也意味着葡萄园每次收获只能生产数量更少的酒。这种有限的产量,特别是标志性年份——比如1982年,著名葡萄酒评论家家罗伯特·帕克赞叹不已的第一个年份——恰逢亚洲各地新市场(特别是中国）的急剧增长，戏剧性地推高了顶级酒庄最抢手的葡萄酒的价格。这对任何零售商来说都是一条神奇的公式，无论是销售优质葡萄酒、时装还是汽车：拥有一种人人渴望的产品，但数量有限。价格标签将反映出这种渴望。

29

伊甘酒庄

即使没有著名的葡萄，波尔多地区也是法国繁荣的商业中心。波尔多市本身就是建造战斗机的大型工业中心，也在发展一些领先的医疗和科学技术。近年来，这座城市进行了大规模的整修，现在，有轨电车穿过市中心，沿着河岸，从传统上在沙特龙码头存放波尔多葡萄酒贸易的陈旧仓库中重生。

当然，此地最著名的还是葡萄酒生产，每年产值约140亿欧元。难怪波尔多人开的车都不错。

包括让-弗朗索瓦。午餐后，他开车带我们去城市东南部，我们穿过乡村，连绵的景观被越来越多的葡萄树覆盖。高速公路或多或少沿着加龙河的路径前进，在我们左边的远处偶尔可见。

那是很壮丽的景色。

"你知道的，伊甘的大部分股份五年前卖给了路易威登。"让-弗朗索瓦一边开车一边说。

"从亚历山大伯爵那里，他实际上管理着酒庄，酿造葡萄酒。对吗？"我问道。

"是的。他为这次出售抗争过，但后来留任为经理，再加上一张漂亮的支票，是他家的股份。他最终退休的时候，他们提拔桑德琳·加贝做了首席酿酒师[1]。当时她才三十岁。"

"你和她很熟吗？"我问道。

"一点点，"让-弗朗索瓦耸耸肩，"她看起来很朴实，不受地位和成功的影响。我挺喜欢她。"

我们经过卡迪亚克，进入吉伦特省，前往苏玳地区，此时我感觉到，我的脉搏加快了。我们如今处在一个严肃的酿酒国度，可能是这个星球上最好的酿酒国度，至少对甜葡萄酒来说是这样。拉菲丽丝酒庄、吉罗酒庄、雷蒙拉芳酒庄——短短几分钟已经经过了这么多世界知名的品牌。但在这里，在一座覆盖着葡萄园的小山上，在这片地区的最高点，竖立着我们要去的目标酒庄。我们驶近庄园，看到独特的沙色墙壁，倾斜的红瓦屋顶，主屋的塔楼上深色的瓦片，右边有一座小塔。

伊甘酒庄最初是一座封建城堡，在文艺复兴时期得到了大规模翻修和扩建。它一开始是一个看似非常合适的皇家庄园，属于英国王室，1453年后属于法国王室。1593年，它被绍瓦奇·伊甘家族收购——拉蒙·菲利普·伊甘靠卖鲱鱼和葡萄酒发了家——然后在1785年通过绍瓦奇家族女继承人弗朗索瓦·约瑟芬与路易斯·阿米蒂·德·吕-萨吕斯伯爵（如果你记得王室关系的话，他正巧是路易十五的教子）的婚姻，转而由吕-萨吕斯家族拥有。除了在第一次世界大战中短暂作为军事医院外，几个世纪以来，酒庄一直完全致力于完善创造终极苏玳贵腐酒的艺术。

在过去的访问中，我只是站在围墙外，一脸渴望地凝视着大

---

[1] 原文为法语。

门，但今天，让-弗朗索瓦淡定地拐进了白色的鹅卵石车道，驶过岔路中间的一座白石方尖碑，我注意到上面刻着一个盾徽，不知在那里经历了几十年还是几个世纪，已经有点风化了。盾徽上有两只狮子，一顶王冠和一个徽章，底部刻有藤叶和葡萄，从盾牌上落下。

我对设计上面的王冠非常熟悉。每瓶伊甘酒上都有。徽章就覆盖在软木塞的箔片上。

我们穿过大开的铁门，让-弗朗索瓦小心驶过著名的葡萄树，直到我们到达城堡，在十几辆车中间发现了一个停车位，几乎都是雷诺或雪铁龙，还有一辆看起来很贵的奥迪。

简看着这一切，脸上洋溢着喜悦的笑容。我想，对于一个离家万里的墨尔本侍酒师来说，这是相当令人兴奋的事情，我也有同样的感觉。我就像个在糖果店里不知羞耻的孩子。从车道往前走是干净整洁的花园，种满色彩鲜艳的玫瑰，倾斜的草坪与葡萄树相连，而酒庄本身虽是一座带阁楼的两层楼房，却显得格外高大。与它相连的是一座较低的长条形平坦建筑，延伸到上百万个葡萄酒标签的标志性立面后面。

"看来我们不是今天唯一的游客，"让-弗朗索瓦说，冲其他车辆扬了扬下巴，"也许我们只是为桑德琳带来十分之一的百年老酒，让她好开个派对？"

"哦，得了吧，"我说，"我已经很讨厌我们提供葡萄酒的方式了，可别有什么观众。"

让-弗朗索瓦给了我一个邪恶的微笑，让我们等一下，他进去看看有没有人等着想见我们。

我和简站在车旁边,她拥抱着我。"这对你来说一定是个了不起的时刻。"她说。

"确实是,"我在她的头发里回答,"我一直梦想着能在伊甘酒庄得到正式的接待。不管那个格鲁吉亚酒窖最后怎么样,整场冒险都给了我太多的经历、冒险和回忆。"

简笑了,抬起头来看着我。"眼前可能有数百万美元的利润,你却满脑子都是冒险,"她说,"我就喜欢你这一点。"

"哈,看看我们的处境。你和我,站在伊甘酒庄的阳光下,即将与世界上最伟大的葡萄酒之一的制造商搭上关系。没有第比利斯,我就不会站在这里,所以我很感激,不管酒窖会发生什么,也不管内维尔、哈利,还有其他的一切。我曾经看过画家西德尼·诺兰的采访,他说,快乐的感觉,真正快乐的感觉,才是他珍视的东西,因为没有人能从你身边夺走那一刻,不管接下来有什么不愉快的事情打断这种喜悦。是诺兰说的吗?我想是的。应该是一次回顾性的记录采访,在他去世的时候看到的。"

简从我身边走开,扬起眉毛:"嗯,不管是谁,这都很浪漫。享受这种快乐的体验吧,因为,像你这样的梦想家,生活肯定会把它搞砸的。"

"我想诺兰可能说得更好,"我承认,"他在文字和艺术方面比我更有一套。"

让-弗朗索瓦从酒庄里走了出来,还有一个年轻人,穿着卡其裤、一件看起来很清爽的商务衬衫和蓝色的运动夹克,鞋子闪闪发亮,发型也很帅。

"约翰、简,这位是尤恩,酿酒师的助理。他提议在我们进去讨论业务之前带我们参观一下葡萄园。"

我们握手并向尤恩问好，他说着一口流利的英语，似乎去过很多地方旅行，他告诉我们他去过悉尼和墨尔本，还去过猎人谷和澳大利亚的其他葡萄酒产区。

大家聊着天，漫步穿过花园，来到葡萄树下，尤恩向我们介绍了伊甘葡萄的采摘和加工流程。

"大家可以看到，现在的葡萄树还没有达到最佳状态，"他说，"至少在视觉美感方面，因为我们正在翻土。我们每年都会做两次这样的事情，锄地，翻土，保持土壤新鲜。"

"几乎没有任何杂草，"简说，"你们用除草剂吗？"

"从不使用化学除草剂，"尤恩说道，"土壤中唯一添加的东西只有肥料，但只是有机肥料，而且用得非常少。"

"什么意思？"我问道。

"整个庄园有126公顷，不过一次只有100公顷用于生产，这样葡萄树和土壤都可以得到一些休息，"尤恩解释道，"即使如此，每年也只有20公顷土地会施肥。我们不希望土壤变得过于肥沃，因为如果过于肥沃，会开始减损或对抗葡萄的特性。因此，我们给葡萄提供足够的天然堆肥，保持它们的健康，但不会过肥。"

"你们的修剪制度是什么样的？"我问道。

"初冬修剪，而且修剪得相当厉害，"他说，"我们会修剪大部分葡萄树，长相思葡萄的修剪率为90%，但赛美蓉和单居由藤架的葡萄藤则修剪得不那么厉害。"

我们在葡萄树之间行走，我不禁想起几个世纪以来这些倾斜的山丘上产生的伟大的葡萄酒。

"给约翰和简讲讲葡萄园的劳动力,"让-弗朗索瓦说,"葡萄树下的女人。"

尤恩笑了。"啊对,女人[①]。"

"嗯,我很感兴趣。"简说。

尤恩指了指远处山下的一个工人:"我们有20名女性葡萄园工人,每个人都被分配到葡萄园内的一个特定地块。这意味着她们要自己去熟悉她们土地上的每一棵葡萄树,培育并控制葡萄树。"

"她们在一年中究竟会做些什么呢?"简问。

"修剪和绿化葡萄藤,就像修剪花蕾一样,"尤恩说,"负责绑藤,消除侧芽。很明显,贵腐菌感染葡萄树的时候,她们必须仔细检测并判断感染的进程。一切都不是偶然的。我们热爱自然,与自然合作,但自然也必须与我们合作,创造出完全正确的伊甘葡萄。临近收获期时,我们的工人还要打薄葡萄树东侧的叶子,这样葡萄上的露水就可以在早上更快地干透。"

"为什么只打东区?"简问。

"因为,如果雨来了,会从西边来,留在西边的叶子可以保护葡萄。"他解释道。

"如果实际收获的时候,贵腐葡萄没有达到你们的要求,那怎么办?"简问。

尤恩夸张地耸耸肩。"有一些年份,伊甘根本不生产那个年

[①] 原文为法语。

份的酒。如果不符合我们的标准，我们就把它叫停，把果汁卖给其他生产商。"

"这么说，你们会把一整年的工作一笔勾销？"简半信半疑地说。

"质量就是一切，女士。上一个没有酒的年份是1992年。在此之前，是1974年、1972年和1964年。一共有9次。亚历山大伯爵为我们制定了非常严格的标准，我们一直保持到今天。这就是为什么伊甘酒能获得如此崇高的地位。现在，我们可以回酒庄了吗？"

我们沿着葡萄树往回走，欣赏着酒庄宏伟的外墙，然后尤恩带着我们走了进去。这里有著名的蜿蜒石阶、镜子和挂毯。我们很确定地知道自己在一座法国城堡里。

但尤恩走过了这一切，把我们带到了品酒室，那里已经有一小群人聚在一起，端着花蜜色的葡萄酒，闻着，摇晃着。

"啊，尤恩，来得正好，"一个年纪稍大的人说，同样衣着整洁，"你好，我叫塞尔吉，是伊甘的市场经理。"

让-弗朗索瓦为我们介绍，大家握了握手，然后把我们迎进更大的队伍。

"我们非常幸运，今天有来自波尔多北方的好朋友，拉菲酒庄的几位高管，"塞尔吉说，"我们喜欢互相交流，讨论我们的收成有何进展。除了我们个人的成功，我们也想知道所有的波尔多名酒庄都是健康和成功的。"

拉菲集团有一位出口顾问，叫艾米莉，我之前在一次采购中见过她，这对我们在这个新集团中的信誉度很有帮助。大家互相打了招呼，然后开始品尝伊甘酒。塞尔吉和尤恩给我们倒了最新年份的酒。这年份是神圣的，从不怀疑它是一个取消的年份。

"我尝到了华丽的杏子和柑橘，还有混合的花香。"简闻了闻，说道。

"有一丝香草味。"让-弗朗索瓦大胆地说。

"有热带水果的芬芳，"我说，"可以说是一个年轻的年份。"

"但有一点很神奇，"简说，"这种味道会一直伴随着你，有一种美味的黏性。我从来没尝过这么悠长的余味，充满异国情调。"

让-弗朗索瓦笑了："对伊甘酒，人们用一句法语来形容这种余味：'il fait la queue du pao'，不太好翻译，不过基本意思是味道就像孔雀开屏时的尾巴一样缓缓散开。"

简笑了起来："很贴切。"

塞尔吉和尤恩邀请我们喝第二杯，是另一瓶酒，我看到了酒瓶上的年份，简直不敢相信自己的眼睛。那是 2001 年，被认为是伊甘酒在现代最伟大的年份之一。我一直没有机会品尝，现在竟有人递给我一杯。

让-弗朗索瓦凑过来，轻声说："我们应该很庆幸拉菲集团有人来了。我不确定他们会不会只为我们开一瓶 2001 年的酒。无意冒犯。"

"没关系。我现在比以前更喜欢拉菲了。"我说。

我们闻了闻，晃晃杯子，尝了一口。这酒实在是太棒了。

我对让-弗朗索瓦、简、艾米莉和另外两位碰巧和我们站在一起的拉菲高管说："嗯，我们都知道这款 2001 年的伊甘被罗伯特·帕克和其他优秀的评委评为 100 分的葡萄酒。我一般不会给这种级别的葡萄酒打分，但看看这款酒，你能找到哪怕是扣掉一分的理由吗？如果你觉得这不是 100 分的葡萄酒，请告诉我为什么。葡萄酒能做到极致完美吗？"

我想大家都会同意，葡萄酒当然可以完美，带着一种知道自己杯子里有与众不同的东西的那种热情。我记得凯文有一个理论，说葡萄酒在葡萄园总是味道更好，因为你的感官会被这个地点和葡萄树吸引，如果你在参观酒庄，你可能会有美好的一天，诸如此类。也许他是对的，这就是为什么我在品尝 2001 年的伊甘时近乎窒息，但即使是现在，隔了一段时间再回头看，我还能清楚地记得那款酒是多么完美。它的香气，它的余味，它的结构，它的个性，是你在葡萄酒中想得到的一切。我感觉自己就像站在珠穆朗玛峰的顶上看风景。

我们聊了一会儿，让-弗朗索瓦轻轻拉着我和简的胳膊肘，说："桑德琳现在准备好见我们了。她在她的实验室里，如果我们愿意，可以过去看看。"

我们告别了为拉菲集团开的派对，离开酒庄，我的心怦怦直跳。大家走向一座低矮修长的建筑，可能曾是一个马厩，但现在是一个最先进的葡萄酒实验室，与严格控制温度的发酵桶酒窖相邻，这些发酵桶每年都是新的，由法国中东部森林中发现的一种特殊橡木制成。同样，在伊甘酒庄，每一个细节都得到了管理，并与大自然为每一个年份提供的东西保持一致。一切皆有准备。

桑德琳·加贝迎接了我们，带着友好的微笑。她用亲吻脸颊的传统方式热情地迎接我们，说："啊，神秘的澳大利亚人，带着格鲁吉亚共和国迄今未被发现的葡萄酒宝藏。据我所知，这是个很好的故事，贝克先生。"

"哦，是的，这是一个很好的故事，"我同意，"我还怀疑这个故事还没有结束。"

"等一下，在我们继续之前。"她说着，拿起电话。她用法语喃喃地说着，然后把听筒放回去。"我们的总裁皮埃尔·勒顿也想瞧瞧这瓶酒。"

让-弗朗索瓦和我交换了一个眼神。"我想他一定会大吃一惊的。"我说。

我们等待着总裁的到来，我环顾了桑德琳的实验室。所有墙上都是木质镶板，还有一张大大的大理石桌，她就在那里工作。房间很整洁，非常有序，干净。

皮埃尔举止忙碌，匆匆忙忙地走进实验室，与大家握手，和他显然非常熟悉的让-弗朗索瓦寒暄。桑德琳显然已经向他介绍了我们来这里的原因，因为他紧握双手，说："一瓶久远的19世纪70年代葡萄酒？那我们就来看看这瓶著名的酒吧。"

我把手伸进手提袋，小心翼翼掏出装有原瓶残渣的双层塑料袋。把它放在桑德琳的大理石桌上，然后把手伸进我的袋子里，拿出了两瓶矿泉水。

直到此时，我才终于敢看他们的脸。桑德琳的表情介于惊讶和欢笑之间，而皮埃尔则是一脸面无表情，让人望而生畏。

"请问这是怎么回事，贝克先生？"他说。

没办法了。我向他们讲述了所发生的事情，首先简要解释了我们如何发现第比利斯的酒窖，以及我们的访问，还有拿了一些酒出来进行鉴定,当我不得不讲述巴黎的事件以及为什么珍贵的酒瓶变成了他们桌上的碎片时,我又一次感到了恶心。我以为皮埃尔会从房间里冲出去,桑德琳会把我们永远赶出她的实验室,但是她的眼神随着故事的展开亮了起来,我讲到最后一节,我们拼命跑去买矿泉水时,她大声笑了出来。

我说完后,皮埃尔非常缓慢地摇了摇头,大为讶异地看了桑德琳一眼,然后转过身来,特别认真地对我们说:"只有你们澳大利亚人才会干这样的事!"

我还是不确定他指的是那个破瓶子,还是整场疯狂的格鲁吉亚冒险。我怀疑是前者,但幸运的是,他也觉得这个故事很有趣,非常吸引人。

"如果这瓶酒是真的,你觉得地窖里还会有多少伊甘?可能完好无损的那些?"皮埃尔问我,他的眼里混杂着娱乐和生意。

"我们相信有217瓶,减去我们带回家的两瓶——这瓶不幸的和另一瓶不再属于我们的。"

"200多瓶伊甘?"他说道,"历史有100年或更久?"

"差不多吧。"我说。

"看来约瑟夫·斯大林或他圈子里的人也是酒庄的粉丝,因为有些酒比革命和沙皇去世时还要年轻。但大部分是19世纪的。"

"桑德琳,"皮埃尔说,"你对这瓶酒有什么看法?"

桑德琳打开门,叫来了隔壁房间的人。一个高大的中年男子走了进来,据介绍他叫亨利,是桑德琳的实验室助理。桑德琳和亨利进行了简短而认真的交谈,他和她一样戴上了法医科学家喜欢的薄橡胶手套，打开塑料袋，小心谨慎地取出了那个破碎的古老瓶子。检查后，他把它放在桌子上，让桑德琳接着检查。

除了底部，酒瓶基本完好无损，她轻轻举起它，仔细观察它的形状，然后把注意力转向瓶颈，那里的软木塞和酒帽仍然完好。

"我肯定，我看到了软木塞上的伊甘印记，看起来是真的，"她说道，"酒帽看起来也是我们当年的真品。"

她抬起头，看着我们说："实际上，我以前也有过一些检查这么老的伊甘酒的经验；我们在酒庄的储藏室有一些酒瓶，这些材料看起来的确很相似。"

桑德琳小心翼翼地取出酒帽，试图尽可能多地保留伊甘标志。她把酒帽拿到一边，把它展开，展示商标。"是的。"[①]她点了点头，几乎是自言自语。

她转身对她的助手说："亨利，可以把软木塞拿掉吗[②]？"

亨利点点头，拿出一个开瓶器，轻轻拿起瓶子，拧入软木塞，把它取出来。简走到我旁边，把一只手放在我的胳膊上，说："约翰。"但我正目不转睛地看着软木塞出现，动弹不得，这样凯文和我终于可以发现这瓶神秘的187×年葡萄酒的确切年份。

但，就在大家看着的时候，亨利挣扎了一下，让软木塞移动。130年的软木塞状态很好，他熟练地施加了足够的压力，让它移动。但是，在开瓶器的挣扎下，古老的软木塞破裂了，桑德

[①] [②] 原文为法语。

琳专注地看着，发出了一阵轻微而又沮丧的声音。

桑德琳只说了一句话，"妈的①，这些老葡萄酒"，向亨利手里的开瓶器挥了挥手，上面插着一大块破碎的软木塞。

"这不是你的错，亨利。"她对她的助手说，后者显然被刚才发生的事情吓坏了。

桑德琳走了过来，把剩下的那块软木塞捞出来，当然，断口正好在第四个数字所在的位置。我简直难以置信。最后一件可以确定确切年份的证据可能已经被销毁。

我们仔细检查了一遍，挤在一起更仔细地看了看软木塞。它大部分是完整的，上面写着前三位数字，"187"，但即便把断裂的后一块软木塞拼回来，这曲折的裂纹、这长久的历史和这里本就模糊的数字，现在也是完全无法辨认了。

房间里一片寂静，令人不安。

"我很抱歉。很不幸，"桑德琳说，"让我们看看这酒是什么样的。"

她打开那个矿泉水瓶，把酒倒进杯子里。

"所以，酒是一周前暴露在空气中的？"她问。

"不，实际上是五天，"我说，"大概有十分钟左右，然后我就把它倒进了这些矿泉水瓶里，我在拧上瓶盖之前让它们溢出了一点，以排除任何空气。"

我们都尝了酒。它仍然令人惊叹，就像五天前它破碎后简和我茫然的状态下尝试它时一样，但它现在肯定占了一点略微醒开

---

① 原文为法语。

的优势。

亨利、桑德琳和皮埃尔一边嗅着、尝着,一边说着急促的法语,互相交换着意见。桑德琳挑了挑眉,点了两下头。亨利发表完他的意见后就离开了我们,回到另一个房间。

"和上周相比,你觉得这酒的味道怎么样?"桑德琳问。

"不一样了,"我说,"已经轻微地有点醒过头了。酒更厚重了,几乎变成了焦糖味。上周,葡萄酒的酸度更新鲜,更明亮一点。"

桑德琳和皮埃尔又啜了一口。

我等着,几乎无法呼吸,因为桑德琳又喝了一口,皱着眉头,思考了一会儿,然后点点头。

"我相信,这绝对是伊甘。"她说道。

我终于吐出一口气。酒是真的。

"就算考虑到最近暴露在空气中的情况,尝过之后,这就是那个年龄的伊甘应该有的味道,"她说道,"再加上软木塞、酒瓶和酒帽。一切都是正确的,也应该是这样。我相信,这就是19世纪70年代的真品伊甘。"

"这对我意义非凡,"我说,"不仅仅是指你们帮助我验证了组织销售的计划。你能花时间来测试这款酒,并提供你的专业意见,我很感激。"

"这是我的荣幸,"桑德琳说,"对我来说这也是有趣的一天。"

"实际上,约翰,如果能让你感觉好点,你打破了酒其实是非常幸运的。"伊甘总裁皮埃尔笑着说。

"这话怎么说？"我问道，真的很惊讶。

"我们伊甘有一个政策，不会打开任何比1945年更早的酒。如果有人带来一瓶酒让我们鉴定，我们会看酒瓶、软木塞和酒帽，但不会真正打开它。所以，如果你想从桑德琳那里得到一个真正的、毫不含糊的认证，唯一的方法就是让她能够品尝它。瞧，你的破瓶子给了她这样做的机会。"

我欣慰地笑了，很高兴这酒是真的。"你看，简，我们是天才。"我说，虽然听起来近乎羞愧。

皮埃尔离开前询问了我格鲁吉亚酒窖的细节。我想，现在他知道这酒是真的，对我们到底发现了什么更有兴趣了。

我解释了目前的海关问题，以及这些酒可能是一个文化标志，而不仅仅是一瓶瓶要出售的酒。让-弗朗索瓦想出了一个主意，建议我试着做一笔交易，购买伊甘和其他有价值的法国葡萄酒。"抛开格鲁吉亚葡萄酒和沙皇的个人收藏，试着出口那些海关或其他格鲁吉亚当局可能不太关心的法国经典葡萄酒。"他提议道。

"它们不是格鲁吉亚的酒，只属于俄国沙皇，那么，格鲁吉亚当局对这些特殊的葡萄酒会有什么兴趣呢？"他问道。

这是一个有趣的想法，我从来没有想到过。

皮埃尔说："约翰，如果你能把伊甘酒运到巴黎，我们会派人去检查。如果我们相信它们是真的，我们会对它们进行鉴定，从你今天带给我们的这瓶酒来看，它们很可能是真的。然后你就可以在酒庄的全力支持下去你的拍卖行了。"

"皮埃尔，那就太好了，"我说，"我不知道怎么感谢你才好。

我很想和你一起,让这些神奇的葡萄酒重见天日。桑德琳,你能不能给我写封信或一些文件,说你确认今天这瓶酒是真的?这在我与佳士得或苏富比的会议上非常有帮助。"

她皱起了眉:"约翰,很抱歉,我想我做不到。我需要软木塞上的第四个数字来说明确切的年份。没有确切的年份,我们真的不能在官方证书上署名。我非常抱歉。否则我愿意帮忙。"

我觉得这很有道理。她鉴定的是处于一个特定的十年间的葡萄酒,而且是根据酒瓶的碎片和矿泉水容器中的葡萄酒。这和经过科学测试的特定年份的酒是不一样的,无论每一个单独的部分看起来有多么真实。

我们说了再见,衷心地表达感谢,回到了车上。我带着破瓶子和剩下的酒,现在酒已经倒进了一个没有标签的伊甘酒瓶里,还有一半,用软木塞密封着。

"多么美妙的一个下午啊,"我说,让-弗朗索瓦正开车沿着布满鹅卵石的车道返回,离开酒庄,"这就是我所希望的一切。"

"我只有一件事不明白。"简说。

"什么事?"

"桑德琳的助手为什么要用开瓶器?瓶子已经破了。为什么亨利不直接用一根木棒,或木钉什么的,从里面把软木塞推出来?他本来可以把软木塞完好无损地推出来的。"

这句话让我停了一下。"哦,对啊,你是对的。它不需要开瓶器。我怎么没想到?你当时应该说点什么的。"

"我试过引起你的注意,"简说,"但我觉得有点尴尬,可能会变成我教他这样的专家,或者桑德琳,怎么去做他们擅长的事情。"

"他一定成功地拉出过很多次这样的软木塞,"让-弗朗索瓦说,"从他的行为就可以看出来,很显然他们通常都会这么干。约翰,你和这瓶酒并不是幸运的好搭档。"

"嗯,某种程度上的确不是,让-弗朗索瓦。我们不幸的挣扎意味着我们知道这绝对是真正的伊甘酒。多年来,这一直是整个行动中最大的谜题。我不敢相信,我终于知道答案了。等我把这告诉凯文。"

"还有我们打碎了他的酒。"简说。

"嗯,"我说,"其实,现在想来,没必要马上给他打电话。可以再等等。"

30

老生常谈

2003年9月,
澳大利亚悉尼

　　凯文在酒的问题上表现得非常得体,是典型的凯文方式。当然,整个对话都是关于那瓶破损的伊甘。

　　我们坐在他家附近的一家咖啡馆里,喝着早晨的咖啡,享受着春天的阳光。他不打算直接放过我。

　　"那瓶酒又不值钱,"他说,看了我一眼,"也不是我收藏中最有价值的一瓶,也不会再有了。"

　　"我觉得你在挖苦我,"我说,"当然我活该被你挖苦。我给你带了一点特别不错的矿泉水回来。"

　　"但颜色很奇怪。"

　　"就是那样的,"我承认,"不过,还是不错的纪念品。比雪花水晶球好多了。"

　　他换着法子,温和地批评我酿成了打破酒瓶的灾难,直到他词穷。之后,我们考虑了自己的处境。

　　"你知道那句老话吗——每场战斗都有受害者?"他说道,

"我想那瓶酒就是我们的受害者。我们损失了一名士兵,但在战斗中取得了进展。事实上,这是一个相当惊人的转折。皮埃尔说,如果你没有打破它,他们就不可能尝到它,然后我们就不会确定那是真的。但他们做到了,我们也做到了,这很酷。我们现在不仅可以肯定地知道伊甘酒是真的,而且那个酒窖里的所有其他东西也可能是真的。我们花了很多年才知道这一点,这是一条重大的信息。现在我们可以试着完成整件事了。"

他是对的。直到今天,一想到在巴黎的小路上看到酒瓶破了,我还是一阵后怕。如果它完好无损并经过鉴定,会值多少钱?可能至少是2万澳元,如果卖掉它,我和凯文每人可以得到1万澳元。不,实际上,它可能比这更值钱,但我们真的会卖掉它吗?它是整个拼图游戏中不可或缺的一部分,尽管我有点不屑一顾地认为物品只是物品,一瓶昂贵或稀有的葡萄酒也不过如此,但我一直很依恋我们这件没有注明日期的神秘文物。如果没被打破,它很可能还在我们的酒窖里,积聚更多的灰尘。

凯文支持让-弗朗索瓦的计划,认为我们应该考虑改变和乔治的整体协议,只盯准伊甘酒。

"我们说的是整个酒窖100万美元。"凯文说。

"或者200万,上次乔治和我说的时候提过。我告诉过你,他正在试着这么干。"我说。

"对,这很奇怪。在此之前,他对钱的问题一直都是直截了当的,但即便如此,如果我们假设以最初的100万价格,我们可能只能买下伊甘酒和其他法国经典葡萄酒的一半,而且很可能比整个酒窖的售价低不了多少。"

我想了想。"这是否足以让我们克服从一开始就困扰这件事的那些潜在的海关和文化遗产问题?"

"不知道,"凯文耸耸肩,"这绝对是那位'狠角色'该回答的问题。"

∧

那天深夜,我的电话响了,是乔治。

"约翰,"他说,"我们该结束这件事情了。"

"你什么意思,乔治?"

"这里有人担心,我们等了很久,等你给我们报价,真正给我们看看你们的钱。如果你想要这些酒,现在是时候付钱给我们了。"

"乔治,这话又从何说起?"我问道,"你很清楚事情的进展。我需要你提供有关海关事宜的文件,我需要一份签署好的协议,允许我和拍卖商沟通……"

"约翰,我们已经谈这个谈了好几年了,"他厉声说道,"我们告诉过你,不要担心。在这里,我们只希望看到你真的有钱。你是真的要买这些酒。"

"乔治,我不会因为一个承诺就转出 50 万美元。你知道的。"

"约翰,这边的情况对我来说越来越难了。还是有希望的,你需要履行你那头的协议。"

"这不像你,乔治。我很担心,"我说,"你能把我要的文件寄给我吗?我会尽量敲定最后的法律协议。我也希望这笔交易尽早完成。"

"得快点，约翰。很快。"

他说了再见，挂了电话，我站在那里，在我黑暗的休息室里，拿着电话，想知道这一切是怎么回事。我甚至都没有机会向他说明那个新的想法。

八

自从我与黑衣人特里·伯克共进午餐，以及随后与实际上帮助起草格鲁吉亚宪法的律师沃尔夫冈·巴贝克会面以来，我花了点钱，对我的长期问题有了相当多的了解，大概明白了我们有没有希望在不受格鲁吉亚当局阻止的情况下将葡萄酒出口到伦敦——或现在的巴黎。

带着我从波尔多学到的新知识，我和沃尔夫冈坐在他位于克拉伦斯街舒适的办公室里，思考着我们的机会。

"一方面，乔治在第比利斯仍然回避这个问题，说他会'处理好这个问题'，"我说，"但他如何'处理好'，与我们几年前造访时相比，并没有更明确。"

沃尔夫冈点了点头："我不得不指出，格鲁吉亚属于在海牙签署的《世界遗产法》①的签署国，如果有人发现你拥有具有文化

---

① 原文 World Heritage Act 似不准确，可能指 1954 年签署的《关于发生武装冲突时保护文化财产的公约》(*Hague Convention for the Protection of Cultural Property in the Event of Armed Conflict*)，也可能指 1972 年在巴黎签署的《保护世界文化和自然遗产公约》(*The 1972 Convention Concerning the Protection of the World Cultural and Natural Heritage*，简称 World Heritage Convention）。

意义的格鲁吉亚文物，你可能会面临法律诉讼。"

"哪怕我们是合法购买得来的？"我问道，"如果有文书和官方文件证明乔治和他的伙伴们是真诚地把它们卖给我们的呢？又或者，如果能证明乔治保留所有权，我们只是作为他的代理人，而且只卖法国经典葡萄酒，不涉及格鲁吉亚葡萄酒或相关历史人物，更不涉及私人收藏，这样会不会更好呢？"

我发现自己很欣赏沃尔夫冈熨得笔挺的衬衫上的袖扣，他伸手去拿杯子时，西装袖子卷了起来。他喝了一口咖啡，我意识到这袖扣是格鲁吉亚国旗的金色浮雕版本。

他说："我想，大家都是见过世面的人了，完全可以明白，如果你在海牙被人指控文化侵权，挥舞着乔吉给你的一张纸，但乔吉已经从你那里拿走了50万或100万美元，我们基本不可能相信乔吉会出现在法庭上，忠实地证实你的说法。"

我不得不站起来，在房间里踱步。这个老问题从来没有得到解决。

"我可以做一件事，"我建议，"我可以回到格鲁吉亚，与乔治和他的伙伴们面对面地讨论这些问题。也许现在是我们坐下来尝试交易的时候了。你怎么看？"

沃尔夫冈在座位上移动了一下："我能看出其中的逻辑，但我很担心。"

"为什么？"我问道。

"你离开那里之后，格鲁吉亚已经变了，约翰。我不是说你要对付的人，但你也许会发现，几年前那些牛仔一样的狂徒，当时看来很合理，没什么伤害，但现在他们的游戏已经升级了，进入了更危险一些的领域。"

"你是说寡头？"

"第比利斯肯定有一些人在幕后操纵，这是当然的，"他说，"但哪怕是一些小角色，那些在共和国成立后初次涉及采矿或葡萄酒的人，也可能会升级到了大规模的政府诈骗，为车臣叛军提供资金，涉及毒品，以及其他的活动。"

我仔细想着沃尔夫冈所说的内容："你知不知道，乔治有没有在这些活动中被提到过？"

沃尔夫冈的脸色有些凝重，但很友好："没有特别提到，没有。但他在圈子里活动，如果他能设法完全避开那些人，那简直是个惊喜。我只能说这么多。"

31

你有多想要？

接下来的五天，我反复给乔治打电话。电话每次都是无人接听，甚至都不会跳转到语音留言上。

在那通奇怪的深夜电话后，我给他发了邮件，确认了伊甘酒的认证，并再次解释说，我们现在应该谈谈下一步，比如我期待已久的拍卖行确认函。我没有提出只要伊甘酒的想法，因为我想和他谈谈，试探一下他的想法。

但他只是沉默。

我最后又写了另一封电子邮件，说明了我现在的情况，以及这笔交易需要什么才能通过。

"乔治，"我写道，"我能理解你在那边的压力，但我们也一样。凯文，我，还有你，一直都是本着诚意和尊重的态度来往的。"

我又把一切都说了一遍，感觉已经说了一百次。需要确定海关的情况，需要关于交易的文书，以及需要明确我们作为代理人的地位。我现在几乎可以在睡梦中写出这些法律条文。

但我觉得，现在，我需要再一次清楚地说明这一切。"你在法律上有权卖这些酒吗，乔治？"我问道。我说过了，就跟《土拨鼠之日》一样。

我在邮件最后写道：

  总之，乔治，我完全同意你那天晚上说的话，现在是我们进行交易的时候了。但是，如果要我们拿出钱来，真正买下你那惊人的酒窖，你需要为我们扫清障碍，不要有任何潜在的法律、政府或其他可能的交付障碍。

我发了邮件，却什么回复也没得到。

我又打了几次电话，也没有任何消息，我不知道还能做什么。

所以我就回去工作了。我的埃平店很忙，波尔多进口业务也开始有了起色。我为它创建了一个零售网站，有人警告我，说这将是一项艰巨的工作：要让一个线上店铺正常运作，你几乎需要把它当作一个完全独立、完全不同于现有实体店的新业务。我一直对这个警告嗤之以鼻，觉得它很夸张，直到我开始着手项目，才意识到这种建议是完全正确的。

但这个网站是卖酒的，所以我采用了一贯的方式，潜心学习互联网销售的最佳方法，以及如何抢占这片新世界。令人高兴的是，我们离社交媒体接管一切还有好几年的时间。我当时不确定我能不能应付得了这种情况。

我决定，是时候为我最忠实、最热情的顾客举办另一场"清仓品酒之夜"了。因为我现在有很好的故事可以讲。我准备了八款酒，一瓶 1985 年的玛歌酒是最后的亮点。

凯文刚从中国旅行回来,他的手表制造生意在那里开始蓬勃发展,所以他顺道来帮忙准备场地,布置品酒台、奶酪和其他小食,然后扮演他传统的保镖角色,应对任何试图插队直奔主酒台和玛歌酒的人。我喜欢在他为我工作多年后,还毫不犹豫又愉快地自愿担任这一角色。私下说一句,我觉得他很喜欢扮演有礼貌的硬汉。

我们在一个星期四的晚上举行活动,从晚上7点开始,大约在我最后一次联系乔治的一个月后。我把人数限制在50人以内,报名费是50美元。我们会为这些活动关闭商店,我只需要每种酒开3瓶,因为掌管一场管理良好的品酒会时,我们往往能从一瓶酒中倒出16杯。有人并不会品尝所有的葡萄酒,而意犹未尽的品尝者会留下来看看还有什么剩下的。

当晚进行得相当顺利,顾客们都很高兴,很热情,我们的销售也很不错。晚上快结束时,门开了,一个男人走进店里,站在门口,打量着这一幕。他看起来很面熟,但我没有一下子认出他来。他绝对不是我的老顾客,他们都是被我邀请参加这次活动的人,所以,他一出现,我就注意到了他。

他有一头剪得很短的黑发,还留着胡茬,身穿深色牛仔裤,马球衫外套着一件皮夹克。他脖子上戴着一条金链子,身上有一种略显危险但又平静的气息。

然后,我意识到了我眼前的是谁。

我和凯文对视了一眼,我想我俩在同一时刻认出了他是谁。也许是因为他年长了几岁,身材更丰满,也许是因为他腰间没有手枪,让我们感到困惑。又或者只是因为他是如此不合时宜。

我离开了一直在聊天的顾客，走到门口，他看着我，带着微妙的微笑。

"你好，约翰先生。惊喜吧。"

"你好，皮奥特。你离家很远啊。"

皮奥特现在笑得更开心了。"来悉尼是很不错的。不管怎样，格鲁吉亚现在没什么好玩的，因为冬天快到了。我喜欢造访你们的国家，也乐意看看你们的生意。"

"你怎么找到我们的？"我问道，"我们在第比利斯拜访你时，店铺还在双湾，那时候还没有这家店。"

"是的，但你离开那天给了我你的名片，记得吗？我按那张名片上的地址打了电话过去，他们把我送到了这里。"

我的第六感快要疯了，但我尽力表现得平静，很高兴见到他。"好吧，你来得正是时候，"我说，"今晚我们品尝了一些非常好的葡萄酒，欢迎你加入我们，我相信还剩了一些好酒。"

凯文现在已经整理好了他的岗位，把剩下的玛歌酒放在桌子下面，以备"后用"。他走过来，握了握皮奥特的手。

"伽马尔幺巴[①]，皮奥特。"凯文说。

"哦耶！"皮奥特回答。

"好久不见了。"凯文笑着说。

"晚上好，凯文先生。你看起来很好，很健康。"

"有时候看起来是。"

我说："皮奥特，让我和我的顾客聊完这几分钟，然后我们

---

① 见第 275 页注 ①。

可以一起安静地喝一杯。这样可以吗?"

"当然,约翰。我喜欢四处看看。"

接下来的一小段时间里,我继续在房间里工作,和我的老顾客交谈,以体面的价格出售了一些波尔多葡萄酒。我一直盯着皮奥特,他似乎很享受,和凯文一起在桌子间闲逛,品尝了一些葡萄酒,甚至偶尔还试图和悉尼北岸的当地人闲聊。

终于,最后一批顾客离开了,当晚协助我的两名临时工作人员接管了清理工作,并重新打扫商店,恢复往常的布置。我悄悄告诉他们,我和凯文要处理一些意想不到的事情,让他们去工作。工作人员好奇地盯着这个陌生人,他的出现毫不费力地吸引了房间里所有人的注意力。我想起在第比利斯,每次皮奥特进入酒店大厅时,都会引起保安的注意。他对人们仍然有那种影响。

现在,皮奥特和凯文站在玛歌酒的桌子旁——酒又神奇地出现了,只有凯文能做到这一点——于是我走过去,说:"好了,搞定了,凯文。我们为什么不和我们的朋友安静地喝一杯呢?"

我带路走进我的办公室,带着打开的玛歌。我给大家倒了一杯,皮奥特看了看我的书和酒,还有墙上的艺术品。他脱下他的夹克,看起来很贵,挂在椅背上,接过一个杯子,向我们举杯致意,然后露出了他那种谨慎的微笑。

"哦,非常好的酒,约翰先生。谢谢你。我怀疑你对今晚能见到我的期望值很低。"他说。

"你完全可以这么说,"我说,"我必须承认,我花了一秒钟的过程才明白进门人的是你。"

"过程？什么过程？"他一脸迷茫。

"没什么，就是意识到是你。"我说。

"哦，不错，我确定是这样。"

"那么，你为什么出现在悉尼，皮奥特？"凯文问道。

我们的客人耸了耸肩："过去几年，我们格鲁吉亚人已经开始进一步走向世界了，而不是一直生活在第比利斯。我们喜欢四处走动，体验新的文化、新的西方方式。"

"这么说，你在度假喽？"我问道。

"某种程度上算是吧，"他说道，"还有会面。"

像这样的会面，我心想。这不是一次偶然的拜访。

凯文脸上的表情似乎完全放松了下来，但我知道，他每一句话和每一个瞬间背后都打着啪啪作响的小算盘。

"我一直试着通过电话或电子邮件联系乔吉，皮奥特，"我说，"他怎么样了？"

"格鲁吉亚的事态发展很快，约翰，"他说道，"你最好不要再联系乔治了。"

"这是什么意思？他是不再负责萨瓦内一号了，还是不再负责我们正在努力敲定的这笔生意？"

"没有生意了，约翰，"皮奥特断然说道，"没有酒卖了。"他呷了一口手里的85年玛歌，直直地盯着我。

"皮奥特，我不太明白。凯文和我一直在努力，断断续续地，好几年了。乔治一直表示，他愿意让我们买酒。哪里变了？"

"变化很大，约翰。我告诉你了。"

凯文探身问道:"乔治还好吗,皮奥特?"

皮奥特想了想,动了动肩膀:"还好,我觉得是。"

"但他已经不是酒厂的一部分了。"凯文说。

"就你和约翰而言,他已经不再是可以交谈的人了。"

"那我们该找谁谈,皮奥特?"我问道,"现在是谁负责?"

皮奥特给了我一个完全平静的眼神,但足以让我胃里一阵翻腾:"我已经说了,约翰。你听到了,但你没有听进去。再也没有人可以谈了。没有谈话了。"

我步步紧逼:"大约一周前,我给乔治发了最后一封电子邮件,我建议我到第比利斯去,试着跟乔治和他需要的任何合作伙伴面对面地敲定这些酒的销售。"

皮奥特叹了口气,喝了一口酒:"约翰,那不是个好主意。"

"酒还在吗,皮奥特?"凯文问道。

皮奥特看着他,一脸惊讶:"当然。还有很多很多的酒。它们能去哪里呢?"

"好吧,这就是我们想讨论的,"凯文说,"它们可以去欧洲,让你,还有我们,赚一大笔钱。"

"对,"我说,"皮奥特,你知道我们和欧洲有很好的关系。我们甚至拜访了伊甘酒庄的酿酒师——还记得酒窖里的那些伊甘酒吗?——他们准备检查所有的酒,看它们是不是真的。我们只需要把这些酒带去巴黎。有了凯文和我做的审核,再加上你的帮助,我们已经准备好把酒窖搬到拍卖会上了。"

"约翰,我真的很抱歉,但那是不可能的。我为之工作的那些人,一直就不是乔治,他们希望你知道,是时候让你远离第比利斯了。"

凯文和我消化了一下这句话。

"但我们已经很接近了，"我说，"离交易就一步之遥了。"

"不，你没有。"他断然说道。

"如果我和你一起上飞机呢，去第比利斯，试着和你的人讨论这个问题，塔马兹先生或其他人，不管是谁，会怎么样？"我问道。

皮奥特盯着我看了很久，然后慢慢地摊开双手："约翰，请仔细听我说。我们现在的阶段是，你需要问问自己，你准备为再次看到这些酒的机会付出多少代价。"

我们对视了很久，直到他说："说得更清楚一点，我说的不是美国货币。"

一片寂静。最后，我点了点头，说，"好的，皮奥特。我明白了。"

"我能问一下你为谁工作吗，皮奥特？"凯文问道。"谁决定把我们踢出局的？"

"你还是不知道为好，"皮奥特说，"不是每个人都像我、乔治和尼诺一样友好，凯文。现在有些人，在俄罗斯，在格鲁吉亚，在世界上，知道他们的名字都是很危险的。我会保护你们的。但是你们需要明白，如果你们回来，可能会发生什么。"

"我们在你那里有危险吗，皮奥特？"凯文问道。

我屏住呼吸，还是对这个问题感到惊讶。凯文，永远是开门见山的高手。

不过这个车臣人只是笑了笑，出乎意料的轻声嗤笑："没有，凯文，没有危险。我喜欢你。我很高兴来到这里，喝你的好酒，帮你获得安全。"

"但如果我们出现在第比利斯，带着一张大支票，想买下所有的古董葡萄酒……"我大胆说道。

"也许是不同的结局。"皮奥特说。一切欢乐荡然无存。

"哇哦，"我说，"好吧，皮奥特。我们理解。但是……哇哦。"大家又喝了几杯，沉默的气氛很浓重。

最后，我说："皮奥特，这与我想做交易或找到前进的道路无关，好吗？所以，请理解我不是在推动任何游戏。我明白你的意思，我保证。但是，我确实想知道，只是因为我喜欢他，一直觉得和乔治有一种联系：他安全吗？他有麻烦了吗？"

皮奥特又耸了耸肩。"乔治现在不在第比利斯。大家都联系不上他，有一段时间了。我想这对他来说是个好主意。"

"他有新的电话吗？新的邮箱？"

"约翰，"皮奥特说，声音有一丝尖锐，"没有电话。没有电子邮件。但如果有，你也不需要它们了。我再说一遍，你是个聪明人。"

于是，事情就这样了。皮奥特喝完酒，起身准备离开。

"很高兴见到你们俩，"他说，"我很抱歉结束了你们对酒的计划。我们很喜欢你们。我们也很难过，不能一起赚钱。"

我们送他到现在空荡荡的商店门口，晚上活动的空酒瓶装在盒子里，桌子擦拭得干干净净。

皮奥特穿上皮夹克，准备离开。

凯文说："皮奥特，我能问一下，你大老远跑来悉尼，就是为了传递这个信息吗？"

皮奥特笑着摇了摇头。"不，我遇到了一个女孩，她来这里参加橄榄球世界杯。比赛很快就开始了，对吧？我来看她。看点比赛。很高兴你们也在这里，这样我们就可以真正地谈一谈，说说该说的话。"

"这么说，你要在城里待一段时间了？"我说。

"没用的，约翰，"他说，几乎是悲伤地对我笑了笑，"我看到你的大脑在工作。是时候停下来了，在这件事上。对你来说，我现在就像酒厂里所有的第比利斯人一样，是你过去的一部分。一个幽灵。再见，我的朋友们。请你们——就算是为了我吧——好好活着，安全地活着。"

他伸出一只手，我握了握。还有什么可做的呢？凯文也握了一下手，然后，皮奥特消失在了夜色中。就像他说的，像一个幽灵。我们关上了门，我突然感到膝盖一阵发软。

空荡荡的商店里，凯文和我坐在两把椅子上，睁大眼睛，面面相觑。

"刚刚那一切确实发生了吗？"我说。

"我很肯定，"他回答，"我相信，我们刚刚被告知，如果我们试图再次访问萨瓦内一号，我们可能会被谋杀。"

我问："你认为乔治已经死了吗？"

凯文耸了耸肩："不知道。也许吧。我希望没有。"

"但我们会，对吧？如果我们再试一次。会被皮奥特的老板，不管是谁。"

"或者被皮奥特。"凯文说，"约翰，我觉得，我们不应该误解他对我们说的话，也不应该认为这是一种谈判策略。有人很清楚地告诉我们：从现在起，我们已经结束了。"

我坐在那里，惊讶和恐惧之余感到一阵愤怒。"我想，我不喜欢别人叫我走开，否则就怎样这样。"我说。

"我也不喜欢，"我的加拿大朋友说，"但我也相当喜欢呼吸。"

32

勃朗特的风景

我一直很喜欢在悉尼东郊海岸线举办的"海上雕塑"展览。简在城里,所以我们去了邦迪,沿着悬崖走过了一条美丽得惊人的小径,经过塔玛拉玛,向克洛韦利走去,欣赏沿途散落的大型雕塑和装置。

微风阵阵,海浪拍打得恰到好处,我们沿着小路进入勃朗特,海浪在我们脚下翻滚。因为在阳光下走得很热,我们在一家咖啡馆停下来喝咖啡,那里可以俯瞰狭窄的海滩。生活感觉很不错。

"我能问你点事吗,约翰尼[①]?"简隔着桌子拉着我的手,问道。

"当然。"我说。

"你对格鲁吉亚的那些酒是什么感觉?你能放下它们吗?"

皮奥特的意外来访已经过去快一个月了。事情发生的当晚,我在电话里把一切都告诉了简,但她是对的,在这中间的几个星期里,我花了很多时间思考这次谈话,在脑海里翻来覆去,试图

[①] "约翰"的昵称。

接受这样的现实：我们所有的努力、花费、与沙皇的酒窖有关的各种预期，全部都已经化为泡影。

现在，我只能说："是的，事情就是这样。没有必要再在这上面浪费任何心思。已经结束了。"

"你会冒着生命危险去带走那些有百年历史的伊甘酒吗？"她问。

"不会，"我说，"绝对不会。你知道我的感受：一瓶酒就是一瓶酒。即使它历史悠久，承载着令人惊叹的文化遗产，价值不菲，它也只是一瓶酒。我要为此冒着被'消失'的风险吗？不可能。"

"不过，这还是难以取舍的，"她说，用严肃的眼光盯着我的脸，"那成千上万瓶酒。是包括了217瓶伊甘吗？就在那里吃灰。"

我笑了："它们完全可以躺在那里，躺在可能携带武器的无情黑手党人物——或者充其量算是流氓商人——脚下的灰里。一切都结束了。"

"你能这么坚定地走开，真好，"她说，"如果是我，我不确定我能这么轻易地放手。"

"就像我说的那样，我还能有什么选择呢？"我拉起她的手，"你知道我不是一个多愁善感的人，但我有很多活下去的理由，就在悉尼。有你，有我的生意，有我的朋友。我的酒窖里还有第比利斯剩下的酒，我还有所有的故事，我会一直在晚宴上讲述这些故事。这是一场非常有趣的冒险，这一点不会改变。"

"我也觉得不会，"她说，"这么说，就这么结束了？"

"结束了，"我说，"而且，为了证明这一点：这周早些时候，我甚至不知从哪里接到了一个纽约朋友的电话，他是一个歌手，我曾经给他讲过这个故事，他打电话说他认识一个人，是一个纪录片制作人，还和一个超级有钱的美国商人兼葡萄酒爱好者有联系，这人在俄罗斯有些关系。这个纪录片制作人和商人听到这个故事后勃然大怒，准备眼睛都不眨一下就拿出一两百万美元，并在做交易和抢酒时把整件事情都拍摄下来。我说，好吧，祝你们好运，如果你们想试试的话。"

"你觉得他们会吗？"她问。

"不知道。我不想给他们太多他们需要的细节，我也不想再蹚这趟浑水去找答案。"

她笑了。"我的男人就是聪明，敏感，又务实。"她说道。

"而且还活着。"我咧嘴一笑。

我们喝完了咖啡。简调整了一下她的棒球帽。我看着她把散乱的头发塞进帽子下，重新涂上防晒霜。皮奥特走后，凯文曾说他喜欢呼吸。而我喜欢生活中的很多东西。

保持这种状态是值得的。

我深深地吸了一口气，吐了出来，然后起身。

"来吧，"我说，"我们继续走。还有很多值得去看的东西。"

尾　声

**2019 年 2 月，
英国伦敦**

　　肯辛顿花园上空笼罩着薄雾，空气中弥漫着一股寒意。当时是下午，但感觉更晚，就像伦敦的冬天一样。我从威斯敏斯特走过来，穿过斯隆广场和骑士桥，进入花园。现在，我坐在公园的长椅上，俯瞰着圆圆的池塘，肯辛顿宫就在我身后。

　　那肯定是他。我看着他向我走来，尽管他还在几百米开外。同样的腰围，虽然现在穿着大衣更显宽大，戴着眼镜，头发有些灰白，剪得更短了，而且是整齐的侧分，而不是我们见面时乱蓬蓬的头发。

　　找到他比我想象得要容易。在我的第比利斯冒险和接到随后的警告之后那几年里，互联网已经发展起来，社交媒体开始萌芽，它的触角伸向世界的每一个角落。即便如此，我也没有想到在社交网站上这么快就找到了尼诺：他现在显然已经做了父亲，至少有一个孩子，还有一位漂亮的妻子，但不是多年前我们访问时他开车带着的那个女孩。尼诺在社交网站上的个人资料中有很多朋友，都有膨起来的硕大肌肉，剃着光头，文着大花臂。而皮奥特在社交媒体上的存在感几乎为零，我也无法确定我找到的雷瓦兹·鲁斯塔维利是不是就是我遇到的那个。如果是的话，他看起来的确是老了。我发现一篇谈论塔马兹兄弟的文章，他们被要求回答一些与格鲁吉亚政府丢失黄金有关的尖锐问题。会不会是同一个塔马兹？

而现在，乔治出现了，正向我走来。

最令人惊讶的是，如果不是内维尔·罗德斯的一句话，我永远也找不到他。我们在环形码头的码头餐厅参加了同一场聚会，不去打个招呼似乎很没有礼貌。

事实上，事情发生多年后，内维尔显然也已经向前看了，因为他看起来真的很高兴见到我，回忆起他自己在第比利斯的冒险——或者可以称之为不幸——以及他的葡萄酒野心时，他很高兴地笑了。

"我想知道乔治现在在哪里？"我说道，更像是反问。

"乔吉·阿拉米什维利？"内维尔说，"那个无赖。你敢信吗，他现在是乔治·肯辛顿先生了，住在伦敦的一个高档地方。事实上，准备好，就在肯辛顿。他就是肯辛顿的乔治·哈里森·肯辛顿先生。"

"格鲁吉亚的乔吉，现在是肯辛顿的肯辛顿先生了？"我说，"你是认真的吗？"

"当然。他一直是几家矿业公司的董事，偶尔有一家甚至是半合法的。"内维尔说，"根据某些绘声绘色的文章或法律记录来看，他这一路经历了一些冒险，在新加坡和中国香港，但更多情况下，我认为肯辛顿的生活是相当平静的。"

我难以置信，带着这些新信息，我在聚会回家后上网搜索了一番。果然，从简历网站到——没错——公司警告公示网站，都有乔治·哈里森·肯辛顿的身影。看起来，乔治涉足过石油公司、各种采矿业，甚至还担任过独联体各国3G电话的网络推广顾问。

我花了十多年的时间，想知道他是不是还活着。结果他一直以新名字生活和工作着。所以，心血来潮，我联系了他，说我很快就会到伦敦……

此刻，他向我走来，微笑着伸出一只戴着皮手套的手。"约翰·贝克。多好的款待啊。"他说道，他的英语毫无瑕疵。

"你好，乔治。好久不见。"

"确实。你好吗，老朋友？你的生活怎么样？"

乔治坐在长椅上，坐下的时候嘎嘎作响，好像他的膝盖不怎么好。他比我年轻，在第比利斯的日子里，他似乎要年轻得多，但现在我觉得他有点像个老人。也许只是因为英国寒冷的天气。

"你什么时候离开第比利斯的，乔治？是那个时候吗？想到你不在那里，我还很难过。你总是对自己的国家和城市充满热情。我还记得你向格鲁吉亚母亲的雕像敬酒。那对你意义重大。"

他耸了耸肩，很无奈："有时候生活会让你远离你所爱的东西，约翰。有时候你必须重新开始。对我来说，是时候该离开了，把我的家人从那个地方带走。这绝对是正确的选择，如果我有选择的话。我不确定你能理解这一切。总之，第比利斯已经不是我年轻时的样子了。如今，那里全是无边式游泳池、游客和美国品牌连锁店。"

我不知道该说些什么。但乔治只是笑了笑。

"所以现在我只是个老家伙了,"他说道,有点像伦敦东区的口音,"伦敦还可以。它有不错的足球比赛——加油,切尔西——而且离这个公园不远处还有一家专门卖格鲁吉亚葡萄酒的商店。"

我们聊了一会儿我和他的生活,叙叙旧。可以预见,他对自己工作的细节,现在在做什么,以前又做了什么,都有点含糊其词。他主动说他现在有孩子了,而且是英国公民。他说他不打算回第比利斯生活。

"很抱歉事情变成了这样,约翰,"我们聊了二十分钟左右后,他终于说,"我知道你为酒窖投入了多少努力,我也很想和你一起完成交易。"

"我一直不知道为什么一切都被叫停了,乔治,"我说,"我甚至不知道你是不是还活着。皮奥特顺便去了趟我在悉尼的店,警告我们不要再回去。是你在背后安排的吗?"

乔治露出了痛苦的表情:"约翰,过了这么久,再回头来看这些事是不愉快的。我想,皮奥特是在帮你的忙,但不是我,我当时正忙着别的事。我很高兴你有意识地注意到了这条信息。"

我们坐着,看着一只松鼠从树后飞奔出来,看了看我们,都懒得躲起来,认为我们都是无害的。我在想我们是不是真的无害。

"乔治,"我说道,"我能问一下吗:酒怎么样了?这么多年来,我一直在想。那三瓶1847年的伊甘酒,单凭它们就能值

100万美元。还有其他的伊甘！另外，还有几十瓶玛歌、木桐、拉菲，所有其他的。这么多的宝藏，惊人的历史。它们怎么样了？它们现在在哪儿？它们还在那里吗？"

乔治看着公园，笑了笑，然后把头转向我，仍然咧着嘴笑着。

"约翰，那是格鲁吉亚的事。我怎么会知道呢？我是伦敦人。"

我摇了摇头，但也不得不微笑。

"有道理，乔治。我就继续琢磨吧。我还有最后一个问题。"

"如果你一定要问的话。"他说。

"我能请你喝一杯吗，乔治？看在过去的分上？我们可以聊聊约瑟夫·斯大林，聊聊尼古拉二世，聊聊法国葡萄酒和硫黄浴。"

乔治咧嘴一笑，小心翼翼地从长椅上站了起来。

"当然可以，约翰，我的朋友。我非常乐意。你来当祝酒师吗，还是我来？"

"也许我们可以轮流来当，"我说道，"乔治，老实说，唯一的问题是，几杯酒下肚，我很有可能会问你酒在哪里。"

乔治笑了，把一只大手轻轻放在我的背上。

"好吧，这始终是个问题，约翰，"我们开始走路时，他说，"这就是问题所在。"

词 汇

badridzhnis khizilala，巴德利兹尼斯希兹拉拉——圆茄鱼子酱。

Cape Mentelle Cabernet，曼达岬酒庄赤霞珠——一款以赤霞珠为主的强劲葡萄酒，来自西澳大利亚玛格丽特河地区最早创建的葡萄园之一。

Chacha，查恰——查恰白兰地，在格鲁吉亚多由白羽葡萄蒸馏而成，白羽葡萄也用于酿造白葡萄酒。

charkhlis mkhali，查卡利斯穆哈利——格鲁吉亚甜菜根沙拉（又名帕哈利，*pkhali*）。

Château Beaucastel Châteauneuf-du-Pape Blanc，博卡斯特尔酒庄教皇新堡白葡萄酒——法国南罗讷河谷教皇新堡的一家大酒庄。主要由瑚珊葡萄酿造，具有良好的陈年能力，有极美妙的白葡萄酒风味。

Château Cheval Blanc，白马酒庄——位于波尔多右岸，是圣埃米利永的一家大酒庄。与波尔多左岸不同的是，这家酒庄有很高比例的品丽珠葡萄，葡萄酒浓郁芬芳。

Château Cos d'Estournel，爱士图尔酒庄——可以说是圣爱斯泰夫产区最伟大的酒庄，位于波尔多的左岸。

Château Coutet，古岱酒庄——优雅，精致，风格热情的苏玳贵腐酒。

Château Guiraud，吉罗酒庄——高等级、风格更强劲的苏玳酒，混合了比大部分苏玳酒更多的苏维翁。

Château Haut-Brion，奥比昂酒庄——波尔多一级酒庄（仅有的五个一级酒庄之一）。世界上第一款拥有自己标签的葡萄酒（在1660年）。精致，和谐的葡萄酒，如果窖藏得当，活力可以保持到……几乎永久。

Château Lafite Rothschild，拉菲酒庄——波亚克主要产区的一级酒庄（五个一级酒庄中有三个在波亚克）。有人会说它是波尔多最伟大的红葡萄酒。尤其是它烤香草和香料的香味，非常吸引人。优雅而诱人，但不沉重。

Château Larose (Gruaud-Larose)，金玫瑰酒庄——波尔多左岸圣朱利安产区的大型二级酒庄。

Château Latour，拉图尔酒庄——不朽的，贵族式一级酒庄，位于吉伦德河畔波亚克的黄金位置。可以说是五个一级酒庄中最有气势、最有结构的葡萄酒。

Château Margaux，玛歌酒庄——也许是我最喜欢的波尔多葡萄酒。波尔多玛歌产区的一级酒庄，迷人，柔软，精致。

Château Mouton Rothschild，木桐酒庄——位于波尔多左岸波亚克一级酒庄。可以相当性感和集中。也因委托二十世纪一些伟大的艺术家为它画标签而闻名。

Château Pichon Baron，碧尚男爵酒庄——波亚克产区辉煌的二级酒庄，位于波尔多左岸。地理位置优越，毗邻拉图尔和其他大型酒庄。可以说是整个地区出镜率最高的酒庄。

Château Raymond-Lafon，雷蒙拉芳酒庄——丰富，非常优异的苏玳贵腐酒，与不朽的伊甘酒庄毗邻。

Château Rieussec，拉菲丽丝酒庄——非常优异的苏玳贵腐酒，同样毗邻不朽的伊甘酒庄。现为拉菲酒庄所有，葡萄酒的品质也相应得到了提高。

Château Suduiraut，绪帝罗酒庄，又称旭金堡——极好的苏玳贵腐酒庄园，和我最喜欢的波尔多葡萄酒之一，碧尚男爵，同属拉菲酒庄。甜美的苏玳葡萄酒，具有良好的活力和能量。

Château d'Yquem，伊甘酒庄，又称滴金酒庄。

classified growths（法语 *crus classés*），列级庄——在1855年的巴黎博览会上，拿破仑三世皇帝将波尔多最好的葡萄酒分为五个等级（一级、二级等）。这些酒庄被称为列级酒庄。

Clonakilla Shiraz，五克拉酒庄设拉子——堪培拉地区最突出、也可能最好的酒庄。

Deda-khelada，德达-赫拉达——大型格鲁吉亚酒罐，又名母罐。

Dom Pérignon，唐培里侬香槟——酩悦轩尼诗集团（LVMH旗下）的顶级旗舰款葡萄酒，以完善香槟调配技术的传奇酒窖主人命名。

dry red，干红——发酵到没有明显甜味的葡萄酒。大部分红葡萄酒被认为是干红葡萄酒。

fill level，液位——酒瓶有多满的问题。随着葡萄酒老化，一些葡萄酒可能会通过软木塞蒸发掉。理想情况下，相对于其年龄，葡萄酒应该具有一个较高的液位。

green pruning，剪枝——春夏之交，把非常茂盛的葡萄树上过多的植被除去。

Guyot，居由式——一种葡萄树的树形或藤架方式，通常保留一根或两根长枝。

Hennessy Jubilee Cognac，轩尼诗禧年干邑白兰地——一种罕见的干邑白兰地，由受人尊敬的轩尼诗干邑白兰地之家生产。

ikhvis chakhokhbili，伊克维斯查科比利——格鲁吉亚炖鸭。

2000 Jasper Hill Nebbiolo，2000年贾斯珀山酒庄内比奥罗——澳大利亚贾斯珀山酒庄维多利亚州希思科特最早的内比奥罗年份酒之一。

Kantsi，坎茨——一种格鲁吉亚角型酒器。

Kardenakhi Port，卡德纳基波特酒——来自格鲁吉亚卡德纳基地区的加强型葡萄酒（类似波特酒）。

Khachapuri，莎莎普利——格鲁吉亚奶酪面包。

Khikhvi，希赫维——一个格鲁吉亚白葡萄品种，文中指由此种葡萄制成的葡萄酒，可以生产半干型、半甜型、甜型，以及我们在萨瓦内一号品尝到的加强型。

Khinkali，辛卡利——饺子。

Kvareli，克瓦列利——一个格鲁吉亚东部的产区，文中指克瓦列利产区的葡萄酒，产自第比利斯东北部肥沃的阿拉扎尼河谷。

Kvevri，克维里——陶罐，用于以传统格鲁吉亚方法酿酒的大型陶器容器，现在在一些现代酿酒师中很流行。

Lobio，洛比欧——芸豆沙拉。

Machari，玛查利——准备在克维里中发酵的半发酵汁。

Marani，玛拉尼——存克维里的地方。

Mas de Daumas Gassac，玛德玛嘉萨——法国朗格多克地区的高级先锋酒庄。

Massandra Winery，马桑德拉酒厂——俄罗斯帝国的官方酒厂，仍然位于克里米亚。

museum wine，博物馆级别葡萄酒——一个我与"稀有（rare）"一起使用的术语，用来形容我们对"稀有的博物馆级别葡萄酒"的特殊品酒会和销售，其中包括古老的、稀有的、人们认为应该属于博物馆而不是酒窖的葡萄酒。

Napareuli，纳帕列乌利——克瓦列利的子产区，文中指纳帕列乌利产区的葡萄酒。

Palmer，宝玛酒庄——高贵的玛歌酒庄的重要邻居，可能是波尔多玛歌产区第二好的酒庄。梅洛葡萄占比比其他玛歌产区酒庄更大。

1980 Penfolds Bin 80A，1980年奔富酒庄Bin 80A——奔富特别推出的一款酒，大约三分之二的赤霞珠来自库纳瓦拉，三分之一的设拉子来自卡利姆纳。

Penfolds Grange，奔富葛兰许——澳大利亚最著名酒庄奔富酒庄的旗舰葡萄酒，在国际上也属于澳大利亚葡萄酒行业的旗舰葡萄酒。

Phylloxera，葡萄根瘤蚜——一种微小的黄色昆虫，以葡萄树根为食，有时也以叶子为食。

Picardan，琵卡丹——法国南罗讷谷地区使用的葡萄品种。

premier cru，一级田/一级园——法国葡萄酒庄分类中的一个术语，是一种给田块的分级，指质量优异的葡萄产地，常见于勃艮第这样的产区。

Saamo，萨莫——格鲁吉亚的一种甜葡萄酒。

Salkhino，萨尔基诺——格鲁吉亚的一种甜葡萄酒。

Sauternes，苏玳——波尔多的一个产区，酿造了法国最好的甜葡萄酒。丰富，甜美，充满异国情调和享乐主义的气息。

Spotikach，斯波蒂卡赫——来自俄罗斯斯波蒂卡赫地区的葡萄酒。

tevzis buglama，特维兹巴格拉玛——格鲁吉亚炖三文鱼。

Tsinandali，兹南达里——克瓦列利的子产区，文中指兹南达里产区的白葡萄酒，在低温下发酵，散发出木瓜、核果和柑橘的香气。

Union des Grands Crus，波尔多特级酒庄联合品酒会——一个由波尔多酒庄（大多数是最好的酒庄）组成的自愿性协会，目的是为他们的葡萄酒在世界各地制定推广活动，举办了许多精彩而广泛的品酒会和晚宴。

Vinotech / Vinoteque，葡萄酒储藏柜——有气候控制的橱柜和酒窖，旨在为葡萄酒创造理想的储存条件。

vins blancs class（*vins blancs* 为白葡萄酒）——简单翻译为"白葡萄酒等级"，有时用于波尔多和其他地方，表示优质的白葡

萄酒。①

1990 Wendouree Shiraz，1990 年文多酒庄设拉子——南澳大利亚克莱尔山谷的一个小生产商。非常受欢迎的葡萄酒，具有很强的陈年能力。

Wolfberger Altenberg de Bergheim，沃尔夫伯格酒庄的贝海姆艾腾堡园——文中单指法国阿尔萨斯地区的琼瑶浆葡萄酒。

---

① 原文如此，但业内对此仍有不同意见。

致　谢

约翰·贝克

　　这本书得以问世，我要感谢许多亲爱的人。尝试着自己写这本书的时候，我意识到了不是作家的人写一本书有多么困难。哦，我是写过不少时事通讯和文章，文思泉涌，但当我试图写这个故事时，没写了几页就已经无以为继了。

　　我非常幸运地被推荐给了一家文学机构，卡梅隆·克雷斯韦尔，我抱着试试看的心态，给简·卡梅隆发了一封电子邮件，和我的冒险故事有关，希望她可能会感兴趣，这让珍妮·雷克曼斯接受了我，并成为我的经纪人。珍妮介绍尼克·普拉斯阅读了我的部分手稿，进行了一些修改，变成了现在这本书。我很感激珍妮对出版过程的专业管理和对我的同情心。

　　尼克的工作非常出色，他对杰出葡萄酒这一曲高和寡的领域颇有涉猎，也明白我们在格鲁吉亚第比利斯的经历，更了解了我。这不是一个简单的成就！我感谢尼克让这个故事变得生动，也多谢他的理解和他的友谊。

　　澳大利亚企鹅兰登书屋的艾莉森·厄克特从一开始就对这本

书给予了支持和热情，令人鼓舞，我们的编辑克莱夫·赫巴德在精心编辑中提供了启迪和建设性的意见。我喜欢像尼克和克莱夫这样优秀的文字工作者。

凯文·霍普科是我在格鲁吉亚的同伴，也是我多年的朋友，他在回忆我可能错过的细节方面给予了很大的帮助。

最后，我要感谢我的好朋友皮奥特·霍尔德，从早期"我该如何写好这个故事？"到最后的成稿，他一直是一个不可多得的知己。

尼克·普拉斯

《沙皇的酒窖》是一个了不起的项目，给我带来了无穷的欢乐、创造力和知识，还有新的友谊。

我想真诚地感谢我在卡梅隆·克雷斯韦尔经纪公司的经纪人珍妮·雷克曼斯，感谢她在第一时间参与进来。谢谢你，珍妮，谢谢你的热情、信念和支持，也谢谢你从一开始就支持我成为约翰的潜在合作者。感谢卡梅隆管理层的每一个人，包括简、苏菲和乔。

还要特别感谢澳大利亚企鹅兰登书屋的阿里和克莱夫，感谢他们所做的一切，因为这个项目始于悉尼一杯令人难忘的咖啡，最终变成了一份优秀的成品手稿，成为企鹅项目中人人乐见的一分子。

当然，我更要向约翰·贝克致以由衷的谢意，他完全接受了由一个他从未听说过的墨尔本人来负责写作这个他所经历的疯狂而宏大的故事。约翰愿意倾听并接受我讲故事的要求，帮助我让故事活起来，这对手稿的成功至关重要，他不仅给予了无限的亲切和包容，还在这一路上成了我的朋友。

至于凯文，温尼伯最好的人，好吧，你不能指望发明一个比他更好的角色，更不用说已经意识到这个实际的人已经替你完成了所有的工作。凯文和约翰，谢谢你们允许我描绘出书里的你们。也感谢你们一路上向我介绍的葡萄酒，真是令人惊叹。希望以后还能有更多！

此外，我还要向维多利亚·海伍德道谢，她在我需要的时候推给我一本完美的书《格鲁吉亚盛宴》，让我体会到了1999年左右第比利斯的食物、文化和氛围。感谢所有我读过的作家，以及一路上与之交谈过第比利斯、法国葡萄酒、尼古拉二世以及斯大林等人的历史和这个故事中许多疯狂角度的每一个人。

除了这本书的内容，还要感谢我的妻子克洛伊，感谢她的支持和爱，感谢她这么多天无私地为我提供写作的时间和空间，尤其是在《科莱特-拉-彭凯特》和《旋风卡西》同时在我们的生活中横冲直撞的时候。你知道我的感受，克洛克洛。一如既往，我要感谢我的儿子威尔和麦克，以及我在澳大利亚、法国的其他家人和工作人员的爱和支持，他们从一开始就很享受这个故事。另外，还要向我的母亲和妹妹表达爱意，我真希望我父亲能在这里读这个故事。他会喜欢的，并提出很多问题。不幸的是，他错过了我和约翰的第一次见面，不到一个星期。

愿你安息，我的爸爸罗尼。这本书是献给你的。